생生의 반란

二千年 文學 행진곡

생生의 반란

谷川 金永泰 著

祥元文化社

본 저작문집은 필자의 가학적 소견과 시사, 저명한 아이콘, 유명 인사, 교수진, 두뇌급들의 언어들 속에서 습득한 훌륭한 말과 매력 있는 글귀를 뽑아서 담아놓은 탑재의 글이니 소중히 읽어 주시면 지혜가 살찌고 두뇌회전에 많은 도움이 될 것입니다.

교수진의 교단 앞에서 재능을 기부받는 수강생 마음으로 생각하시면 넉넉해질 것입니다. 문구나 언변의 화력이 좋으면 반사이익을 나눌 수 있습니다. 이 저작문집은 신선한 메시지를 던져주고 있습니다. 정치배경과 문화도 담아놓았습니다.

우리의 글과 언어는 한자의 뜻과 음을 묶어서 만든 기능적 국어로 말과 규칙에서 비롯해 복잡한 개념을 가장 작은 단위로 표현, 가치성을 전달합니다. 평소에 가족 간에 오고 가는 말은 아름답고 규칙 있게 꾸밀 필요가 없습니다. 다만 혼자보다 남과 여러 대중 공개석상에서 소통하는 말은 좀 더 아름답고 훌륭한 말솜씨로 꾸며서 전달하는 문법학 논리 같은 용어를 모르고서는 훌륭하게 구사할 수 없습니다.

글도 마찬가지입니다. 혼자 보는 일기나 단둘이서 보는 문자는 아무렇게나 적어도 알아볼 수가 있습니다. 그러나 수많은 사람들이 읽는 글과 작법은 최소한 글의 문법과 술어의 용어가 정립되지 않으면 안 됩니다. 오물처럼 지저분한 언어나 글은 경시 취급을 당하고 풍부한 표현력은 대중의 인기를 모으며 표현의 자산이 된다는 것을 알아야 합니다.

문화적 국민이라면 발전하는 시대와 함께 무지개 같은 아름다운 인생과 아름다운 가치의 세상을 만들어 가야 합니다.

감사합니다.

차례

二千年 文學 행진곡

생生의반란

제 I 부

기억의 터널

인생은 한 권의 책과 비슷하다. 바보들은 그것을 아무렇게나

넘겨가지만 현명한 사람은 차분히 그것을 읽는다.

왜냐하면 그들은 단 한번밖에 그것을 읽지 못한다는 것을

알고 있기 때문이다.

장 파울 (19세기 독일 작가)

생生의 반란

　내 나이 11세 때 8.15 해방을 맞이했다. 방방곡곡 태극기 휘날리며 대한 독립 만세 함성으로 서울 종로에 자유의 종이 울었다.

　아가야, 일어나라, 조선의 아들딸. 내 나라, 내 조국, 대한 독립 만세!

　흥분한 백성들은 남녀노소는 물론 어린이까지 서로 얼싸안고 춤을 추며 애국심을 토해냈다. 북소리, 풍물소리 가세하고 술과 음식으로 기쁨을 나누며 흩어진 정기를 하나로 모으는 마음이 일었다. 나라의 경사는 연일 충천했으며 민족의 대열은 이제부터 움직였다.

　나는, 나는, 8.15 해방동이. 국운의 경사에 벌떡 환호했다.

　나의 생가는 호숫가에 자리 잡은 초가였는데 우리는 이곳에서 오손도손 행복하게 지냈다. 이제 세월이 흘러 어른이 된 우리는 다시 어린이 꿈으로 감화되어 이 글을 꾸몄다.

저수지와 연못가 제방에서 흘러내리는 개천물에 손발 담그며

물게임 꾀벽친구 수다스러워. 이따금씩 찾아오는 물총새는

낚싯줄에 포섭되어 어린 동심 즐거워라! 정오의 햇살이 터질 때

연못가의 물길을 튕기는 송사리 민물게

요즈음 입맛에 식탁 요리 일미일세.

고향의 평원은 철새들의 낙원 동산. 청동오리 제철이 되면

철새 따라 하늘 공연 무리를 함께 즐기니 다시 사는 곳을 얻더라.

11세의 초등학교 어린 시절, 학교 운동장 아침 조회 때 군관소위 교토선생(교장선생님)은 옆구리에 차고 있던 장검인 니뿐도를 뽑아 자국의 국화인 벚나무 기둥을 내려치고 일본 천황의 항복문서 통곡소리에 절규하는 호소로 자국의 절개를 표출했던 기억이 뇌리에 남아 있다.

일본의 국화인 벚나무는 꽃이 개화될 때 한순간에 일제히 만발하고 꽃이 질 때도 역시 한순간에 일제히 시들어지는 일색은 일본 국민성을 대변한다. 망할 때는 하루아침에 쇠망하지만 일어설 때는 국민 전체가 일거로 순식간에 일어서는 벚꽃의 국민성이 녹아 있는 것이다. 일본 국민성은 단결력이 좋고 국민적 사명감이 투철해 하나로 뭉친 강인한 민족이다. 단합과 애국, 애족하는 충성심은 국화인 벚꽃이 증명해 주고 있다.

우리나라의 국화인 무궁화는 꽃은 화려하지만 진딧물로 꽃이 몸살을 겪는다. 또한 꽃이 개화될 때 이따금씩 드문드문 피어나는 것이 단결심이 부족한 이단성이다. 그래서 조선 시대에는 단결이 안 되어 내

분과 외세의 침탈을 겪는 역사적 치욕으로 오늘날까지 분단국가로 살고 있는 듯싶다.

　그러나 무궁화는 단점도 있지만 장점도 상징적이다. 무궁화나무를 꺾어서 다른 곳에 재배해도 몸살을 받지 않고 생목이 되어서 발화기를 준비한다. 무궁화 꽃은 장수의 별로 여름날부터 가을까지 만발하고, 꽃이 피고 질 때 드문드문 피는 것은 다른 민족한테 박해를 당해도 좌절하지 않고 용케 살아나는 끈기와 장구한 무궁성을 입증한다. 이처럼 무궁화는 무구한 민족의 정기이다. 장점은 이상적으로 번영시키고 단점은 보완하며 고쳐서 새롭게 한다.

　무궁화 꽃이 개화되는 시기에는 진딧물과 해충으로 얼룩져 몸살을 앓으며 꽃의 품위를 잃는 모습이다. 즉, 무궁화 꽃이 가져다주는 시련과 몸살은 국가의 고통이다. 그렇기에 개화 시기에는 소독약 등으로 해충을 치료해주어 무궁화 꽃의 화려성과 품위를 높이는 생태관리 강화로 나라의 국운을 새롭게 기대한다.

　일본 국가는 히노마루, 즉 하나의 태양으로 일색이 되어 역시 단결력을 과시 자긍심이 간직되어 있다. 우리나라 태극기는 색깔의 이등분으로 갈라놓은 것도 국가관을 배치 그의 모순으로 나라가 시끄럽다. 통일이 되면 태극기는 좀 더 일체감이 되는 상징성으로 생각해 보는 것도 하나의 장점이 될 것이다.

참혹의 현장

지금부터 쓰는 이 글은 죽음의 경계를 넘나드는 삶의 현장을 그대로 보여주는 보고서이다.

북한의 인민군이 적화야욕을 꿈꾸며 일요일 새벽을 틈타 탱크를 몰고 남으로 침투하며 6.25 사변을 일으킬 때 나는 16세에 불과했다. 평화스러운 우리 강토와 마을이 공산권으로 함락되자 왜정시대부터 줄곧 면사무소 일과 동네 민원을 대변하며 우익편에서 서기급으로 일했다는 이유로 아버지는 치안대에 연행되었다. 그리고 공산 잠복 세력들이 몽둥이로 아버지의 사지를 짐승패듯 매질하여 한 달 간 치료약을 똥죽물로 대용했다.

치안대에서 아버지의 처형까지 결정되었으나 당시 그 고을에서 법이 없어도 살 선량한 사람으로 아버지의 평이 좋았기에 고을에서 아무

개라 하면 모르는 사람이 없을 정도로 인정을 받았고, 항상 새마을 정신과 공생하는 마음에 대중성으로 어울리는 형이었다. 이런 공로를 참작해 처형에서 구제되었다. 대신 공화국에 충성을 맹세한다는 조건으로 치안대에서 양곡 수매직으로 재량권을 강요받았다. 아버지는 가족을 생각하고 자수하여 치안대에 응하여 3개월간 근무했다.

당시 군산 상업 중등학교에 다니던 나는 수업이 일시 중단된 상태를 틈타 학교를 방문했다. 이미 공산 유격대원들이 장악한 학교는 우익 인사들을 연행해 고문하고 학대하는 곳으로 변해 있었다. 빨갱이들이 우익 지목 인사들을 포승줄로 꽁꽁 옭아매고 교실 바닥에 눕힌 상태로 침대목과 총구로 매질하고 거꾸로 매달린 채 물로 고문하는 광경은 마치 통곡하고 애절하며 살려달라고 울부짖는 짐승의 비명과도 같은 살벌함 그 자체였다. 꺾어 놓은 양쪽 발 장다리 안쪽으로 굵은 침대목을 끼워 걸친 다음 그 부분을 위에서 두 사람이 양쪽으로 밟아 짓이길 때 고문을 당하는 자는 주검의 목소리로 자지러진다. 끔찍히도 살벌했던 그 장면은 지금도 머릿속에 각인되어 있다.

때마침, 인민군의 철수명령을 틈타 아버지는 치안대에 비축된 인적 서류 명단에서 우리 동네 우익파 12명을 처형시킨다는 사실을 입수해 즉시 그들에게 통보해 속히 피신시켰다. 그 12명의 직계가족들은 앞서 동네 좌익세력에 연행되어 굴 속에 몰아넣고 총검과 흉기와 대창으로 심승 죽이듯 무참히 살해시켰다. 이 과정에서 우리 가족도 좌익세력에게 지목되어 아버지는 당황 끝에 우리 가족들을 데리고 외갓집으로 피신했다.

피신 중의 전황은 동네 우익 가족들을 굴 속에 집단으로 몰아넣고 대창과 총검과 흉기로 학살하는 만행의 형장은 마치 화약고 터지는 밤하늘을 붉게 물들여 하늘을 찌르는 듯했다.

아버지는 외갓집에서 하룻밤을 지낸 뒤 결백하다며 위험을 무릅쓰고 스스로 고향 마을을 찾아 들어가셨다. 하지만 하루아침에 온 가족이 전몰당해 주검의 시체를 목격한 유족들은 짐승의 눈으로 눈동자가 뒤집혀 복수의 분노가 극도에 처해 공화국에 의존했다는 인물로 아버지를 지목했다. 다행히 아버지의 도움으로 목숨을 구했던 12명의 은인들이 아버지를 적극적으로 보호했지만 가족들이 몰사한 다른 유족들이 몰래 아버지를 굴 속으로 연행해 총으로 목숨을 거두었다. 그렇게 아버지는 돌아가셨다.

전황의 판세가 뒤집힐 때는 무법천지가 따로 없었다. 사람의 눈이 이성을 잃고 광란기가 발동하면 분별력을 잃는다. 과거에 원한관계가 있었거나 음모가 얽힌 상대는 이 혼란을 틈타 복수를 한다. 그래서 사람은 남에게 감정을 주거나 피해를 주면 복수가 터지게 된다.

점령군이 물러갈 때 마을의 음지세력들은 우익인사나 그 집안 가족들의 어린아이, 남녀노소 할 것 없이 밤에 연행해 산 속 굴에 집어넣고, 대창이나 삽과 낫과 흉기로 무참하게 살해했다. 점령한 적군이 전세가 불리해 철군이 될 때 사상적 명암으로 피의 복수로 갚는다. 적군 세력이 우익집단 가족을 전부 학살시킨 뒤 인민군은 물러가고 국방군이 수복되자 살해당한 우익 유족들은 좌익 원수 가족들을 찾아내어 피의 복수로 역시 살육장이 되었다.

이와 같이 생체 살육장이 된 유령마을은 지금도 까마귀가 가끔 울고 짖고 간다 하였다. 까마귀는 유령의 넋이라고 하여 그때의 넋을 위로 하듯 지금도 울고 짖고 간다는 슬픈 사연이 있다.

그렇게 고향 마을은 한마디로 시체 농장이었다. 지금은 토박이 원주민은 씨도 없이 모두 외지로 떠나가 버렸다. 옛 자취를 물어보면 외지 인들의 대답은 어리벙벙 '처음 듣는 말이에요' 하고 흘린다. 지금은 APT 도시형으로 옛 모습의 자취는 흘러간 세월에 묻혀버렸다. 생체 살육 비극을 묵비권으로 감춘 것은 암울한 역사의 비극을 엄중한 경고 로 받아들인다.

나는 6.25 동란으로 사실상 전쟁 고아 피해자다. 이 원흉은 전범 김 일성의 작품이었다. 아버지를 잃고 가장이 된 16세 나이에 나는 다섯 동생에 어머님을 부양하며 소년가장으로 人生 三역의 책임을 졌다.

아버지는 어느 절에 시주(공양)를 정성껏 하셨는데 그 절의 보살님 이 우리의 딱한 사정을 알고 식구 모두를 절로 입가시켜 가족의 생계 를 도와주셨다. 그때의 내 나이 18세에 절의 보살님이 스님이 될 것을 간청했고, 나는 보답으로 스님 노릇을 배웠다.

불경을 암기하기 시작하여 얼마 후 불경을 완전히 암기했고 손님을 직접 접대하며 재수 불경, 운맞이 불경을 척척 해냈다. 이러면서 한자 책을 구입해 1,500자 정도를 완전 정복해 한자로 된 불경도 이해를 하 는데 큰 힘이 되었다.

한자는 정확한 어휘력을 표현하는데 고급스러웠다. 이 한자 독학으 로 그 당시 한자체 동아일보를 구독하여 한자의 능률을 높였다. 그 당시 사찰생활을 할 때 그 사찰은 깊은 산 속에 자리 잡아 낮이면 산중 턱에서 여우가 산허리를 오르내리며 고라니나 너구리들도 산중의 주인 노릇을 하는 낙원 동산이었다.

여름이면 계곡의 여울물과 폭포가 시원함을 머금게 해주고 연못에 담근 선녀의 육체미, 때로는 야호 소리에 반울림이 된 메아리는 깊은 산중을 나 혼자만이 독차지, 내 텅 빈 마음을 채워준다.

3년 정도의 사찰생활을 청산하고 속세로 나와서 어머님과 가족을 데리고 고향의 옛 집으로 귀향하여 그곳의 집과 땅을 처분하고 외가 동네로 이주했다. 그리고 논과 집을 장만해 농사일을 하면서 동생 4명을 내 힘으로 결혼시켜 가장 역할을 다 했다.

24세에 군입대하여 논산훈련소에서 교육을 마치고 대구 부관학교로 입교해 행정교육을 수료, 전남 광주 무등산 근처 11제전차대대본부 소속 S-1 행정과 상벌계로 보직되었다. 절에서 배운 한자 실력으로 군행정과에서도 한자 혼용 공문으로 전용되어 군 행정에 인정받았다. 상벌직은 사회로 말하면 사법경찰직이다. 예하부대 군장병들의 군기 강화와 병영생활과 국방에 안보의식 교육을 강화하면서 금지법을 위반한 장병은 경중에 따라 처벌수위가 상벌직에서 좌지우지하고 있다.

나의 군생활 재직부대는 독립대대 직할부대로 육군본부와 직거래되어 막강한 지휘계통 S-1 행정요원으로 내 손으로 작성된 성문은 바로 육군본부 육군참모총장 앞으로 수신되기 때문에 결재의 행정권이 참조를 상명했다. 나의 S-1 행정과는 모두 대학 출신자였다. 나는 중학교도 마치지 못했지만 대학 출신들과의 경쟁을 한문 실력으로 극복하였다. 상벌직은 군의 사법경찰직으로 부대 내의 사병들과 선임하사들도 나를 보면 먼저 고개인사를 해주었다. 취사도 장교들처럼 대우받는 생활이 자랑스러웠다. 전역 후, 행정직 이력으로 면사무소 호적계에 잠시 근무하다가 서울로 상경해 생활법칙을 바꾸었다.

여기에서 어린 시절의 추억을 돌려보면 초등학교 시절 공부 성적도 반에서 3, 4등 정도의 실력을 과시했다. 그때 취미는 작문과 그림 솜씨였다. 예술 문인에 영감이 매력되어 반에서도 이 소질에 인정을 과시, 초등학교 동문인 현대가로 베스트셀러가 된 시인 고은(고은태)과 선후배지간으로 항상 우리 집에서 밤늦도록 같이 공부했던 동학에 학우 필연 추억의 전력이 있다. 그때 고은의 그림 솜씨는 단연 우수했고 작문법도 탁월했다. 나는 그의 탁월성에 탄복의 심복이 되었다. 이로 인해 나 역시 문작 예능에 배경이 되었다. 우리 부모가 나의 공부 운만 받쳐주었으면 내 뜻은 고공행진 되었을 것이다.

서울을 동경한 30세 나이의 촌놈이 농경의 후진성을 버리고 꿈을 향해 서울로 상륙했다. 그 시절은 석탄으로 움직였던 증기기관차 시대다. 연고도 없는 촌놈이 맨 몸으로 무작정 기차에 몸을 실어 입석으로 서울역을 향해 밤새도록 칙칙폭폭 철길을 달리는데 군장병, 일반 노소 할 것 없이 콩나물시루처럼 빼곡이 되어 숨통이 터질 정도로 오징어처럼 납작해진다. '동네방네 처녀총각들은 보따리 짐 싸고 서울로 간다네.' 라는 유행가의 가사처럼 그 시절에 처녀총각 마음을 흔들어놓았다. 처녀들의 텅 빈 마음에 장병 총각들의 또아리 속에 감싸인 여자 치마 속을 훔치는가 하면 성희롱으로 자지러지게 소리 지르는 반항 아닌 반항소리 등 처녀총각 해빙시대가 이때부터 개방되기 시작하여 서울로 모이기가 시작되었다.

밤새도록 부르튼 눈을 비비며 드디어 서울역에 도착한 촌놈이 휘황찬란한 전깃불과 자동차가 다니는 문명도시에 즐거움과 당황이 온몸으로 몰려온다. 얼굴과 온몸은 석탄가루 먼지에 얼룩져 촌놈의 얼굴이 더 상기되었다. 그 시절에는 서울 말씨가 전라도말 어감에 우월적 어감이었다. 그리고 전라도 사람하면 천대를 받고 경시되어 자존심이 추락, 서울 태생으로부터 모멸을 당했다. 지금은 서울 말씨, 전라도 말씨 모두 표준어 어감으로 되어 통일된 말로 출신 분간이 사라지고 차별 없이 좋아졌지만 말이다.

서울에 친척은 물론이고 연고 하나 없는 나는 서울역에서 무작정 택시를 타고 뚝섬에서 내려 어느 식당으로 들어가 점심을 먹었다. 그리고 식당주인에게 일자리를 물었더니, 옆 버스 종착역에서 안내자 구직통보를 받아 을지로 6가까지 노선버스 안내자로 일을 시작했다. 처음으로 하는 승합 안내는 미숙했지만 점차 숙달되어 신임을 얻었다. 그러나 얼마 지나지 않아 안내가 여자로 교체되면서 자리를 잃고 거리의 방황자가 되었다. 할 수 없이 신문배달을 했지만 그것도 여의치 않아 제재소 노무직으로 중노동을 했다. 그러나 너무 힘들고 위험스러워 포기하고 말았다.

이후 야채시장에서 야채판매 종업원을 하는 중에 판로를 바꾸어 고급야채를 중·소매를 하는 식으로 3인 동업을 시작했다. 내가 중심이 되어 물건판매와 구입을 총괄 책임지며 동업자 왕초로부터 신임을 얻었다. 새벽 4시쯤 서울역 야채 직영 도매시장에서 야채를 유통받아 중·도매를 하면서 3년 동안 3자 분할 지분배당금으로 번 돈이 그때 (1960년 기준) 돈으로 16만원이었다. 그 당시 왕초는 술집 여성과 향락을 즐기고 방까지 제공하며 합숙을 하는 등 부정생활로 우리보다 몇 배 많은 돈을 착취했지만 나는 이해하고 고맙게 생각했다.

왕초부로부터 받은 16만원으로 서울화양시장 노점 1평을 매수하여 그 자리에서 1년간 야채장사로 큰돈을 벌어 35세에 첫 단독주택(35평)을 구입했다. 그 이후 건어물 장사로 점포를 크게 확장했으며 50평 짜리 단독주택으로 이동했다. 이와 같이 약진으로 1970년대 1500만원(그때 50평 주택 금액)이 되는 저축 통장금을 여동생과 매제로부터 투자제의를 받아 동업조로 부동산에 투자했으나 도둑의 매제로부터 사기당하여 5년 후 원금만 돌려받았다. 그때 1500만원으로 상가주택에 투자했으면 현재 고층건물로 불로소득하여 편안히 살았을 것이다.

매제로 인하여 좌절된 이후 충격을 받고 우울증과 신경증병 신세가 되면서 사회활동도 못하고 20년간 정신병약으로 살다가 69세가 되면서 약을 끊고 정상이 되었지만 한창 나이 때 백수인생으로 살았으니 생활관이 무엇이 좋았겠는가.

사람은 타고난 운명이 확정적이고 불발 운명은 획을 고쳐서 새로운 방향을 찾는다. 다음은 직관 판단력이 좋아야 위기를 탈피하고 좋은 기회를 얻는다. 학문이 아무리 깊다 해도 생각하는 방향이 틀어지면 시행착오로 좌절하고 침몰된다. 그런 연유로 잘 나가던 사업 실패로 60 전후 인생문제를 뒤집는 것이 진리 철학에서 발견 이래 연착륙한 것이 인생과학에 물이 들어 세상 사람들에게 해주고 싶은 미지의 변곡점 주시에 책을 낸 것이다.

총각 나이 때 왕십리 중앙시장에서 야채장사를 하던 중 흥미로운 일이 추억에 담겨 여가 후럼으로 소개한다.

총각으로서 흥미로운 것은 여러 총각들이 야채상가 내무 생활 공간에서 합숙으로 잠을 잘 때 밤이면 거리를 활보하는 상경 처녀들을 총각들이 유인, 낚아채어 밀실 침대에서 반한 남녀가 엉클어져 자지러지게 소리 지른다. 한참동안 즐거운 비명소리, 흥분소리, 쾌감소리에 잠을 못 이룬다. 그들의 쾌락으로 새벽에도 또 한 차례 반란 소리와 흥분을 적신 뒤 동틀 무렵이면 흔적도 없이 사라진다.

그녀를 만난 지 1년여 만에
90억 갈취사건

국내 정보기술 분야에서 유명한 사업가의 아들인 A씨(83세)는 선대로부터 물려받은 부동산 등 90억원을 불과 10개월만에 모두 잃었다.

젊은 시절 A씨는 미국 존슨 휴킨스대에서 화학을 전공해 미국 연구소에 근무했다. 이후 한국으로 돌아온 그는 아버지 사업을 물려받아 운영했다. 세월이 흘러 나이를 먹은 A씨는 치매를 앓게 됐고, 미국으로 건너가 수술을 받았다.

80세인 2013년 여름. A씨는 알고 지내던 목사를 통해 또 다른 목사인 박모씨를 소개받았다. 박목사는 A씨에게 이모씨(61세, 女)를 소개했고, A씨의 자산은 이때부터 사라지기 시작했다. 이씨는 A씨를 만난 지 2개월만인 2013년 10월, A씨 소유의 시울 종로구 꽝화문 우체국 일대 토지를 이모씨에게 넘겨준다는 토지양도증서를 작성하도록 했다(치매기로 의사능력이 부족한 약점을 노린 것). 이 증서에는 10년간 성심성의로 돌봐준 은혜에 보답하고 하나님께 가는 날까지 돌봐주기로 하는 것으로 해 이 토지를 이씨에게 양도한다고 적혀 있다. 또 이씨는 A씨의 유언장을 작성토록 했다. 유연장에는 반평생을 돌봐준 이씨에게 전 재산을 양도하기로 했고 자식, 형제 등 누구도 이의를 제기할 수 없다고 적혀 있다.

이씨는 같은 해 10월, A씨를 미국으로 데려가 그곳에 보유하고 있던 펀드 등을 모두 현금화하고 11월에 귀국했다. 종로구에 가지고 있던 토지를 팔아 2억 4천만원을 가져가기도 했다. 이후 이씨는 A씨를 데리고 계속 거주지를 옮겨 다녔다. A씨의 휴대전화번호도 변경해 가족과 만나지 못하도록 했다. 이러한 상태로 지내다 결국 이씨는 2014년 1월 3일, A씨와 혼인신고를 했다. 그는 본격적으로 A씨 재산을 처분했다. 공시시가로만 71억원에 이르는 광화문 우체국 일대 토지 등 총 90억원의 부동산을 매각해 현금으로 바꿨다. 불과 10개월 사이에 이 모든 일이 벌어졌다. 마지막 부동산을 처분하고 이씨는 2014년 10월 13일, A씨와 이혼했다.

혼자 남겨진 A씨는 배가 고파 2014년 겨울, 서울 중구 명동성당 앞을 돌아다니며 음식을 얻어먹다가 경찰에 발견됐다. A씨는 서울 동대문구 소재의 한 오피스텔에 방치된 채 살고 있었다. 2013년 12월 몸무게가 65kg이었던 A씨는 경찰에 발견돼 자식에게 인계된 2014년 11월에는 55kg에 불과했다. A씨 측은 지난해 12월 10일 서울가정법원에 이씨를 상대로 혼인무효소송을 제기했다. 혼인무효가 되면 이 씨가 처분한 재산을 돌려받을 가능성이 생기기 때문이다.

A씨 측은 치매로 혼인을 식별할 의사능력이 없다며 이씨가 한 혼인 신고가 무효라고 주장했다. 특히 A씨가 작성한 토지양도증서나 유언 장에는 이씨를 10년이나 반평생 알고 지냈던 것으로 되어 있지만 실제로는 2개월 전에 알게 된 사이였던 점도 더 붙였다. 또 이씨는 부부 관계를 설정한 의사 없이 A씨의 재산을 가로챌 목적으로 혼인신고를 했다고 주장했다. 법원은 혼인신고가 됐더라도 당사자 일방에게만 부부관계 설정을 바라는 효과 의사였고 상대방에게는 그런 의사가 없는 혼인을 무효로 판단, 이씨를 사기죄로 입건했다. 그리고 사기 재산을 몰수하고 민형사상 중벌을 선고했다.

대법원은 부모를 잘 모시겠다는 각서를 쓰고 집을 물려받았으나 효도는커녕 요양시설에 가라고 종용한 불효자에게 집을 돌려주라고 판결했다. 아들은 이전에 아버지로부터 2층 단독주택을 물려받아 살면서 아래층에 살고 있는 어머니가 아플 때 따로 사는 누나와 가사도우미에게 간병을 맡겼다. 급기야 아버지가 집 명의를 돌려받아 APT를 사겠다고 하자 천년 만년 살 것도 아니면서 APT가 왜 필요하냐고 막말까지 해 마침내 소송까지 갔다. 노인들 사이에서는 자식에게 효도를 받으려면 재산을 움켜주고 있어야 한다는 말이 오고 간 지 오래다. 대법원이 배은망덕한 불효자에게 물려받은 재산을 토해내야 한다고 징벌을 내린 셈이다. 하지만 판결은 아버지가 아들로부터 각서를 받아놓아야 실효성을 보장받는 비정한 사태다. 부모의 부양의무를 이행하지 않을 때 증여 해제를 할 수 있게 됐어야 한다.

사춘기

사춘기에 접어들면 신체적 변화와 함께 남성성, 여성성에 대한 관심이 생긴다. 사춘기 때는 충동조절력을 갖추지 못해 신체와 정신에 괴리가 생긴다. 즉, 외부와 갈등을 일으키기 시작하는 때이다. 그래서 자기주장이 강해지고 독립을 요구한다. 또한 화장을 하고 활동반경을 넓힌다.

부모는 자녀의 새로운 모습을 보기 시작한다. 예민해진 시기에 이해 없이 통제만 하면 문제가 생겨 빗나갈 수 있으니 부모는 이제 품 안의 자식이 아니라 놓아줄 준비를 해야 할 시기라고 조언한다.

사춘기 나이 때는 자아가 강해지니 마음에 들지 않으면 배척하고 함께 어울리면서도 경쟁심리가 발동한다. 사춘기 때 집안 사정이 침몰된다면 아이의 꿈을 흔들어놓아 잘 나가던 아이도 자포자기, 즉 이제까지 공부를 열심히 한 우등생이 급격히 추락해 명문대에서 중위급

대학으로 떨어지는 놀라운 충격도 겪기도 한다.

　이제까지 예쁘게 반항한 것을 사춘기 때는 괜히 이유 없이 신경질적이다. 이 나이 때는 부모가 아이에를 다독여주는 신뢰관계를 형성해 놓아야 아이의 올바른 정서를 심어준다는 연구결과다.

미세먼지

미세먼지의 발상은 생명 활동에 의해 일산화탄소와 질소산화물, 황산화물, 휘발유성 유기화합물 등에서 미세먼지와 오존을 만든다. 이 물질이 지구상에서 완전히 사라진다면 인간이 살 수 없는 환경이 될 것이라고 하였다.

오존은 생명 활동에 의해 생성되는 일산화탄소나 메탄물질을 대기 중에서 제거해준다. 일종의 세정제 역할을 하는 것이다. 만약 오존이 없다면 일산화, 질소, 메탄이 계속 쌓이게 되고 생명체는 일산화탄소 중독이나 메탄에 의한 지구온난화 화재 등으로 생존하지 못한다.

미세먼지는 대기 중에서 구름을 만드는 씨앗(응결핵) 역할을 한다. 이 때문에 미세먼지가 없다면 구름이 만들어지지 못할 것이고, 결과적으로 강우(비)와 같은 생명 유지에 필수적인 물의 순환도 이루어지지 않을 것이다.

봄철 황사로 미세먼지와 같은 대기오염 문제로 봐야 한다는 목소리도 높지만 황산모래에 섞인 철분이 태평양 한가운데까지 운반해 철분 부족 상태에 있는 생태계에 영양분을 제공하는 역할을 한다. 황사가 발생하면 눈이 침침해지지만 미세먼지와 달리 황사모래는 폐에서 걸러준다.

　이렇듯 지구촌의 생태계는 대기환경 오염물질에서 자연이 파괴되면서 생명체가 위협을 받고 있다.

백두산

백두산은 우리 동포들이 전하는 천지수에 따르면, 본래 그 일대는 풍요롭고 살기 좋은 곳이었다. 그런데 어느 날인가, 심술 사나운 흑룡이 출현해 검은 구름을 타고 동에 번쩍 서에 번쩍 다니며 백두산 주변의 물줄기를 모두 불칼로 지져버렸다. 그 바람에 백두산 주변 마을의 밭들은 거미줄처럼 갈라 터지고 곡식들은 말라 비틀어져 사람들이 도저히 살 수 없는 곳이 되었다.

그때 백두산 부근에 작은 나라가 있었다. 그 나라 왕에게는 달덩이처럼 아름다운 딸이 있는데 재주 또한 뛰어나서 좋은 신부감으로 널리 소문이 나 있었다. 흑룡이 나타난 나라가 황폐해졌는데 이런 참상을 모두 물리치면서 말했다.

"흑룡을 물리치고 물을 찾아 되찾아오는 총각만이 나의 짝입니다."

마침 성姓이 백가인 장수가 흑룡과 싸우며 백성들을 위해 부지런히 물줄기를 찾아다니고 있었다. 그러나 어렵게 찾아낸 물줄기는 흑룡의 방해로 순식간에 돌산으로 변했다. 안타까운 소식을 들은 공주는 백장수를 찾아갔다.

"지난 밤 꿈에 하얀 옷을 입은 노인이 나타나 말하길, '백두산에 있는 옥천장의 물을 석 달 열흘을 마시면 흑룡을 물리칠 힘이 솟는다' 고 했어요."

공주를 따라간 백장수는 옥천장의 물을 석 달 열흘간 계속 마셨다. 백두산 꼭대기로 올라간 백장수가 땅을 파서 연못 천지를 만들 때 그 순간 물줄기 밑에서 흑룡의 불칼이 솟아 올라 백장수 앞가슴을 찔렀다. 공주는 옥천물로 백장수를 치료해 완쾌시켰다. 그리고 흑룡의 불칼은 백장수가 잘라버렸다. 이후 백장수와 공주는 천지수를 지키며 행복하게 살았다는 이야기.

지금도 백두산 천지는 흑구름이 섞이고 번개와 천둥이 울리며 비가 오고 있다.

닭의 울음

닭에 얽힌 설화가 있다.

태초의 천지는 혼돈 상태였다. 이때 천황天皇닭이 목을 들고 지황地
皇닭이 날개를 치고 인황人皇닭이 크게 우니 갑을동방甲乙東方에서 먼
동이 트기 시작했다. 이에 하늘의 옥황상제 천지왕이 해와 달을 내보
내어 천지는 활짝 개벽이 되었다.

신화에 등장하는 닭은 천지창조를 담당하는 신격 또는 혼돈을 극복
하는 강인한 생명체로 등장한다. 이것은 닭의 울음소리가 어둠을 물
리치고 광명을 가져오는 창조적 의미로 인식된 데에 연유한다고 볼 수
있다. 한편 새벽에 울리는 계성鷄聲은 인간에게 만남과 이별의 전환을
가져오기도 한다.

한편 복날에 닭을 먹는 것도 삼복의 유행병을 막는 데 의미가 있다.
알을 품은 닭을 끄집어내거나 해친다면 꼭 귀신이나 악귀가 되어서

대대손손 복수를 한다는 속설도 있다. 용龍은 춘분에는 하늘을 오르며 추분에는 깊은 연못에 담긴다고 한다. 나타날 때는 비와 천둥을 동반하며 깊은 못이나 바다 속 용궁에 산다고 전해진다. 동양에서는 복을 기원하고 환상의 동물로 떠받드는데, 왕이나 남성 및 권력을 상징한다.

새벽을 알리는 닭의 울음소리는 새로운 깨달음을 전해주는 영혼의 소리이며 천지개벽이나 위대한 인물의 탄생을 알려주는 영靈적인 소리로 상징되어 왔다. 우리나라에서 닭이 사육된 역사는 삼국시대 이전으로 거슬러 올라간다. 야생의 멧닭이 울 안에서 사육되면서 가축화되었으며 닭의 다산성으로 번식이 용이하다. 닭의 울음은 국가 지도자의 탄생을 알리는 고고한 외침이다. 《삼국유사》〈혁거세편〉을 보면 왕이 계정鷄井, 즉 닭 우물에서 태어났기 때문에 나라 이름을 계림국鷄林國이라고 하였다는 기록이 있다. 곧, 혁거세의 탄생은 닭 숲속의 닭 우물에서 이루어졌다.

이처럼 닭은 위인의 탄생을 알리고 개국의 주역이 된다. 불교나 유교에서는 닭을 깨달음과 관련된 동물로 여기고 있다. 또한 우리의 혼례에서는 신랑 신부 초례상 위에 닭을 2마리 묶어서 올린다. 여기에서 닭은 광명光明을 가져다주는 존재로서 제2의 인생을 출발하는 신성한 혼례의 자리에 등장한다. 닭이 다산성을 지니고 있고 닭의 울음소리에 의한 새로운 삶의 출발이라는 점에 더 많은 의미를 부여한 것이다.

손가락의 비법

중지가 발달된 사람은 지식이 풍부하고 학문적인 소질이 다분하다. 중지손가락 안쪽에 푸른 핏줄이 선명하게 손바닥까지 푸르면 대체로 공부도 잘하고 명예도 얻으며 권력도 잡을 수 있다. 그러나 심술이 많아 놀부 심술이다. 무언가 외우기를 싫어할 때 중지를 누르면 공부하고 싶은 마음이 절로 생기고 머릿속에도 쑥쑥 들어온다.

가벼운 건망증이나 치매 증세에도 곧잘 중지 경락을 응용한다.

사람이 갑자기 의식을 잃을 때 셋째손가락 끝자리를 자극함은 침법의 비방 중 하나이다. 기억력이 부족하면 가운데 세 손가락을 모아 힘주어 주물러주면 기억력이 좋아진다.

둘째, 셋째, 넷째손가락을 힘껏 모아 조이면 셋째손가락이 가장 힘을 받게 되어 리듬이 흐른다. 좀 더 구체적으로 살펴보면, 좌측 손가락은 우뇌右腦, 우측 손가락은 좌뇌左腦와 연관지을 수 있다. 좌뇌는 디지털 뇌, 우뇌는 아날로그 뇌라고 하였다. 중지의 길이나 발달 정도를 비교해 보아 어느 쪽의 재능을 살릴 것인가, 모자람을 보충할 것인가는 각자의 생각에서 판단하면 좋다.

기억력 보충은 우측 중지를 엄지손톱으로 힘을 주어 눌러주면 효과적이다. 생리현상과 연관 있는 새끼손가락이 유별나게 긴 사람은 예술적 기질이 있고 술과 여자를 좋아하며 쾌락을 즐긴다. 새끼손가락에서 흐르는 피를 혈서 또는 피로서 맺는 형제의 결의를 의미하기도 한다. 뜻을 같이 하는 사람들이 함께 서명하는 혈서에는 죽음까지 각오한다는 결사 의지가 담겨 있다.

체했을 때 엄지발가락 발톱 하부를 침이나 바늘로 따주어 피를 나오게 하면 효과가 있다. 이때 반드시 바늘을 소독해야 한다. 알코올이 없으면 촛불에 그을리거나 소주를 사용해도 된다.

☙미국의 달러 금리가 오르면 주식, 부동산, 자산 가치가 하락 또한
외국자본이 빠져나간다.

☙사람의 머리 지능은 초급수적으로 진화되는 것도 무지에서 살아날
수 없는 초인간 시대가 비리 범죄만 양성.

☙처음과 같이 이제와 항상 영원히.

☙생각과 행동을 잘 취하면 기회를 얻을 때 흉년도 풍년 농사를 지어
낼 수 있다.

☙실패는 성공의 어머니다.

☙유머는 인간관계에서 어울리고 여유를 갖고 모든 사람을 자기편으
로 동참. 당신을 인도.

☙만화는 현실과 가상세계를 넘나드는 미래 예비 순간.

☙영어는 전세계 사람이 소통하기 위해 사용하는 국제 공용어다. 구
사 가치를 지속적으로 키워야 한다.

☙정보사회에서 지능 정보사회로 넘어가는 변환기. 하루가 멀다 하고
빅데이터 기술과 머신 러닝기술들이 그 증거다. 이제 기술을 선점
한 집단이 번영을 누리게 된다.

☙인문학은 사람의 나쁜 의식을 바로 세우고 의식의 병을 예방하는
윤리 교양이다.

☞미래 삭풍이 불어 닥칠 위험성.

☞빽이나 가족의 후광 없이 자신의 실력만 있으면 멤버가 될 수 있다.

☞거두 첫 결심은 절미에 파산되었다.

☞사람은 즐거움을 만들어 주는 것도 건강의 비결이다.

☞한자는 의미 소통이다.

☞사람 잘 되고 못 되는 것은 생각과 마음먹기에 달려 있다. 이 말은 금은보화나 같다. 그래서 인문학을 간절히 요망한다. 인문학은 인지능력을 높여준다.

☞기술은 우리가 생각하는 것을 제품으로 실천해주는 도구다.

☞인지능력이 발달하지 못한 사람이라도 대처 수단만 좋으면 위기를 극복한다.

☞아무리 전자책이 좋아도 종이책이 가진 장점을 갖추지 못했다.

☞독서는 고립을 유쾌시킨다. 독서는 생각을 키워 어둠을 뚫고 눈을 뜨는 인생관을 심어준다.

☞집에서 통신판매 생태계를 조성, 생계 안보.

☞사회 구석 구석에 세례를 받지 못한 음지가 있다.

☞유언비어는 사회를 교란, 불신 사회를 부추기는 악플들이다.

☞선동과 파괴단체를 사회가 풍자적으로 꼬집는다.

☞컴퓨터 개념을 통하여 생활방식이 기계화되고 정보망 시대다.

☞법이 묘기를 부리거나 곡예를 하면 애매한 선고.

☞인생관, 가치관을 바르게 정립해주는 곳이 학교교육이다. 즉, 지식 재산권.

☙사람은 약점이나 흠결을 공격받을 때 위기를 논지로 돌파하며 멋지다는 평으로 자화자찬.

☙자녀의 행복은 곧 부모의 행복이다.

☙경제성장률은 자본이 웃돌아 돈이 돈을 낳는 식의 소득 불평등이 심화, 성장에 대한 강박에서 벗어나 음지강박을 줄여야 새로운 시작이 된다.

☙역사적 자연과 사회적 관습과 관계를 배제해야만 삶 그 자체를 돌릴 수 있다.

☙생태계의 지배층으로 발돋움한 농업혁명을 통해 빠른 문명을 진입시켰다. 이 문명이 인공지능, 유전과학, 우주공학, 테크놀로지 같은 과학 기술을 획득했다.

☙이제 인조인간의 여타 생명에만 아니라 인간을 재창조할 수 있게 됐다(인조인간은 로봇을 말함).

☙동대문시장은 대한민국의 패션 중심지다.

☙비례대표제는 소수의 목소리를 대변하는 정당도 정치에 참여.

☙사람이 이름을 얻으려고 법질서를 어기면서 세간에 말썽을 부리는 것도 이름을 얻는 아이콘 수단이다.

☙예절교육이 문화예절이다.

☙젊은이들이 문화 느낌을 흡수하기 위해서는 서울 동대문 디자인 플라자인 20~30대들이 인증샷을 찍기 위해서 감각적인 공간. 전통과 역사성이 중요시.

☙한국 경제가 늙어가고 있다.

☙과를 극복하고 승화시키는 것이 지금의 할 일.

☙서울대 교수진이 개발한 로봇 기술의 특징은 로봇이 공기 중의 습
도를 빨아들여 자벌레처럼 몸체가 휘어지며 이동하는 법칙을 응용,
피부약으로 바르는 등 의료목적은 물론이고 작전 센서(전수조사)를
장착해 전쟁터에서나 환경오염지역에 침투시켜 모니터링(조종·관
리)을 할 수 있는 첨단기술 확보하고 발전시키고 있어 과학적 자부
심이다.

☙하루 속히 몸살을 털고 일어날 수 있는 기회.

☙바이오공학은 동·식물의 생체공학. 쉽게 말하면 인공뼈, 인공관절
등 농산물의 배양과정 컴퓨터칩 기술핵의 공학. 식물, 작물의 생체
공학

☙기술혁명에서 세상을 바꾼다.

☙우리나라 게임 산업 콘텐츠 장르는 세계 최고 수준급이다.

☙이제 톡톡 튀는 아이디어와 기술로 무장.

☙김영삼 (前) 대통령은 그늘보다 빛이 많았던 정치지도자다. 우리는
영원히 기억하고 존경해야 한다.

☙김영삼 (前) 대통령의 공과 업적은 민주화 투쟁거사로 독재군부의
막을 내리게 하고 문민정부로 출범. 금융실명제를 도입, 재산공개
등 많은 개혁정책을 올려 대한민국의 자양분으로 살아왔다.

☙부모는 아이에게 가정교사이며 기초 교양 몫이다. 부모는 아이들의
자존심과 교양성을 높여주는 친손의 칭찬과 사랑을 심어 주는 것이
중요하다.

☙엘리트 대학을 나오거나 똑똑하고 잘난 사람일수록 완벽에 대한 집착이 강하다 보니 이때 자신의 뜻이 흔들리면 마음도 유리처럼 부서지기 쉽다.

☙아동에서 청소년으로 넘어가는 시기는 아이의 호르몬 변화가 극심하게 충동되어 행동방식이나 주체성이 외계와 부딪치는 과정으로 괜히 신경질적으로 심리적 반대 현상이 일어난다. 이 시기는 자기중심적 경향이 강해지면서 심리적 혐오나 상심, 민감성이 두드러져 아이의 정서를 안정시키는 것이 최우선. 부모는 아이에게 사회적 표출방법을 찾을 수 있게 교육적으로 대변해주고, 만약 이 시기에 가정파탄이 발생하면 아이의 꿈과 공부운은 치명적이다.

☙한계를 극복하는 대체수단은 전문적인 업종이나 기술개발의 경계선을 허문다.

☙동물성 발효식품은 요구르트다. 치즈식품이다. 식물성 발효식품은 미생물(유산균)을 첨가시켜 한 단계 발효시키는 것이 청국장, 김치다. 앞으로 식물성 유산균으로 산딸기를 이용, 발효시켜 새로운 규명을 찾는다. 이처럼 전통식품에 과학적 기술을 융합시켜 가치를 끌어올리며 세계시장을 개척.

☙현대화 후생복지 사업으로 사각지대를 허문다.

☙문명이 활짝 열린 세상, 구사용어도 신조어로 차세대 용어다. 인문지식 재산이 더 요구되고 있다.

☙에너지 시장의 혁명은 신기후 체제를 구축하는 태양광 또는 풍력, 수자원 전력에서 배터리 시장을 구축하는 혁명이다.

✺한방 음양 건강법

병자나 평상인이 수면 규칙에 누워 있을 때 하체 다리 발쪽을 온돌로 가장 뜨겁게 해주고 머리 위쪽을 창문 쪽으로 차가운 바람이 들어오게 하면 이것이 음양법으로 뜨거운 기운과 아래 위의 차가운 기운이 어울어져 상하 氣 순환을 도와 고질병이 말끔히 고쳐진다. 이 음양법칙은 여자 하체 (음부)를 따뜻하게 하게 해주면 남녀 간 구실을 해주는 이치다. 생강, 파 뿌리는 몸이 뚱뚱하고 차가운 체질인 음인에게는 특효이다.

피를 많이 흘릴 때 새끼손가락 손톱을 힘주어 눌러주면 지혈에 효과가 있다. 또는 연근으로 밀착시켜 주면 금세 피가 멈춘다. 넷째손가락은 삼초 경락이라고 하는데 마약, 불면증, 알코올중독, 수면제에 의존하거나 과거 나쁜 기억으로부터 해방되지 못하거나 망각증으로 고생하면 이때 넷째손가락을 눌러주거나 둘째손가락과 중지 셋째손가락을 모아서 힘껏 조여주면 더욱 효과적이다. 둘째손가락이 턱없이 길면 공격적이고 무시하는 경향이 있으며, 남이 잘못되면 좋아하고 잘 되면 질투와 질시하는 면도 있다. 사촌이 논과 밭을 사면 배가 아프다는 식이다.

☙안보 불안이 지속되면 돈도 사람도 한국을 떠난다. 그러므로 대북 리스크(손해 보는 일)를 잘 관리해야 한다.

☙삶의 모습이 다른 이웃들과 함께하는 공동체.

☙가처분소득은 세금과 부채를 제한 나머지 소득을 말한다. 만약 부채를 청산 못하면 가처분시켜 소득에서 부채를 갚아나가는 조치다.

☙관광차를 타고 보는 창 밖의 외관 풍경은 무대 속 광경으로 유쾌한 경험이다.

☙모모는 '아무 아무' '여러 사람'을 뜻한다.

☙장충동 호텔 신라의 한옥호텔 부지는 일제의 한국 합병을 주도한 이토(이등방문) 통감이 기리는 사찰, 박문사(博文寺) 터 및 유적을 보존한다는 이유로 한옥호텔 사업을 서울시로부터 여러 차례 반려 끝에 역사성과 공공성을 강화하는 차원에서 최종승인이 되어 서울의 전통미를 살린 한옥호텔의 위상으로 세계인의 관광미에 효과를 낸다.

☙공부나 독서처럼 시간이 잘 가고 효율적인 것은 그 이상 없다.

☙기부행위는 착한 소비, 쇼핑 상품을 구입하는 것도 작은 기부행위이다.

☙현실세계가 미리 앞당긴 더 좋은 미래 세계에서 살아가는 느낌이다. 그러므로 100세 세대가 준 욕구의 서비스다.

☙직업職業은 전문성으로 강화하고 전문성의 정보를 확보, 전문적인 영역에서 인맥과 네트워크를 중심.

☙고위직에 있었거나 법률가들은 양민보다 도덕이 크게 요구된다.

☙국회의원들은 민의의 여론을 동력으로 삼아 국정을 대변해야 한다.

☙**담痰 ➤** 몸의 분비액이 순환하다가 어느 국부가 삐거나 접질릴 때 거기에 응결(엉켜 뭉침)되어 아픈 증상.

☙강점은 경쟁력을 높인다.

☙성정이 모범적이고 사회성을 가진 사람은 국보급이다.

☙어지러운 세상에서는 성실과 노력도 조롱당하고 홀대받는다.

☙귀농 농부학생들은 몸으로 공부하는 것은 실습학습이 되고, 머리 공부는 농공기술과 배합이 된다.

☙종자를 따라서 그 중지에 따르겠다.

☙부모가 돈이 있으면 자식은 부모를 섬기고 효자 노릇을 하지만 부모가 빈손이면 자식은 부모에게 멀리 있다.

☙백년을 살기보다는 맹수로 하루를 살겠다는 북의 충성, 대남책동을 쳐부숴라.

☙부모는 가진 것을 자식에게 전부 넘겨주면 쓸쓸한 종말.

☙공포의 독재는 민주주의 암흑시대다. 즉, 군부의 정치다.

☙여자의 마음은 열애에 눈물지면 여자는 더 강해지는 법.

☙인문학은 타 학문과 융합 연계를 통해 새로운 활로를 모색해야 살아갈 수 있다.

☙중력은 물체를 끌어당기는 힘. 나무에서 감이 떨어지는 광경. 자석에 의해 쇠뭉치가 자력에 끌어당기는 것

☙남북대결로 한반도는 항상 화약 냄새가 가득하다.

☙파괴적 혁신기술이 쏟아지고 글로벌 시장은 격변하고 있다.

- 논개는 전라북도 장수 출신으로 1593년 임진왜란 당시 진주성 전투에서 성이 함락되고 7만 민관군이 희생되자 외장을 유인해 함께 백마강에 몸을 던져 투신, 산화한 의기義妓다.
- 게임바둑에서 인공지능이 승리한 것(바둑 9단 이세돌이 알파고에 정복당했다)은 인간이 기계에 노예품이 되어 가고 있음을 보여주고 있다.
- 장원급제 벼슬관은 옛날의 암행어사와 같은 귀족 계족품이다. 암행어사가 지방도청을 하고자 암시출행하면 산천초목도 긴장하여 벌벌 떤다고 하였다. 법관이 지위를 이용해 월가 리스크를 떠안으면 정의는 무너지게 된다.
- 규제 개혁 혁신이라는 명제로 공무원 사회가 민원창구에서 민원을 실사하는 과정이 민원자의 유권해석이 되지 않는데도 민원을 압박, 불법이라 옭아매는 민원창구.
- 규제 완화를 풀기 위해 동의를 얻고자 할 때 각종 이해집단과 실타래를 풀어야 하는 점도 규제 완화가 어려운 이유로 꼽히고 있다.
- 독선은 배타를 낳고, 배타는 과오를 범한다.
- 모든 인프라 정책은 정치인들의 장차 표를 의식해 이를 반영한 정책으로 실사정책보다 반대 현상이 쏠리고 있다.
- 가뭄으로 농심이 바짝 타들어가고 있다.
- 물보라와 함께 흘려 내렸다, 소용돌이.
- 지혜와 힘을 모아야 한다. 응시하고 있다.
- 초월적 발상, 한계와 범위를 넘은 의식.

☜AI 지능지수는 원자수보다 막강한 데이터다.

☜AI 지능지수는 인간의 직관을 앞서가고 있다. 멍청하고 어리석은 인간은 이 기술에 의존하며 위안. 이제 인공지능이 투자나 사업에 엄청난 데이터를 제공. 또 미처 깨닫지 못한 해법을 제시. 일자리에 혁명을 몰고 온다.

☜삶과 기계의 경계가 점차 허물어지고 있다.

☜최근 경제상황은 거대기업, 거대금융이 전체를 독식해 서민의 기회를 박탈하는 절망적 상황.

☜경제가 성장되고 세상도 고도화된 추세에 사람의 인식도 무제한 높아진다. 이러한 시점에서 빈부차를 탈피 못하면 사회를 미워하고, 분노가 분출되면 사회를 교란시켜 고의적으로 경제사범을 저지르거나 형사 범죄를 택하여 공짜숙식(감방)으로 의식주를 해결,재범을 하게 된다. 생활고에 지친 사람들은 제 발로 감옥을 택한다.

☜불륜은 개인적으로 위안을 삼는다.

☜코카콜라는 탄산음료로 비만과 뼈 약화의 주범, 맥도날드 햄버거는 미국 자본주의 상징물 혁신으로 성장한계를 돌파.

☜디지털 기술공학, 디지털 경제패턴으로 분기점을 맞이하고 있다.

☜실체가 아닌 이론직.

☜인공지능은 인간이 만든 피조물이다.

☜세상을 읽지 못하면 뒤로 치진다.

☜원칙을 위반 변곡점에 처해 있다.

☜세상이 나를 다시 부를 때가 월가 개혁을 하라는 외침.

☺다른 사람이 있기에 내가 살아갈 수 있어.

☺재벌의 경제독점을 막아야 분배혁신.

☺정의가 지나치면 잔인해져.

☺아름다운 추억을 간직할 것.

☺반사이익, 좌파들의 천국.

☺산은 심신의 아이콘, 패션은 개성의 해방.

☺성 해방은 젊음의 자본.

☺민주주의는 허영심이 많다.

☺가공된 현실을 만들어 내는 것이 소설이다.

☺부모의 신화를 얻어 자손도 성공.

☺경제는 안보의 방파제다.

☺돈은 실력이다.

☺부모는 보증수표다.

☺세월은 가도 추억은 남는다.

☺자식은 거울이다. 무한히 사랑해준 보모님 감사.

☺내 과거는 부러진 세월.

☺전쟁으로 혼란이 뒤집힐 때는 군부보다 민란이 더 무섭다.

☺민주주의를 살해했다.

☺가족의 풍경이 좋았다.

☺모든 결함도 극복. 강점을 찾아서.

☺두려워하면 지는 것.

☺기회는 만드는 것.

☙ 신문은 싱크탱크 두뇌 집단이다. 생각과 판단과 자질을 높여준다. 즉, 통찰력을 발견하게 해준다. 신문을 많이 읽으면 논리적으로 말이 고급스럽고 가치성을 인정해준다.

☙ 통일은 먼저 압도적 경제성장에서 주도할 수 있다.

☙ 전쟁이 아닌 평화통일은 적대감정을 지워버리고 상대의 생활권과 자유 신분을 보장. 최소한의 권리를 존중하는 차원에서 숙청과 적대감정을 전면 해제. 끈질긴 노력이 필요하다.

☙ 세계는 이제 우리들의 무대가 되어가고 있다.

☙ 하늘에 떠다니는 비구름은 날아다니는 강물이다.

☙ 기후변화는 원인과 결과로서 환경에 막대한 영향을 미치고 있다.

☙ 우리 사회는 양보하면 밀려난다.

☙ 온라인 여론은 편향성 여론이 왜곡으로 형성되고 있어 민의의 중심이 되어서는 안 된다.

☙ 신뢰가 인정되면 협동의 기회가 생기고, 이것이 사회적 자본.

☙ 새로운 여정이 시작될 것이다.

☙ **금융상품 ➤** 저금, 보험금, 주택청약금 등은 경제성장의 동력으로 인류문명이 진보되고 있다.

☙ 역사적 문화가치가 되거나 역사적 예술성 기념가치가 되면 문화재로 인증.

☙ 너불어 살아가는 마음이 미풍양속으로 확산되기를...

☙ 기술이 뛰어난 전문인력은 스타 기업인으로 몸값을 올린다.

☙ 정곡을 찌르는 느낌.

☞저장된 정보를 증거인멸하기 위해서는 저장된 메모리칩을 강이나 바다에 폐기조치하는 것이 상책이다.

☞도시의 북적거림은 정신없는 소음. 도시의 사람 많은 것도 소음. 공동체 의식을 외면하는 행위다.

☞실체와 가상경계가 무너진 사회에서 성장한 아이들은 현실에 적응을 못하고 있다.

☞초록생명을 나무에 붙여 식물을 개량하는 기술이 바이오기술이다. 바이오기술은 생명공학에서 출발.

☞바이오기술은 인류 생존 문제를 해결하는데 중요한 역할.

☞첨단기술은 산업을 만들어주고, 산업은 새로운 일자리 창출해 우리 생활을 채워준다.

☞사회의 병든 영혼을 어떻게 치유하느냐, 공동체 정신으로 돕는다.

☞고풍스러운 집들이 마을을 이루고...

☞갑을논박으로 토론식.

☞종교는 안식처요, 선과 악을 교화시킨다.

☞레이더는 반사광선을 이용, 다시 방출시켜 상대방의 위치를 찾아내는 탐지기다.

☞자연현상에 의문을 갖고 가설을 세운 후 실험을 반복해 충분한 입증을 얻으면 그 결과를 논문으로 발표한다.

☞오동나무 속의 빈 특징은 가구, 거문고, 가야금 악기에 적합. 오동나무는 벌레가 없는 것이 특징.

☞가족 묘지는 조상의 집이다.

⊛소변(오줌)의 발견

아침 기상과 동시에 몸에서 처음 배출되는 소변은 버리고 (처음 나오는 소변은 매우 독함) 두 번째 이은 소변을 복용하는데 커피잔에 1/5 정도 받아서 복용한다. 복용 후에는 입 속을 물로 헹군다. 이러한 과정을 5, 6개월 정도 진행하면 피로증이 완전 해갈되어 이때부터 신체 세포 작용이 생기기 시작한다. 그리고 신장과 콩팥을 젊어지게 한다. 신장과 콩팥은 생명의 문이라 하였다. 콩팥과 신장 기능이 좋으면 살균작용이 강화되어 만병통치약으로 명약이 된다. 이에 노화방지를 줄이며 10년 이상 젊어지고, 패기왕성하여 힘든 일을 해도 피로증이 없는 것도 특징. 정력에도 효과적이다.

대한제국 때 고종황제 시절부터 대신들까지 자뇨법을 유래시켜 건강요법에 기록된 옛 사람들의 지혜다. 소변은 해독제로 명하여 현대인의 의학에서는 소변에서 추출한 유로기나제를 동맥경화 치료용 혈전 용해제로 사용. 소변의 재활용은 감로수와 같다. 죽는 날까지 복용하는 습관을 들이면 무병장수로 힘차게 살아간다. 또한 소변은 정력제로서 회춘하는 상이다.

☜자신이 걸어온 길을 통해 여기 웅변한다.

☜40, 50대 초반에 회사를 나와 방황하는 처지를 생각할 때 미리 직장을 다니면서 자기만의 기술이나 전문성 자격증을 따놓으면 직장을 떠나서도 독립할 수 있다. 목공사업 같은 기술도 중요.

☜자본주의 사회에서 최고 권력은 돈이다. 돈은 생명의 공급원이다.

☜전체 동기에서 맥을 짚어준 역할, 우리 부모님이다.

☜법관은 개인 소신이 아니다. 판결 법리에서 양심적으로 사회 풍조를 해치는 행위.

☜표현의 자유, 양심의 자유를 침해하면 민주주의 도전이요, 사형선고다.

☜사회란 항상 태풍과 파도, 만경장파다.

☜신토불이 농산물은 농산지에서 소비하는 것은 농가 소득에 기여.

☜공론화를 통해 합의점을 찾는다.

☜나는 이 후학을 위한 교육의 자존심을 갖도록 하겠다.

☜실정법 위반, 금지법 위반.

☜미친 집값, 미친 전세, 월세. 부동산 구조조정으로 집 없는 서민들 해방.

☜상대의 실패가 나의 기회다.

☜다른 금융상품보다 수익률이 높은 부동산 임대업이 많은 것은 대출 속도가 호전된 탓. 효과를 늘려야 한다.

☜지식이 대답이라면 무지는 질문이다. 질문은 대답을 찾아내는 원동력이다.

☙양극화는 사회공동체 의식을 깨는 불안.

☙인문학은 사람의 나쁜 의식을 바로 세우고 의식의 병을 예방하는 윤리 교양이다.

☙움트는 자손대에서 꽃이 웃는 봄날이 되리라.

☙동창이 열린 하늘 아래 무지개 설정. 하늘의 창조, 대지의 축복.

☙자라나는 청소년들에게 올바른 국가관을 심어주는 것이 역사 철학이다.

☙국민적 의견이 모아지면 국민적 합의.

☙경제민주화는 재벌들의 돈을 뺏자는 논리인데 의기의 독약이 될 수 있다.

☙자연 선택이 아닌 인위적 선택에서 살고 있다.

☙50, 60대는 아직은 의욕이 넘치고 30, 40대는 야망이 있고 20대는 꿈이 펼쳐 있다.

☙혈연, 지연, 학연, 인맥, 경제적 배경.

☙왜곡된 진실, 불편한 진실.

☙일본의 욱일기는 나치의 학살 잔학상의 친위대장 팔에 두른 완장은 갈고리 십자가 모양으로 일본의 강렬한 군사적 군기다. 즉, 침략의 상징인 제국주의 일본의 전범기. 일본은 역사왜곡에 과거속죄에 대한 사죄를 하지 않고는 욱일기에 어떤 의미를 부여해도 환영받기 힘들다.

☙이공계 선호는 인공지능, 가상현실로 열풍.

☙건설공사 근로자 임금보장은 시중 노임단가 이상 보장.

☜여러분이 부여받은 동기부여에 최선의 노력으로 기존의 직무성장에 임해주고, 국가직 공무자는 항상 책임과 덕성을 앞세우는 데 의식을 가져야 함.

☜일기는 개인 사생활 기록이다. 일기는 자기 자신과 대화하며 일상을 돌아보고 성찰하는 기회다.

☜뇌에 염증이 생기면 기억력 상실, 정신장애, 치매증. 한약상가에서 두릅나무 껍질로 고아놓은 물을 1개월 이상 섭취하면 몸 속의 염증에 효과를 볼 수 있다.

☜수직에서 수평적 체계로 바꾼다.

☜거점이 된 위치, 거점된 품목.

☜제주도 해녀는 삼다도의 상징물이다.

☜고속기술, 고속시대.

☜촛불집회에 소모된 사회적 비용으로 정치인들은 성숙해져야 한다.

☜권력 뒤의 숨은 사욕은 권력을 모욕한다.

☜소설은 양식 자체가 그만큼 인간의 삶에 밀착되었음을 의미한다.

☜게임중독은 가정폭력과 아동학대로 빠진다. 또한 도박, 약물 중독에 빠진다.

☜집회는 감정을 공유, 불의 분노. 집회 무대에서 춤을 추는 광경은 집회 공감대를 넓히는 관심의 집중.

☜족보는 가문의 계통과 혈통 관계의 기록보다.

☜창 밖을 보면 눈에 들어오는 풍경은 우리 마음속에 담아 두는 것도 아이콘이 될 것이다.

☙검찰이 기소권을 독점으로 휘두르고 사법부는 멋대로 판결, 과잉을 부리면서 국민에게는 애국심과 자긍심을 강조. 윗물이 맑아야 아랫물이 흐리지 않다는 말이 뒤집히고 있다.

☙환율이 상승하면 수출 기업들은 수출이 증가되고 반대로 환율이 하락되면 수출 기업들은 수출이 감소. 확률, 즉 원화가치의 하락은 수입을 감소시키는 효과도 있다.

☙일인주의 팔자는 삭막한 인심이다. 권력 갑질, 정치후진국.

☙책은 공황장애나 불면증 환자에게 좋은 선물.

☙고용과 분배가 가능한 생산복지.

☙소수가 부를 독점해서는 안 된다.

☙박근혜 정부는 대인관계를 기피하는 자폐성 성격 때문에 중요 정보를 측근 몇 사람을 통해서만 집중받았다. 이 과정에서 차단되고 왜곡된 정보들이 박근혜가 오차를 범하게 했다.

☙하루를 잘 보내면 그 잠은 다르다.

☙군중시위로 해결하는 것은 인민재판이나 같다.

☙민주주의 헌정질서를 중단시킨 5.16 군사정변 독재는 자유민주주의를 훼손.

☙탄핵은 권리를 박탈하는 파면조치이다. 실제 형벌보다 무서운 형책이다.

☙고시생처럼 과도하게 노력하면 노력한 대가민큼 보상을 받으려는 심리가 커진다.

☙비판세력이 있어야 새로운 기준을 도입.

🐚박근혜 후광인 박정희 공과를 우리 역사에 계제한다.

🐚국회는 입법부 수장이다.

🐚알파고는 미래 문명의 선언이다.

🐚일차, 이차, 삼차의 물결 파도 분사시킨다.

🐚빌려온 시간이다. 자기 묘혈을 팠다.

🐚원수끼리 손을 잡고 악수로 끝났다.

🐚너무 강하면 부러지는 법.

🐚십시일반으로 모아준 금품, 즉 잉여가치가 발생.

🐚능력을 넘어 통찰력과 철학의 기준이 잡혀야 한다.

🐚연구는 새로운 가치를 창출하고 새로운 방향을 제시하며 지향점을 찾는다.

🐚국경國境에는 한계가 있어도 음악音樂에는 한계가 없다. 사랑 또한 국경이 없다.

🐚나라와 사회가 분열되는 것은 민족적 재앙이다.

🐚인간은 죽음 앞에서 가장 솔직해진다.

🐚경제성장으로 토지이용이 늘어나면서부터 산림훼손과 과도한 토지이용으로 도시균형이 빽빽한 밀도현상으로 숨이 막힐 정도이다. 이런 점을 고려하여 싱크탱크의 방향을 잡아야 한다.

🐚기본소득제는 재산소득이나 노동의지와 관계없이 65세 이상의 구성원에게 최소생활비를 지급하는 제도를 말한다.

🐚미국은 우리 한국과 국방안보와 경제안보가 깊이 연관되어있다.

🐚핵은 문명의 종말이요, 인류의 말세이다.

❀누룩의 전통

누룩은 술을 만드는 데 쓰는 발효제이다.

누룩을 만들 때 통밀을 거칠게 빻아 물과 섞은 뒤 반죽해 보자기에 넣고 발로 밟는 작업이다. 일정한 압력으로 고루 밟아주어야 곰팡이가 잘 자랄 수 있다.

일본에서도 누룩 만드는 과정을 견학, 연구원들이 찾아온다.

밀폐 공간에 누룩판을 선반 위에 올려놓고 24시간 불기운으로 연속 말린다. 건조시키는 1주일 정도 발효가 된 누룩은 잘게 부수어 여기에 쌀 고두밥을 물과 섞어 버무려서 여름철은 5일, 겨울철은 1주일 정도 항아리 옹기그릇에 물을 적당히 넣어두면 막걸리가 된다. 숙성시킬 술로 오래 발효시키면 식초가 된다.

☞부부지간에 사랑의 대화를 하지 않아도 사랑은 분명히 전해진다.

☞이 야망을 성숙시켜 왔다.

☞시詩는 사물을 감상하게 하고 예술을 심어준다. 詩는 치유의 희망이라 했다.

☞우리는 수많은 도전 속에서 살아가는 버거운 실정. 한계를 무너뜨려 가능성이 얼마나 되는지 새로 나온 기준들.

☞사람은 시련 끝에 강하게 된다.

☞흙수저 인생, 이름 나게 키워야지요.

☞쿨하게 구시대 의식을 붙들고 있다.

☞기초 노령인구는 복지 사각지대.

☞가정이 작은 공동체라면 국가는 큰 공동체이다.

☞한국의 민주주의 정신이 국민의 공동체 의식 속에 뿌리 깊이 박혀 있어 국민주권이 강하다.

☞전쟁은 안보의 사업.

☞노동소득이 없어지는 기계화시대.

☞정글과 같은 세상살이.

☞법치가 권력에 파괴되면 피를 보는 대항전.

☞한의학에서는 현賢(콩팥)을 생명의 문이라 하며 선천적인 에너지의 결정체인 정精을 간직하는 장부라고 한다. 정精이란 정액뿐 아니라 골수骨髓(뼛속에 가득 차 있는 결체의 물질) 등을 포함한 고도의 정제 된 에너지이다.

☞두렵다는 이유로 멈추지 않는 것, 이렇게 성공成功을 정의했다.

☞정精이란 혈血과는 비교되지 않을 만큼 파워를 가진 바 혈血이 석탄이라면 정精은 연비가 훨씬 높은 휘발유와 같다. 그러므로 정精이 고갈되면 어린 나이는 성장이 부진하고 젊은 여성은 임신이 잘 되지 않고, 늙어서는 노화가 빨리 온다. 정精에서 기氣가 생기고 기氣에서 신神이 생겨남으로 생기 넘치며 남자는 정욕이 왕성하다.

☞빨간색은 사랑과 정열의 상징이다. 여성의 얼굴이 발그스레한 것을 도화색이라 하여 경계한 것도 나라와 집안을 망하게 할까 봐 우려한 때문이다. 술집이나 홍등가는 붉은색의 상징 색으로, 공산주의는 적색을 혁명의 상징으로 사용한다. 공산당은 흔히 빨갱이라고 칭한다. 빨간색은 사람을 흥분시킨다. 스페인의 투사들의 붉은 깃발은 소를 흥분시키기도 하지만 관중도 흥분시킨다.

☞부자 지위의 대물림이 고착되면서 이제는 개천에서 용龍을 찾기도 힘들다.

☞단순한 부계父系 신분에서가 아닌 자기 출발점에서 얼마나 더 멀리 왔느냐가 그 잣대가 되어야 한다고!

☞우리가 젊으면 이제까지의 후진성을 다시 일으킬 기회가 있다. 좁은 우물물을 벗어나 바깥세상으로 눈을 돌려 생존을 찾는다.

☞낙수효과(공자이삭)는 무능케 하고 불평등에 맞서 싸워서 얻은 대가는 효율성의 가치가 제 몫으로 높인다.

☞불평등과 싸우기 위해서는 재벌의 개혁과 경제민주화이다. 재벌의 독식은 한사코 막아야 한다. 혼자 힘이 아닌 중인의 힘으로 이루어진 원천의 뒷받침이다. 그래서 중인의 권리재산으로 정의한다.

☙독서와 글쓰기는 삶을 향상시키고 생의 강렬함을 숙명처럼 느끼게
해준다. 이 책이 세상의 무대가 된다면 개체 개념의 정의로 한다.

☙과거와 현재를 공존하듯 내 인생과 세상을 조명함으로써 삶에 대한
사고지식을 정의한다.

☙금단(금지선)의 영역을 넘고 있다. 우리 한국인은 남남갈등이 심한
민족이다. 초강력으로 대응해야 한다.

☙ '안녕하십니까' 라는 인사말이 '환영합니다' 로 대체한다.

☙소개팅 앱에서 오로지 성관계 때만 좋아요 같은 성 혐오 표현은 이
제 그만!

☙부모 유산, 역사 유산, 문화 유산.

☙국방 현대화는 국민의 준엄한 명령이자 시대적 소명이다.

☙헌법의 법률 양심 선언은 국민과 사법부 구성원의 의사가 반영되어
야 한다.

☙글로벌 시장에서 수요가 늘어나는 추세에 성장요건을 갖추어 집중
한다.

☙소득성장이 수요 측면에서 성장을 이끄는 전략이라면 공급 측면에
서 성장을 이끄는 전략은 바로 혁신성장이다. 소득주도 성장 못지
않게 중요하다.

☙동맹국들이 미국의 희생을 이용해 이득을 보는 무임승차라고 생각
할 수 있는 미대통령 트럼프라면 한미 연합훈련 중단, 주한미군 철
수 등 옵션을 취할 수 있다. 평화를 수호하기 위한 강력한(핵무기)
국방력 기반으로 더욱 박차를 가한다. 상징의 요소다.

🐚화학적 방법으로 특정 기능을 갖는 효소를 빠르게 유도, 진화시킬 수 있는 기술을 개발한 노벨 과학자들. 이제 생명체가 가진 진화의 힘을 가장 유익하게 인류에게 돌려주는 시대가 열린다. 바로 친환경 바이오 연료부터 의약품에 이르기까지 원하는 기능을 가진 생체분자를 얼마든지 만들 수 있다는 것이다.

🐚가정폭력은 부부지간에 정신적 학대다. 즉, 정신적 학살이다.

🐚문명의 진보를 위해 사회와 공동체의 주역.

🐚생각이 익어서 고귀한 노하우 법이 나올 때까지 기다려야 한다.

🐚부러진 시간은 날로 독해지고 있다.

🐚겨울 속 눈 덮인 서해바다 용궁의 울음소리는 눈장만 한다는 속설. 그 해 눈도 풍년, 비도 풍년, 농사도 풍년 농사.

🐚먼 바다에서 흑룡과 백룡이 파고를 몰고 육지를 엄습. 물기둥으로 육지를 삼킬 듯 맹습하는 사나운 파고, 육지를 처부순다. 흑룡은 깊은 연못이나 바다 속 용궁에 살고 있으며, 백룡은 잿빛구름 속의 용이라 천둥과 벼락을 동반 위용을 떨치며 신비의 동물로 인간의 신성물로 숭배되고 있다. 남자는 귀남이 되고, 여자는 위대한 자손의 잉태가 꿈이라 하였다. 구름 기둥을 타고 용이 승천하는 꿈은 그 집에 큰 인물의 자손이 배출된다는 예지이다.

🐚한국은 대외 건전성과 재정 건전성을 포함, 외환보유액 체력의 건전성이 양호하다. 환율전쟁이 심해도 크게 우려할 사항은 아니다.

🐚미국은 성문법전 대신 판례를 중시. 법적 추론 능력을 가르치는 것을 중요시하고 있다.

동행

그림자는 나의 동행, 나의 동반자.
검은 그림자
둘이서 하나되고 하나에서 둘이 되는
나의 동반자
달님의 그림자는 짝을 짓는 동반자
달님이 준 선물이라네.
그림자는 나의 동행
一人二역이라네.

🍵북쪽 상징성의 그림자는 남쪽 상징의 중천에 걸친 오(午)시의 태양
과 통행 동반자로 남(南)이 되는 태양열이 북(北)쪽 차가운 질 속을
가열시켜 북(北)쪽 방향을 개발, 이(離)궁과 감(坎)궁(태양의 그림자)
의 물질을 새롭게 발전, 새로운 잉태의 동반자 一人二역이다.

🍵고려는 외세 없이 후삼국(고구려·백제·신라)을 통일시켰다. 여러
갈래로 나누었던 한민족과 한반도는 발해의 유민까지 흡수한 고려
덕분에 하나로 뭉쳐 오늘에 모습에 이르게 되었다. 그 원동력은 태
조 왕건의 포용과 통합의 리더십이었다.
🍵**콘텐츠 문화의 파장 ➤** 스팩(광격, 파도타기)을 지나치게 과시, 종용
하는 것은 허영심과 집착을 부추기는 유발상.

☜흡연에 중독되면 친구보다 더 친하다. 담배 니코틴은 뇌 전두피를 자극해 주의력을 파괴시켜 주의성이 분산되어 생각과 판단에 착오를 일으켜 생활체를 크게 파멸시킨다. 담배와 술은 쾌감을 주는 기호식품으로 건강에도 주범이다. 담배를 끊기 위해서는 새로운 취미 생활을 찾는 것이 효과적이다. 예를 들어 시詩를 엮거나 문화적 예술에 취미를 삼는 것도 부업으로 효과적이다.

☜1776년 애덤 스미스가 《국부론》을 펴내 오늘날 인류가 누리는 경제적 풍요의 바탕이 된 시장경제의 이론 철학을 제시했다. 같은 해 미국이 독립하면서 사상 처음 절대 군주주의 제도에서 벗어난 삼권 분립 국가가 탄생하기도 했다. 시장경제와 민주주의 두 축이 병신년에 태동한 셈이다.

☜미래의 주역들에게 아무런 기회도 주지 않고 방향을 잃은 정치꾼들은 아집과 이득만 생각하는 사의 정치꾼들. 젊은이들이여, 일어서라. 성난 얼굴로 과감히 청소하라.

☜**흥청망청 ➤** 흥에 겨워 마음껏 즐기거나 돈이나 물건 따위를 마구 쓸 때 쓰는 말이다. 이 말은 나랏일을 돌보지 않고 허구한 날 사치 향락에 빠졌던 조선 10대 왕인 연산군 때 생겨났다. 그는 조선팔도에서 미녀와 기생들을 뽑아 여러 고을에서 관리토록 했다. 미모가 뛰어난 기생들은 따로 뽑아 대궐에 드나들도록 시켜 쾌락 흥청에 역사는 거꾸로 내달렸다. 연산군은 사리에 어둡고 어리석은 왕으로 꼽힌다. 그가 흥청들과 놀아 다니다 망했다 해서 생겨난 말이 흥청 망청이다.

☞복지 복지해도 일자리 복지가 최상이다.

☞사람은 선천적 숙명을 잘 타고 나면 살아가는 운명이 잠깐 흔들려
도 충격을 비켜가는 것이 운명과 숙명 차이를 그렇게 말하고 있다.

☞실무경험이 없는 법대 교수들이 그대로 로스쿨 교수가 돼 있지만
실무경력이 풍부한 변호사 출신의 학원강사 강의가 더 상징적이다.
로스쿨은 입학 자체가 변호사 자격을 상당 정도 보장하기 때문에
바늘구멍 같은 체제보다는 개천에서 용이 난다는 추론이다.

☞과거사 적폐청산의 뜻은 권력자뿐 아니라 젊은 세대까지 역사에서
교훈을 얻고 비극을 되풀이하지 않게 하는데 있다.

☞빅 데이터가 아닌 작은 데이터를 관리, 자신의 생업개발에 자기 개
발서 그 이상을 차지하는 위치를 분석, 끊임없이 한정한다.

☞정부는 임대주택을 공급하는데 그치지 않고 세입자를 보호하는 금
융정책을 확대하고 있다. 전세난으로 급등하고 있는 전세금 안심대
출 보증이 대표적이다. 이 제도는 낮은 금리로 전세자금을 대출하
면서 전세계약이 끝나고 전세금을 제때 돌려받지 못할 경우 주택보
증공사에서 전세금을 대신 돌려주는 제도이다.

☞신神은 자연의 초월신이다.

☞국가는 공동의 합의체. 국가가 나를 대신하여 정의를 세워주고 공
감해준다.

☞한강의 교량은 관문(요새의 대동맥) 역할에 물류망과 교통수단의
대동맥이다.

☞우리가 이 시점을 기초하여 강한 충격으로 변화하여야 한다.

✿일본 이토의 검은 책략

이토는 한국의 독립을 박탈한 장본인. 이때에 책임 있는 한국의 지도자들은 존경인물(친일파)로 이토 통감을 떠받들고 순종(1907년)이 이토를 태자 태사로 임명해 영친왕 교육을 맡기고 황족으로 예우하겠다며 을사늑약(1905년) 후 국권을 빼앗기면서도 선종 영친왕이 동의하는 생각을 가져 그 밑에 대신들도 침략의 원흉이라고 감추었다.

110년 전 1906년 3월 2일이었다. 이토 통감이 조선을 독립국으로 승인, 조선과 합병할 필요가 없다고 검은 속내로 거짓말을 했던 것이 드러나 안중근 의사가 이토를 차단한다는 것에 고종 순종이 크게 탄식을... 배신감과 망국적 일을 저질렀다. 나라를 빼앗겼으니 항변도 없고 노예 식민지로 36년간 박해와 국권이 정지되었다.

한 세계를 지난 지금, 주변 4강의 속내를 정확히 꿰뚫고 있는지 검은 속내를 숨긴 현대판 이토에게 현혹당하는 일이 없어야 할 것이다.

덕수궁 석조전 실내에서 촬영된 영친왕(가운데)과 그 일행의 모습(1911년)

☙부모의 재산에 따라 금수저와 흙수저로 나누는데, 이는 자신의 노력만으로는 독립할 수 없는 사회적 불평등에 대한 반감.

☙우리의 사회를 추진하는 복잡한 기계와 시스템이 자율적 공학으로 진입.

☙취업이 어려운 인문, 사회, 예체능 전공자들은 모바일 게임의 매출액과 종사자 수가 급증. 관광 통역 안내사 등 고급인력을 키워내서 여행사에 취업. 중국어, 베트남, 태국어, 아랍어 등 혁명의 첨단에서 통찰력 창조성.

☙가난한 고향을 돌아보지 말고 그리워하지 말고 현재 더 배불리 잘 먹고 잘 지내는 곳이 보금자리 고향이다.

☙삶의 발명을 개발하기 위해서는 다자연대에서 생각을 찾아낸다.

☙신앙은 마음의 때를 벗기는 목욕탕이다.

☙공직, 공인은 충실한 책임제로 소임을 다하는 것이 덕망이다. 외계의 유인에 끌려 본분을 망각하면 귀향살이다.

☙구약성서에서 이스라엘 민족의 조상인 아브라함이 자신의 아들 이삭을 신神에게 바치려는 순간. 이는 신앙을 숭상하기 위해 당시 역자들이 오역한 것. 성서의 이 부분은 아브라함이 37세 정도인 아들 이삭에게 영적인 권위를 넘기는 이야기로 봐야 한다고 말했다.

☙자본주의 사회에서 부력富力이 좋다함은 똑똑한 보증수표요, 제왕가의 명命이다.

☙명예는 죽은 후에도 이름이 나지만 권력은 오래가지 못해 단명. 권력은 돈보다 무력하다.

☙기술의 발전은 거대조직을 만들어내고 인간은 편안한 백수 노예가 된다.

☙예수는 빌라도 총독에게 '나는 진리를 증인하기 위해 이 세상에 왔다'고 말했다.

☙선별의 개념은 우선시 필요전제다.

☙혁명으로 붕괴시키자.

☙성공하는 부분은 계승하고 실패한 부분은 반복하지 않는 게 안전하다. 그래서 공과는 다 있는 것이다.

☙숫자에 집착한 수치 집중은 양질면에서 어두운 그늘로 전락하기 십상이다.

☙신앙의 교리를 내세워 인적, 물적, 자산 가치를 매도하는 유혹에 현혹되는 세상을 경계한다.

☙전복은 식재료이지만, 전복 껍질인 석결명은 약재료로 사용. 특히 안질 등에 효과가 있다. 또한 눈을 밝게 하고 혈압을 낮춘다. 굴 껍데기로 만든 색소빼기 제품은 천년을 넘어도 변치 않는다는 남대문 조각품에 선인들의 솜씨가 천년의 지혜를 담고 있다.

☙패션은 미술적 아름다움을 새롭게 풀어주고 있다.

☙독서란 자기 머리가 남의 머리로 생각하는 일이다. 그만큼 독서는 새로운 사상과 지혜와 감성을 내 안에 담아내는 보고다. 지적 자극을 선사한 모든 책을 내 안에 담는다.

☙사람은 이길 수 없다면 이길 수 있는 편에 서야 그 지원세력에 위안이 된다.

☙신영복은 서울대 경제학과 재학 시절 혁명을 꿈꾸었던 통혁당 사건
에 연루되어 감옥에서 무기수로 복역 중 맑은 생각을 끌어낼 수 있
다는 사색에서 소주 '처음처럼'을 발견. 글씨체가 매력적인 이 소
주는 신영복 씨 구상에서 소주의 대명사로 일컬어지며 사람들을 애
주가로 만들었다. 사람들 중에는 신영복 씨가 싫어서 마시지도 않
는다는 사람도 있지만 신영복이 정신세계에서 사랑받았다. 소주의
대명사 처음처럼. 세상을 바꾸는 데 말보다 실천하는 행동이 중요
하다는 감언ᑭ른은 현대인에게 매력적이다. 신영복 씨는 문명과 동
떨어진 외진 산골에서 홀로 은둔생활을 했는데 이곳은 지하운동의
성지였다.

☙형제지간은 서로 이해를 존중한다.

☙상대를 너무 믿는다는 것은 순진한 발상에서 뒤통수를 당한다.

☙**멧돼지 방어용 ➤** 멧돼지는 빨간색을 싫어하고 무서워하는 특성을
참고. 산에 갈 때는 붉은 색깔의 옷을 입는 것도 피해를 막는 방법.
만약 붉은 옷을 입지 않았다면 붉은 색깔의 큰 보자기를 두르거나
깃발 등을 펼쳐도 멧돼지는 피해 간다.

☙국민이 정치권에 권한을 위임한 것은 대의 민주주의의 통치권이다.

☙쓰디쓴 인생을 하나씩 삼키며 살아가는 초야의 인생.

☙흙수저, 금수저 계급론 용어가 유행하는데 콘크리트처럼 공고해진
사회구조와 양극화에 분노를 느낀다면 가난은 개인의 무능력이 아
니라 가난을 벗는 기회를 주지 않고 기득권이 부富권을 장기간 유
지되게 하는 사회시스템 문제에서 발상한다.

☙일본 고유의 도시락 밥손 벤또는 예쁘게 꾸며 잘해서 눈으로 먼저 먹고 입으로 먹는다는 말이 입을 녹인다. 국내에서는 즐길 수 있어 간이음식으로 인기다. 김밥 한 줄은 1500원에서 3000원 등 다양 가격이다. 설 연휴에 한국을 찾았던 20대 중국인이 서울 동대문 노점상에서 김밥 한 줄을 1만원에 샀다며 중국판 트위터인 웨이보에 고발했다. 중국인이라고 바가지를 씌웠다는 것이다. 기껏해야 2, 3000원 정도 할 김밥을 1만원에 팔았으니 바가지 상술이 쌓이면 한국 이미지를 좋게 가질 수 없다. 성숙된 상매 의식.

☙개미나 벌 등은 사회성 집단생활하는 조직체 곤충물. 그의 협동 공유 정신은 우리 인간에게 많은 애착심을 심어주고 있다.

☙고독은 독서로 창의성이 필요한 현대인에게 침잠의 시간이 얼마나 중요한지를 일깨워준다.

☙물체가 공간으로 상승하거나 지구로 떨어지는 현상도 중력의 영향이다. 물체가 움직이고 활동하는 것은 오직 중력의 현상에 비롯.

☙지식 기반 없이 창의가 저절로 꽃 피울 수 없다.

☙보호의 사각지대에 놓여 있다.

☙인권이나 시민의 권리수준이 높아졌다.

☙ 국론 분열은 안보에 심대한 영향을 끼친다.

☙추상적인 전략보다 구체적인 전략이 필요하다.

☙천륜을 저버린 행동은 인간이 해서는 안 된다.

☙새로운 출구전략 구글은 정보의 황제다.

☙독립성과 자율성을 보장해야 한다.

☙전략차원에서 이제까지 인생행로를 바꿔 실무현장에 투신. 그렇다면 기회를 얻게 된다.

☙여론조사 통계법 기준은 전 국민을 대상으로 조사하는 것은 시간이나 비용면에서 너무 비효율적이다. 대신 천명에게 설문 조사해도 답을 찾을 수 있다.

전 국민 5천만 명 중 천명에게만 물어도 전체의 의견을 추측할 수 있을까요? 그것은 쉽게 생각하면 주방에서 국을 끓일 때와 같습니다. 끓고 있는 국의 간을 보기 위해 우리는 국 전체를 다 먹어보는 게 아니라 한 숟가락만 맛봅니다. 국의 간이 골고루 섞여 있다면 한 숟가락의 맛이나 그 전체의 맛이나 같은 것일 테니까요.

마찬가지로 전 국민과 남녀 나이와 지역 등 여러 가지 요소 비율이 같은 설문 응답자 집단만 선정할 수 있다면 그 집단의 의견을 듣는 것만으로도 전 국민의 의견을 추측할 수 있는 것이다. 이때 조사대상이 되는 전체집단을 모집단위라 하고, 이중 모집단에서 뽑은 일부자료를 표본이라고 부친다. 또는 우편, 전화 조사가 상대적으로 높다.

☙산촌생활은 새로운 힘을 충전하고 삶을 나누는 행복의 공간. 시골의 삶터는 그런 곳이다.

☙서울의 발전하는 화력에 편승, 젊은이들은 탈력이 빅뱅. 행복을 저당 잡힌 채 살아가는 곳이 도시생활이다.

☙부가가치세 도입은 경제의 가치성을 죽이고 살리는 무마(위로해주는 대항전) 항쟁의 원인 중 하나다.

☙이제 공공기관이나 기업의 황제지분을 파괴해 기득권 세력을 청년 일자리로 대체, 보충해야 젊은 뇌를 개발 미래가 보이고 양극상태를 줄일 수 있다.

☙주민센터 등에서 일자리 복지 길이 열려 있다. 먼저 빈곤층을 우선 순위로 자립의 길을 열어주어야 한다.

☙어깨에 힘이 잔뜩 들어간 타인들은 으스대는 행세 꼴불견.

☙한지의 제조과정은 닥나무껍질을 벗기고 삶고 방망이로 때리고 풀고 찢어 만든다. 한지는 민족의 종이로 유럽에서도 찾는 서화용지로 발전. 3500번 접었다 펴도 찢어지지 않는다. 천년 이상의 보존성으로 민족의 정기를 담고 있다.

☙일제의 습관이 조선의 전통문화 개념 자체를 흔들어 놓았다. 조선의 맥과 전통문화를 뒤집어 놓았다.

☙기계가 인간의 생체기능을 소지할 시대가 멀지 않았다.

☙너의 잘못이 영수증으로 하차되고 있다.

☙사람은 마음이나 행실이 기준 가치를 전제로 벗어난 행실은 실패와 민사, 형사적 면책을 기피할 수가 없다.

☙잘난 사람과 못난 사람, 가진 사람과 없는 사람 막론하고 공생공조 합의체 세상이다.

☙경제 주축 기업의 도우미는 국민 전체이다. 막강한 협력으로 경제소득의 가처분 잉여분을 국민에게 몰아가는 후생복지로 국력은 높아진다.

☙제도가 변화를 따라가지 못하고 있다.

🐚투자나 전략 차원에서 단기 속전속결을 넘어 장기적 꾸준히 지속성 인내는 반드시 발효 숙성(김치의 화학성 비유)의 효과물로 가치성을 발견한다. 지속성은 숙성가치 창작물이다.

🐚중국 기업들의 우수 인력 빼가기도 적잖은 리스크 요인이다. 반도체 업계에서는 중국 기업들이 국내 연구 인력을 빼가기 위해 1년 연봉의 9배를 3, 4년간 보장해 준다는 조건을 내걸었다는 말까지 나오고 있다. 여기에 자녀들이 다닐 수 있는 국제학교를 주선하는 것은 물론 최고급 주택까지 약속하고 있어 업체마다 인재를 빼앗기지 않기 위해 여념이 없다. 그래서 인재들은 잘 대우해 주어야 보증수표가 된다.

🐚불황을 맞게 되면 경기를 살리기 위해 은행들이 대규모 채권을 사들여 돈을 풀어주고 기업의 악재를 완화시킨다.

🐚노벨상 후보로 거론되는 고은의 시詩 작품은 많은 사람에게 인기가 있는 편이 아니며 고급스러운 문체와 깊은 통찰력을 글에서 찾아볼 수 없었다. 김대중 (前) 대통령이 키워준 이름이었다. 요즘 시집들은 SNS에서 관심을 모아 출판, 시집 문이 우리의 이목으로 책 많이 읽는 한국인이 되었으면 하는 기대감.

🐚삼성三聲이라 하여 집안에 이 3가지 소리가 들리면 가내家內가 평안하다고 하였는데 ❶글 읽는 소리 ❷애기 우는 소리 ❸다듬이 소리 등이다.

🐚지금 북한과 대립 공세를 받고 북풍의 시대 앞에서 제일 경계해야 할 것이 근거 없는 낙관론이라 했다.

☞문화가 발달하고 경제가 발달할수록 자급자족으로 공동체를 이루고 있다. 옛날에는 자급자족으로 계약이 필요 없지만 복잡한 현실 사회에서는 자급자족으로 개인의 독립을 영위할 수 없다. 개인의 협력을 求하는 법적 수단이 바로 계약契約이다. 실제 우리는 계약 속에서 살고 있다. 그러므로 우리는 법률지식을 가져야 하는 것은 타인의 협력을 구하는 법적 수단이 바로 계약이다.

☞저당권을 설정, 취득하면 다른 채권자에 우선하여 변재받는다. 또한 가처분은 다툼이 있는 권리관계에 대하여 일시적 감정 지위를 정해 놓지 않으면 현저한 손해가 있거나 급박한 강탈을 방지할 필요가 있다. 가처분에는 보증 따위의 담보를 공탁하는 것이 일반적이다.

☞민주주의의 가장 쉬운 본보기에는 입법부의 태만이 있을 때 국민 각계각층 서명운동으로 책임을 묻는 것은 단호한 조치이다. 과연 국민의 심판론은 민심이다.

☞1948년 5월 14일은 북한이 남침 준비를 위해 남한에 보내던 전기를 끊은 날이다. 남한은 암흑천지가 됐다. 미국이 발전함 2척을 인천, 부산에 보내 배 위에서 발전기를 돌렸다. 이승만 대통령이 아니었다면 전기 해결을 할 수 없었을 것이다. 국민소득 80달러 시절인 1958년에 이승만 대통령이 미국 대통령 과학고문 박사로부터 원자력을 하라는 말을 듣고 이듬해 원자력 연구소를 만들었다. 그 가난했던 시절에 200여 명을 금방 유학까지 보냈다. 이후, 박대통령은 1970년대 고리 1호기 원전을 발주해 마침내 완공시켜 새 역사가 만들어진 것이다.

☞강대국들은 과거사와 같이 사대주의 흥정물로 대상, 영토색이 작은 이스라엘이 핵무장으로 국력을 과시하고 있듯이 한국도 핵무장만 한다면 대국인 중국도 우리한테 시녀 행동을 못한다. 한마디로 온 세계가 핵으로 확산되면 전쟁도 싸움도 없이 평화를 수호한다.

☞역사의 정통성은 그 서술이 역사의 빛과 그늘을 조화롭게 바라보아야 재충전할 수 있다.

☞최근 중국의 해외기업 인수합병으로 중국의 해외기업 삼키기의 거부감에서 누그러져 중국의 합병인수에 대해 우호적으로 바뀌고 있다고 평가되고 있다.

☞내수시장에만 머물면 성장에 한계가 있다. 세계시장으로 눈을 돌리는 글로벌 전략이 필요하다. 그래야 경제 부국을 이룰 수 있다.

☞이승만 남한 단독정부 수립이 아니었다면 자유민주주의 한국은 없었을 것이다. 그때 노선이 달랐던 김구를 평가절하지 않는 이유는 이승만은 현실주의자였던데 비해 김구선생은 통일정부를 추구했던 이상주의자였기에 김구를 부정적으로 평가하면 남북통일의 지상과제가 빛이 바랜다.

☞우리 한국의 좁은 땅덩어리 작은 시장 규모가 실제 현실의 제약이 없다면 PR의 세상은 국경을 넘어 무한이 없다. 좁은 땅에서는 새로운 기회다. 그렇지만 이 기회를 잘 활용하지 못하면 좁은 땅에서 더 위기를 맞을 수 있다.

☞객관성과 공정성이 없으면 독립적인 간섭이 될 수 있다.

☞장점을 특화시켜야 한다.

히틀러는 전쟁과 학살이라는 대재앙을 초래했지만 지금 사회가 분열되고 미래에 대한 불안감이 커지는 한국 사회상을 그려볼 때 답답한 현실에서 강력한 국가를 갈망하는 욕구가 표출, 극우성향이 활발해지는 사회상이 반영되고 있다.

집의 공간이 조형미가 좋아야 밖에서 받은 스트레스를 풀 수 있다. 꽉 막힌 APT에서만 살면 너무 답답하고 문만 닫으면 외부와 단절된 느낌이다. 전원생활은 자연스럽게 무장이 해제되는 느낌이 든다. 즉, 도둑도 없고 공격 대상에서 해방되며 인심이 좋아 서로의 관계를 풀어준다.

율곡 이이가 10만 모병을 주장했을 때 선조가 위기가 아니라고 하다가 임진왜란이 발발했다. 그때와 지금이 똑같은 난국이다.

북한의 핵시설 폭격은 전면전을 뛰어 넘어 핵전쟁이라는 최악의 종말을 염두에 둔다. 한국의 안보축을 미국에 의존하다가는 불확실성을 예고할 수 있다. 또한 강자국들의 흥정거리 대상이 될 수 있다. 이것이 분단국가의 불안감이다. 한국이 핵을 갖는다면 중국도 강력 제재에 나설 것이고 일본, 대만도 핵개발을 추진할 것이다.

경제불황으로 빨간불을 체감한다. 불황이 심각한 수준이다.

핵은 인류에너지(원자력발전소)로만 평화적으로 이용되는데 원칙. 핵연료 국산화 원자로 개발 등을 이끌어 이미 세계적 수준에 와 있기 때문에 맘만 먹으면 핵무기는 1년 안에 얼마든시 가능하다.

점잖은 방법이 무시되면 원시적인 방법(실력행사)으로 하게 된다.

주변 강대국이 한반도에 개입하면 통일은 어려워진다.

❦우리에겐 아직도 남은 전력이 많이 있다. 아직 세계인들이 부러워하는 정보통신 인프라(산업)가 있다. 세계 최고 수준에 가 있는 반도체, 휴대전화, 자동차, 조선 제철 산업 등이 버티고 있다. 이 주력 사업들이 정보통신과 결합하면 새로운 혁신을 이루어 제품의 경쟁력을 올릴 수 있다. 점차적으로 빅 데이터 판을 바꾸는 새로운 기술들이 나오고 있다. 집중 투자하고 육성하면 충분히 새로운 먹거리 산업이 될 수 있는 것이 된다. 우리도 첨단산업으로 화려하게 지금 이 시간에도 어떤 기술을 개발하고 지원해주는 것이 대상이다. 지금은 눈만 뜨면 세상의 기술이 쏟아지는 광속의 세상이다.

❦한국 정치의 가장 큰 후진성은 당략 당익으로 대치되는 정치적 합의 부재이다.

❦남극은 운석의 보고이다. 극지 연구소 직원들이 남극 장보고 기지와 세종 기지를 건설, 남극 탐사 개척에 열을 올려 남극 운석 분야에서 세계 5위권으로 등장했다. 남극의 보고는 매장가스와 탐사 생체를 아울러 운석 발견에 과학기지로 연구되고 있다.

❦정치인이 잘못해서 국민이 힘들게 되었다고 생각지 않는다. 오로지 우리 손으로 뽑아 놓은 우리들의 성찰이 성숙하지 못한 데서 기인하는 것이다.

❦원심력은 끝나고 이제부터 구심력이라는 힘을 발휘할 때이다.

❦심부전 환자나 심근경색 환자는 신체기능보다 강한 운동으로 사망의 사고가 일어날 수 있다. 숨이 차거나 가슴에 통증이 생기면 운동을 정지해야 한다.

✺화려한 세계에서 살아가는 영화의 조폭들의 지하경제 실태. 이 조폭들은 삶이 좋아서 과시하려 한다. 대개 조직폭력들은 성매매 알선이나 대부업, 사채업, 사업에 눈을 돌리고 있고 유흥업소 보호 명목으로 돈을 받아 챙기며, 조직간 세력 확장을 위해 집단 폭력을 일삼는다. 조폭들은 대신 징역도 살아주고 돈을 버는 변칙적 조직도 있다.

✺만화는 상상력을 길러주고 감성과 입체감이 넘치는 예술성이 있다.

✺취직난이 심각하다는 것은 그만큼 이 사회의 실상이 결함 많고 경색(순환장애 막힘)되었음을 뜻한다.

✺돈과 자본은 사냥감이 되는 사례도 많다.

✺진실은 궁해서야 드러내는 법이다.

✺중국은 한국에 고도의 전술 작전을 펴고 있다. 중국의 높아진 기술력에 대외기술 의존이 점차적으로 탈피. 중국이 높아진 기술력으로 자급률을 점차 올리고 있어 한국기업은 중국시장을 줄이거나 이탈현상으로 이중고에 직면.

✺우리 서로 공통점을 찾기 위해서 인터넷 이용을 늘린다.

✺품질이 아무로 뛰어나도 마케팅면에서 부족하면 영세상품으로 취급된다. 그러나 요즘 세상에는 네트워크 서비스 같은 데서 순식간에 퍼지니까 고립면에서 벗어날 기회가 있다.

✺경생은 시장을 죽이기도 하고 살리기도 한다. 질적 경쟁에서 가격경쟁으로 품질이 떨어지게 된다.

✺가장 잘하는 장점을 진로 선택한다.

☞ 과학자나 특수직의 임금 차이가 한국은 선진국의 10분의 1밖에 안되어 고급인력을 유치할 수 없다.

☞ 우수한 능력을 가진 전공자가 좋은 일자리를 잡기에 미국보다 좋은 나라는 없다고 자랑한다. 개인의 능력을 높이 존중하는 문화도 우수 인력 유치에 한 몫이다.

☞ 미국 회사들은 한국처럼 학벌이나 나이를 중시하지 않고 개개인의 능력과 역량만 보는 풍토가 강하기 때문에 STEM 전공자들은 취업이 훨씬 더 수월할 것 같다고 말한다.

☞ 미국의 금리인상으로 세계의 돈이 미국으로 몰려들어 미국만 번영하는 상황에 처해 있다.

☞ 나는 이 경험을 토대로 내 운명을 개척하는데 쓰겠다.

☞ 게임을 즐겨하는 이유는 현실 속에서 자신의 의지를 발현하기 어렵기 때문에 게임을 통해서라도 통쾌하게 가상 甲의 지위를 가져볼 수 있어 인기를 끈다.

☞ 평양 상공에 태양 드론을 띄워 인터넷 방송전파를 쓰는 기술로 북한 주민에게 외부정보가 폭포처럼 쏟아지는 날이 오면 그때가 김정은 세습왕국이 무너지는 날이다.

☞ 인간은 의식적으로 지어낸다는 것. 최초 비행기도 의식 속에서 지어낸 것이다.

☞ 공급과 수요의 법칙이 충실한 자본주의는 시장경제의 결정판이다.

☞ 국경을 넘는 인터넷 세상이 정보기술시대에서 빅 데이터한 데이터 기술 시대로 전환되었다.

⚙️장유제품 20%에서 유해물질 초과 검출

장유제품이란 된장, 고추장, 간장 제품의 바이오 식품이 단백질이 발효되는 과정에서 발생되는 질소, 화학물질이다. 이 중 희스타민은 혈관과 신경을 자극해 체내의 조직 또는 피부 염증, 다리, 허리 등 두통과 복통을 일으킬 수 있다는 연구결과 보고서. 비타민이라는 물질이 과소되면 혈관을 급속히 좁혀 혈압병과 식중독을 유발할 수 있다.

장유제품을 섭취할 때는 반드시 마늘, 추출물 등을 첨가해야 안전하다는 식약처 보고서다. 장유제품을 섭취하기 전에 술을 많이 마셨거나 우울증 치료제를 복용하는 경우는 체내의 효소가 제대로 작동하지 않으므로 장유제품을 잠시 중지. 특히 고혈압, 저혈압 환자에게 치명적일 수 있다는 결과보고서. 뇌출혈과 심장마비 등으로 불시착 현상이 발생. 반드시 마늘을 첨가, 복용 하는 것이 예방책이다.

☜인건비 증가로 점차 경쟁력이 떨어지는 상거래도 인터넷 상거래 전략 시대다.

☜1.4후퇴는 중공군 개입으로 제국 미국의 후퇴였다. 당시 중국이 개입하지 않았다면 북한정권은 존재할 수 없었을 것이다. 우리로서는 통일 기회가 무산된 데에 대한 중국의 역사적 책임을 잊을 수 없다. 미·중의 패권전략에서 한반도는 또 어떤 격변이 몰려올지 모른다. 역사의 의미를 무겁게 새겨야 하는 오늘이다.

☜빼어난 사람은 아니었지만 자신의 개발서를 침묵에서 해방시켰다.

☜남녀가 짝짓기 선택에 우연이야? 필연이냐? 내 인생을 가른다.

☜현실에서 도피하는 인문사회학. 정부, 학계에서 관리의 길을 열어주어야 한다. 이것이 예방가능한 절망의 출구 전략이다.

☜삶은 어차피 좋은 날을 만들기 위한 투쟁이다. 생존을 위하여 열심히 활동하고 건강한 음식을 섭취하자. 그게 본인의 행복과 연결이 되는 것이다. 가난한 상황에서도 스스로 잘 관리하고 아껴준다면 삶이 충만해질 수 있다.

☜풍문은 가설을 실어 풍선효과로 상품 마케팅이 유령상품으로 폭파될 수 있다.

☜세대의 사고방식은 성장과정과 환경의 결과물에서 생각 자체가 완전히 다르다.

☜세상은 하루하루가 진전된 모습으로 발전해 간다. 정말 고달픈 인생이다. 하지만 주시하라. 한 번 실패는 10년, 20년 진보에 낙오자라는 처량한 신세로 전락한다.

☞ 고질병 같은 암질, 혈압병은 본래 가족력이 있는 경우에는 윗대에서 아랫대까지 영향을 미친다. 고혈압 환자는 식습관과 음주습관을 적절히 유지하고 주기적 운동으로 생활하는 것이 최선의 안전망이다. 가정마다 혈압기기 소지는 매우 좋은 건강습관이다. 적정 혈압 수치는 140-80mm가 정상수치다. 그 이상 범위를 넘으면 고혈압으로 판정, 조심해야 한다. 혈압병은 뇌중풍, 심근경색의 위험도다. 식사 양이 많거나 지방질인 돼지고기 섭취는 절약하고 음주나 과음은 절대 위험요소다. 회식이나 술자리에서 술에 취하면 귀가 중 필연 뇌출혈로 식물인간이 되거나 장례식장으로 가게 된다.

☞ 겉으로 드러나는 행동을 가지고 무조건 비하하는 것은 시민 의식의 결여이다.

☞ 인간은 사회적 존재. 이해관계가 다른 구성원들을 하나로 묶는 조직력을 갖춘 사람, 사회적 존재감이다.

☞ 10세-15세, 스마트폰으로 정보를 얻어 조숙해지고 현실에 눈을 떠 세계관과 가치관에 빨리 눈을 뜨고 있다. 스마트폰은 사회성을 기르는데 좋은 학습 도구가 될 수 있다.

☞ '인간이 150세까지 살 수 있는 시대가 곧 온다.' 미국의 분자생물학자로 생명공학 최고경영자인 미국인이 한 방송사 프로그램에 출연해 이렇게 말했다. 1899년 7월 6일생으로 116세인 그녀는 노화치료법으로서 인간의 세포분열이 조금씩 짧아지면서 결국 죽게 되는데, 이 노화를 막을 수 있는 치료제 개발이 성공해 노화가 중단되는 수준을 넘어 다시 20대 청년처럼 젊어질 수 있다고 강조했다.

가을은 단풍의 계절이다. 가을 단풍의 풍경을 그리면 왠지 심심하
다. 낙엽에는 무언가 연인들의 그리운 이야기가 담겨 있는 듯싶다.
가을 단풍 풍경을 배경으로 사진을 찍기만 하면 작품 사진이 될 수
있는 계절이다.

전라남도 광주에 위치한 무등산의 산세는 유순하고 웅대하며 다양
한 형태의 기암괴석이 절경을 이루어 사철경관 아름다운 경승지가
많다. 정상부에는 천왕봉, 지왕봉, 인왕봉이 있는데 봉우리들의 북
북서~남남동 방향의 능선이 주상절리 지형으로 이루어져 있다.
천왕봉은 현재 군사시설물들로 인하여 주상절리 지형이 훼손되었
으며 주변이 시멘트 등으로 덮여 있다.
천왕봉으로부터 서남서 방향으로 150미터 떨어진 곳에 있는 지왕
봉의 서쪽 또는 북서쪽 방향은 주상절리 지형으로 인해 20~30미터
에 가까운 수직단애로 되어 있으며 이들의 경사각은 80~90도를 유
지하고 있다.
지왕봉으로부터 남쪽으로 150미터에 위치하고 있는 인왕봉은 지왕
봉보다 다소 낮으며 암괴의 특성은 지왕봉과 유사하다. 단애의 서쪽
은 급경사이지만 동쪽 및 남쪽 사면은 매우 완만한 사면의 특징을
보이고 있다.

사대주의 ➤ 일정한 주의가 없이 세력이 강한 나라나 사람을 좇아
자신의 존립을 유지하려는 주의 정신.

미국은 세계 여러 나라에서 독특한 사람들이 모여들어 경쟁한다.

요가는 마음을 가다듬는데 아주 효과적이며 큰 버팀목이 된다.

☙마음을 훔치는 공범, 음악의 질감이 더욱 좋았다. 음계를 아찔하게 뛰어내리는 멜로디 음색. 이 오색깃발로 무지개빛으로 바꾸다.

☙개미와 부자의 귀의 두께가 다르다. 개미는 귀가 얇고 부자는 귀가 살이 쪄 탐스럽다.

☙항구도시는 수출입 물량의 99%를 해상운송에 의존, 경제안보의 전진기지다. 중국의 군사력 부상에 일본을 견제한다는 이유로 한국의 방공식별구역 안까지 전투기로 침범, 공세하는 처세는 관계를 깨뜨리는 처사이다.

☙집은 훗날 팔 때에 대한 예측이 살 때의 가장 중요한 판단 근거가 되는 오늘날. 집을 짓는 마음과 집이라는 공간에서 삶 자체가 실용적이고 품격이 있으면서 공간개념이 의식주의 정신을 살려주는 명작의 집.

☙한국은 아직도 상전 모시고 싶어 하는 식민지사회. 추천도서에서 이념, 편향논란, 망국주의 역사 조선을 읽다. 사대주의 성인 한국은 미국이든 국제 거대 자본이든 상전(上典) 모시고 싶어 하는 식민지 국민성이라고 기술. 또 해방일기는 美 군정의 불합리한 행위를 비판한 반면 북한에 진주한 소련에 대해서는 긍정적으로 평가한 점. 소련군의 역할은 이남의 미군처럼 적극적인 것이 아니었고 또 일관성이 있는 편이었다. 이남에서 정치적 분열과 대립이 격심했던 것은 미군의 작용 때문이었다고 서술, 주장.

☙융합 연구는 종합 연구 시스템과 같은 뜻.

☙명시적, 묵시적, 현장 밀착형.

ⓒ노숙인은 사회적 약자이다. 노숙인들을 정부가 보호하고 이들의 재활을 도와야 한다. 연령과 건강상태를 파악해 직장, 재활교육을 통해 적은 보수라도 받을 수 있게 해야 한다. 자활 의지가 부족한 노숙인도 스스로 살아갈 기반과 삶의 의지를 잃지 않도록 배려해야 한다.

ⓒ재화의 총량에 대하여 새로 부각되는 비래에 차등의 기능.

ⓒ신용카드는 당장 현찰이 없어도 미리 소비를 하도록 대출을 해주는 기능을 한다.

ⓒ삼각 공조체제다.

ⓒ현대 문화를 혁명적으로 바꿔놓은 애플창업자 스티브 잡스. 닷컴 신화를 일궜다.

ⓒ한글은 큰 잠재력을 가졌다. 우리 글과 말은 발음의 다양성과 어려운 표현력도 한자의 뜻을 묶어서 복잡한 개념을 작은 단위로 아름답게 자유 자재로 표현하는 신비 글자와 언어가 가진 잠재력으로 국제 언어 산업을 석권할 수 있을 것이다. 언어 산업의 최강국은 미국이다. 국제통용어인 영문어에 한글이 들어간다면 획기적 혁신을 기대. 한글은 여러 면에서 알파벳을 능가한다. 예로 한글을 깨치고 나면 누구나 하고 싶은 말을 한 글자로 표현할 수 있다. 한글의 표현과 말은 지구상 모든 민족의 언어를 거리낌 없이 자신 있게 표현할 수 있는 국제어이다. 외국인이 한글 단어 철자 표기법만 알아도 모국어를 꾸밀 수도 있고, 한글과 한국말을 옮길 수 있는 장점과 강점이 되고 있다.

☜북한은 정치, 경제적인 고립에서 하루 속히 벗어나야 세계화할 수 있다. 우리 한국 영토에서는 민주 공간이 반드시 존중된 주권국가로 고정한다.

☜수능은 가정환경이 어려워도 열심히 공부해 좋은 성적을 받으면 훌륭한 삶이 가능한 제도이다. 반면 학생부는 학부모와 입시컨설팅 업체가 장기간 돈과 시간과 노력을 들여 관리해 주는 것이다. 일반고와 달리 특목고나 사립고, 자사고는 학생들에게 다양한 외부활동의 기회를 제공해 스펙의 허비성을 줄여야 한다.

☜열등한 상대. 사람이 살아가는 공식을 잘 배워서 성공시킨다.

☜주관적 의도 등이 아니라 표현의 객관적 의미 및 평가에 판단을 맡겨야 한다.

☜이승만 초대 대통령은 많은 한계도 있었지만 그 공로를 잊어서는 안 된다. 4.19 혁명은 이승만 정권의 3.15 부정선거와 3선개헌에서 비롯됐고, 경찰의 발포로 많은 사람이 희생된 말년의 과오 때문에 국부란 호칭을 주저했다. 하지만 이승만은 탁월한 국제정치 철학으로 대한민국을 세웠고 6.25 전쟁에 미국과 유엔의 지원을 이끌어내어 나라를 구했으며 한미 상호 방위조약으로 안보 초석을 놓았다. 4.19는 이승만이 부정한 것이 예하 산하 세력들의 잘못과 수립정부 초기 경험이 초년생으로 자양한 것으로 보아야 한다. 이승만 체제가 민주정부 씨앗을 뿌린 사람이 누구였는지 알아야 한다. 바로 건국을 세운 이승만 정부다. 과거 36년간 일제치하에서 해외독립운동으로 구국에 몸을 바친 사람이다. 이런 상시적 평가를 도외시하고

트집만 잡으면 안 된다. 과거 정치 지도자들도 많은 한계를 딛고 공을 세운 지도자를 역사의 아이콘 인물로 숭배. 이는 좌파 역사학자들이 이승만을 깎아 내리려는 의도가 숨어 있다.

☞우리의 아이디어나 기술의 강점을 살려서 가시적 성과에 초점을 맞춰야 한다.

☞에세이가 웹이나 종이책에 담은 그릇은 달라도 종이든 웹이든 다르지 않다. 스마트폰이 인간의 의사소통 방식을 바꾸고 패러다임 자체도 바뀌고 있는 세상이다.

☞우리 군의 정예 강군을 위한 국방력 강화에 힘써야 한다.

☞우리의 사회가 빠르게 글로벌화하면서 다양한 사고방식으로 분류되고 있다.

☞명문계를 나와도 인문계, 사회계열은 취업깡패로 불린다.

☞기계로 문자를 찍는 것보다 자신의 손으로 직접 쓰는 글이 인생에 얼마나 중요한 자양분이 되는지... 한 시대의 창조자라 할 만하다.

☞사법고시와 로스쿨 이원적체제로 먼저 사시는 사회적 약자와 소외계층의 법조인 접근을 보장하는 역할이고, 로스쿨은 고비용 재력가의 구조이다. 두 번째로 사시는 50년 넘게 단 한번도 그 공정성에 대한 의문이 제기된 적이 없었다. 로스쿨은 돈과 시간 있는 사람만 이용할 수 있는 제도로 금수저 논란에 휩싸이고 있다.

☞요즘 영화나 드라마나 인터넷을 보면 금수저, 은수저, 흙수저 단어들이 사람의 재산수준과 계층을 비교하는 대표적 단어로 쓰이고 있다. 돈이 없으면 꿈을 이룰 수 없다는 것이다.

☞적폐나 부패를 척결. 위험이 가시화되기 전에 선제적으로 리스크 관리다.

☞요즘 아이들은 현실감각이 지나치게 발달한 신조어 어른이다. 이런 모습은 부모들이 만든 것이다. 공부 많이 해서 출세해야 하며 남보다 더 잘 사는 것이 성공한 사람처럼 아이들의 미래성장 걱정.

☞새해가 열어 가는 원년이 되기를 기원한다.

☞일본과 중국은 역사관이 우리 한국에 빚이 되고 있다.

☞경찰은 자유민주주의 체계 수호는 물론이고 사회의 안전과 국민의 생명, 재산을 지켜주는 치안의 보루이다.

☞감추고 있는 곳을 느껴 주어야 한다.

☞장점을 모아서 힘을 실어주자.

☞부모의 금수저 특혜가 부각되고 있다. 부모의 재산과 지위가 자식에게 대물림되고 개천에서 용이 날 수 없다는 수저계급론이 퍼져 나가고 있다. 자식에게 금수저를 물려주는 삼류층의 형태에 실망하고 좌절한 청년들이 헬조선을 외치는 것이 아니겠는가?

☞인터넷 혁명으로 시·공간이 압축되고 사이버 세계와 현실 세계가 중첩되는 오늘날의 잡종사회 자본주의 대안으로 사적소유와 공적소유를 혼잡한 자본주의, 즉 생산자의 인건비를 착취하지 않는 상품, 아이콘으로 자랑되고 있다.

☞신문을 보고 글쓰기를 통해 생각을 명료하게 정한다. 또한 말을 조리 있게 하는 법도 터득하고 어휘력도 풍부해지면서 무대에서나 대중 앞에서 소통이 잘 된다.

⚖세상에서 가장 똑똑한 것은 돈이다.

⚖명당(六혈)이 맺혀 있는 곳에는 수맥을 꼭 피한다. 풍수지리학의 사실이 입증. 가옥 내부, 천장, 벽, 바닥이 갈라지거나 곰팡이 또는 누수상태가 있는 곳은 수맥이 있는 곳이다. 수맥이 차단된 곳에서 살아가야 건강과 소원성취. 수맥이 있는 곳에서 살면 가정풍파, 하는 일이 꼬이고 좌절, 자손의 성장도 장애. 수맥이 있는 곳은 전자파가 많이 타며 수맥차단은 수맥의 강도에 따라 알루미늄판, 동판으로 어느 정도 차단시킨다. 이 경우는 다른 곳으로 이주하는 것이 해결이다.

⚖피동적 위치는 패배주의적 위치다(남의 힘에 움직이는 일, 즉 먹혀 들어간다는 뜻).

⚖당근과 채찍질이라는 성과급제도는 한마디로 말하면 약자는 밀어내고 강자 보호 정치를 권장하는 정부시책. 이런 시책에 다자출산을 권장하는 것은 무책임한 약자의 약탈행위다. 무능하고 약자를 보호해야 한다.

⚖세계의 풍물거리, 민속품, 민속공연 등 다양한 축제 등이 펼쳐지는 서울 용산구 이태원은 지구촌의 작은 민속촌이자 관광특구이다.

⚖나이가 먹을수록 이 시대는 자꾸 젊어진다. 시대가 발달하면 자꾸 젊어지게 된다.

⚖공개시장에서 객관적 경쟁을 통하면 좋은 평가를 받을 수 있다.

⚖경쟁이 심하니까 반축 세상이 되고 악마의 발톱이 나오는 것이다.

⚖앞으로 게임 전쟁 시대가 온다. 즉, 로봇 전쟁 시대가 온다.

❀다양성은 삶의 질을 높인다.

❀찹쌀개는 달을 짖고 나는 여왕보다 행복했다.

❀총칼을 녹여서 호미와 낫을 만들고 고통이 없는 평화 지구촌이 되기를 다 함께 축수합니다.

❀원숭이의 체내 대사 구조가 사람과 95% 일치. 사람과 공유 형태. 인류의 조상은 원숭이라 하였다.

❀환경오염은 물, 공기, 흙에서 온전하게 지켜야 한다.

❀단기실적 성과만을 추구해온 모순은 정체성, 전문성, 연속성 부제이다.

❀생계生計가 빠듯한 개미들은 삶이 계속 된다면 반전의 기회가 다시온다.

❀생태계에서 혼자 경쟁력을 확보할 수 없을 때는 융합과 연계로 할 동력이 있는 시스템을 구축해야 한다. 가장 빠른 방법은 정보이다. 정보와 데이터를 확보, 기술과 혁신으로 선점한다.

❀영조가 청계천 물길 살리기를 통해 한양의 기운이 건재함을 백성들에게 과시. 그 덕분에 서울은 조선왕조가 끝나고 대한민국이 들어선 이후에는 수도 서울이 굳건히 지키고 있다.

❀서로 좋은 감정이 있어야 상대의 마음을 움직인다.

❀**풍수와 삶 ➤** 풍수학 중에 음택묘지 풍수론은 땅에 묻힌 조상의 유진 정보를 읽어내는 술학術學이다. 그리고 그 핵심은 조상 유골의 기운이 땅의 기운과 교합해 살아 있는 후손에게 교정된다.

❀달러가 가세될 때 미국의 증시 달러에 투자하는 것도 한 방법이다.

ⓒ강점 있는 기술면 육성은 국가경쟁력 창출의 보고이다.

ⓒ장사법 시행규칙에 의거해 분묘 정비 시책으로 국토의 효율적 이용을 위해 자연장, 수목장 장지의 허가를 적극 간소화하여 활용한다.

ⓒ실력이 좋은 사람에게는 경쟁자가 생기고 인성이 좋은 사람에게는 조력자가 생긴다. 지금 당신 곁에는 어떤 사람이 있을까?

ⓒ체내에 흡수된 알콜 중독성이 몸 밖으로 나가기 전에 다시 음주를 하면 간경화증 유발 확률이 높다.

ⓒ자신의 테두리 반경에서 그치지 않고 사회영역 영토의 곳곳에서 침투하게 되면 이것이 바로 소통이 된다. 즉, 관계를 푸는 리더십이다.

ⓒ중국산 가격 파괴로 또한 노하우 기술력으로 국내시장을 공략하고 있다.

ⓒ하루가 늦으면 10년을 빼앗기는 경쟁력 시대다.

ⓒ왜곡이 일어나지 않도록 투명성을 확보해야 한다.

ⓒ사람이 똑똑하면 경쟁력과 건전성을 잘 구분하지만 무식하면 그 경계를 잘 모른다.

ⓒ음악은 진정제의 음악과 흥분제의 음악이 있다. 즉, 사람의 마음을 진정시키는 음악은 약으로 비유한다.

ⓒ작품의 완성은 하나의 집을 짓는 것과 같다.

ⓒ기술인력이 인문학에서 뒷받침되고 있다.

ⓒ고교 진로 선택에 통념상 미술, 회계, 문과는 취직도 안 되어가는 현실. 머리 회전을 굴리는 경영경제학이나 공학기술직 분야 전망이 밝다.

⚽어느 매체에 소개된 글

동생처럼 아들처럼 대해주셔서 정말 감사합니다. 모두 건강하세요.

28세 森씨가 퇴직인사를 하며 사무실 한 바퀴를 돌았다. 森씨의 눈을 애써 외면하던 여사원 한 명이 울기 시작했다. 울음은 전염병처럼 번지더니 50대 남성 부장도 눈물을 흘렸다. 부장은 연신 미안하다고 말했다.

森씨는 어느 기업에 연구직으로 입사 후 집을 구해 새로운 고향으로 삼았다. 그런데 갑자기 회사 인사팀이 다른 계열사로 전직 하도록 권고. 싫다고 버텼더니 한 임원이 자신의 방으로 오라고 했다. 그러고는 '회사경영이 무척 어렵다. 네가 안 나가면 너의 상사 중에 누가 나가야 한다. 너는 아직 20대이고 가족이 없으니 어떻게든 살아갈 수 있지 않느냐. 잘 한 번 생각해보라.'고 했다.

森씨는 결국 퇴직원을 제출. 이와 같이 있던 자리도 쫓겨나는 청춘들. 구조조정에선 더 자를 사람이 없다 보니 구조조정의 화살이 점차 아래로 내려가고 있는 것이다. 상시적으로 희망퇴직을 받고 있고 대상은 신입사원을 포함한 전 직원이라고 말했다. 회사에서 착한 사람일수록 더 빨리 잘린다는 푸념까지 나오고 있다.

❦경제적 최첨단에서 어려움을 겪는 젊은이들. 사회시스템 똑똑하게 소비하라.

❦결혼을 해서 가정을 꾸리기보다는 혼자 살면서 반려동물을 가족처럼 생각하는 이들이 새롭게 등장하고 있다.

❦창조의 원천은 인문학이다. 인문학은 인간의 삶의 쾌적을 일깨워주고 사람다운 삶의 가치를 일깨워준다. 다시 여타의 학문으로 융합, 접붙인다.

❦망해야 정신을 차린다는 못된 버릇, 즉 일이 터져야 정신을 차린다.

❦기초가 흔들리면 겉모양이 아무리 좋아도 버티기 힘들다.

❦아이의 방임은 학대이다. 방임을 자율이나 사랑으로 저해한다는 것은 큰 착오를 범하는 것이다.

❦자식의 피는 내 피와 용해되고 있다.

❦한 해의 끝과 시작이 이어지는 파괴적 혁신으로 재도약하는 한 해가 되기를 희망한다.

❦성추행이라는 과격 트집은 문명사회에서 용인되는 수준을 훨씬 넘는 박해로 보아야 한다. 이는 한국 사회상이 반영하는 것이 큰 잘못이다. 옷깃이나 살만 스쳐도 성추행으로 고발, 피해자로 몰아 합의금을 갈취하는 선의의 피해자가 발생하는 것이다.

❦원칙은 무너지고 변칙만 기승을 부린다.

❦가짜 회사를 차린 후 사업설명회를 열어 고객들에게 투자를 유인, 유혹하는 것을 조심해야 한다.

❦어떤 사회든 빛과 어둠을 품고 있는 사실을 기억해야 한다.

☙ 증권투자는 먼저 기업가치의 정보력이 밝아야 하고 매수 처분에 이익이 난 종목부터 팔아치우고 손실이 난 종목은 빨리 털어야 한다. 투자 종목을 철저히 분석하는 것이 최대 관점이다.

☙ 독창적 화법으로 엄중한 현실을 직시하라.

☙ 마음은 다쳐도 정신만 다치지 않으면 여유분이다.

☙ 다원적 사회와 다원적 구조로...

☙ 공동체 의식이 약해지고 개인주의 의미를 오해하는 것도 하나의 갈등이 깊어진 것이다.

☙ 인사를 인상 깊게 하는 것도 친절미를 더해 주며 더욱 감동을 움직여준다.

☙ 지금 먹고 살기도 힘들고 경쟁과열로 나, 내 식구 정도만 소중히 여기다 보니 타인을 생각하는 배려의 싹이 이름만 있다.

☙ 노동계, 경영계, 둥지를 잃은 가장들. 둥지를 틀었다.

☙ 경제가 어렵고 살기 힘든 세대들은 대부업체들의 금리 횡포가 서민들에게 약탈적인 이자를 매겨 일몰파산 선고다.

☙ 물질문명에서는 도덕성인 공자 중국이 졌지만 정신문명이나 도덕성은 중국이 서양에 앞서 있다.

☙ 권력이 과잉 침투하면 사법부의 정신은 무너져 버린다.

☙ 모진 풍설을 견뎌온 고목으로 기억되고 싶다.

☙ 상충하는 가치관 사이의 대립갈등으로 내편 네편 줄 세우는 병폐로 사회가 병들고 있다.

제Ⅱ부

기억의
언저리

행동의 씨앗을 뿌리면 습관의 열매가 열리고,

습관의 씨앗을 뿌리면 성격의 열매가 열리고,

성격의 씨앗을 뿌리면 운명의 열매가 열린다.

나폴레옹 보나파르트(프랑스의 군인·황제)

우리의 한글 국어

　우리의 한글 국어는 가장 적은 단위의 한자 용어에서 따온 국어 한글을 묶어서 우리 언어와 국어를 입체적으로 즉, 부모님(한자용어) 편안히 계시오(국어용어) 하는 식으로 입체적이다.

　활자 문장과 구사력이 고급스럽고 훌륭하다. 만일 활자를 불용하고 우리 것만 사용한다면 문법과 구사력이 빈곤적이고 모든 생계권에서 막대한 지장을 초래한다.

　한자는 본래 우리 한민족의 고려인과 고구려 조상들이 중국의 문자 지혜를 자주적으로 인정, 한글 창작 과정에서 한자의 유산을 대용하였다. 한글의 우수성은 세계인의 모국발음도 쉽게 표현되는 것이 장점이다. 세계 각국 언어를 대변할 수 있고 구사할 수 있다. 따지고 보면 세계인의 자국이 모국어로 활용해도 능사할 수 있다.

　그러므로 우리 한국은 한자漢字의 숙어熟語 대용으로 뜻이 합하여

한 뜻을 이룬 복합어이다. 즉, 한자는 자음이요 한글을 모母음으로 본다.

한자 지식이 풍부할수록 인지認知의 가치성과 교양이 상대적으로 차별이 생긴다. 일본이 모국어보다 한자를 중요시하고 있는 것도 그 이유가 있다. 우리 대한민국이 일찍이 한자를 대용했다면 국민 정체성이 확고하고 교양과 도덕성을 확립, 오늘의 적폐 질투는 한정되었을 것이다.

한글은 배우기 쉬워서
슬기로운 사람은
아침이 끝나기 전에 깨치고
어리석은 사람이라도
열흘이면 알 수 있다

7급공무원이 된 탈북 소년

가족을 먹여 살리느라 학교도 제대로 다니지 못하다가 16세에 두만 강을 넘었던 탈북 소년이 대한민국 통일교육을 담당하는 7급공무원 이 되었다.

함경북도 무산 출신인 강씨는 6년제 중학교를 5학년까지 다니다가 1998년 돈을 벌기 위해 중국으로 넘어 갔다. 중국에서 한국의 발전상 을 알게 된 강씨는 남쪽으로 오는 길을 찾다가 1999년 상하이에서 다 른 일행 4명과 함께 체포돼 북송됐다. 같이 체포된 사람들은 모두 2년 이상의 형을 받고 교도소로 끌려 갔지만 강씨는 미성년자라고 나이를 속여 6개월 만에 석방될 수 있었다.

감옥에서 몸무게가 38kg까지 줄었던 강씨는 외아들을 부둥켜안고 눈물을 흘리는 어머니를 뒤로 한 채 다시 탈북했고, 몽골 고비사막을 넘어 2001년 한국에 왔다. 이후 낮에는 가족을 데려오기 위해 일하고 밤에는 공부하면서 고등학교 과정과 대학을 마쳤다. 이런 노력 끝에 어머니와 여동생도 남쪽으로 데려왔다. 강씨는 북한에서 제대로 공부를 하지 않아 대학과정을 따라가기가 너무 힘들어서 몇 번이고 포기하려 했지만 주변의 여러 좋은 분이 이끌어주어 6년 만에 대학을 졸업할 수 있었다고 말했다. 그리고 몇 년 동안 북한 민주화를 위해 활동하는 민간단체에서 북한 관련 잡지 발간에도 참여했다. 동시에 자기개발에도 힘써 고려대학교 북한학과에서 석사학위도 받았다.

졸업 후 하나은행에서 계장으로 일하던 어느 날, 통일부 공무원 공채 공고를 보게 되었다. 당장 눈앞의 조건만 본다면 은행직원이 훨씬 나아보이기도 했지만 평생 통일을 위해 일하는 것이 가장 큰 보람이라고 생각해서 지원했다고 밝혔다. 그는 자기를 믿어주고 받아준 은행을 갑자기 떠나는 것이 걸렸는데 은행 임원들과 동료들이 적극적으로 등을 떠밀며 박수를 쳐주어 홀가분한 마음으로 새 업무에 적응할 수 있을 것 같다고 덧붙였다.

강씨는 남쪽에 와서 정말 힘들고 어려웠던 순간마다 무너지지 않고 이겨낸 자신이 자랑스럽고, 통일이 되면 북한 고향사람들 앞에서 부끄럽지 않게 서고 싶다는 포부를 밝혔다. 통일부는 그에게 통일교육원 교육담당 업무를 맡길 계획이라고 밝혔다.

은銀을 사양한 홍씨와 이씨

서울의 오천 이씨李氏는 대대로 부자였으나 증손, 현손대에 이르러 가산을 모두 탕진하고 알거지가 되자 살던 집을 홍씨洪氏에게 팔았다. 집을 산 홍씨는 대청의 기둥 하나가 기울어져 무너지려는 것을 보고 수리를 하였다. 그런데 수리하다 보니 그 안에서 은銀 3천냥이 나왔다. 이씨 선조가 숨겨둔 것이다.

집안이 망하여 마지막 재산이던 집마저 팔았는데 그 집에서 생각지도 못한 보물이 나왔던 것이다.

집을 산 사람은 비밀을 감추려고 애썼으나 우연히 문 밖에서 이를 엿들은 원래 주인은 자기 것을 빼앗자고 달려들 테니, 이제 곧 보물을 둘러싼 음모와 배신의 막장 드라마가 펼쳐질 판이다.

위의 내용은 조선 후기의 시인 조수삼 선생께서 소개하는 양금홍이, 즉 은을 사양한 홍씨와 이씨 이야기다.

홍씨가 이씨를 불러 은을 돌려주려 하였다. 그러자 이씨가 사양하며 말하였다.

"은을 비록 우리 선조께서 숨겨 두었을지라도 그것을 증명하는 문서가 없소이다. 게다가 집을 이미 당신에게 팔았으니 은 또한 당신 것이오."

이렇게 서로 은을 사양하기를 그치지 않았다.

소문이 관청에까지 전해지자 관청에서는 이 사실을 조정에 아뢰었다. 이를 들은 임금께서는 칭찬을 아끼지 않으며 말하였다.

"나의 백성 가운데 이토록 어진 자가 있다니."

그러고는 그 은을 반씩 나누어 가지게 한 뒤 두 사람 모두에게 벼슬을 내렸다. 정말 아름다운 결말이라고 말할 수 있으리라.

18세 올림픽 챔피언

이베이에서 25달러를 주고 산 아동용 보드를 타고 출전한 대회에서 시상대에 섰던 여섯 살 소녀가 열여덟 나이에 당당히 올림픽 챔피언에 올랐다.

2018년 겨울 평창 동계올림픽 스노보드 여자 하프파이프 종목에서 금메달을 목에 건 클로이 김(18세, 미국)은 "나도 울고 엄마도 울고 언니도 울었다. 그런데 아빠는 안 울더라. 왜 안 울었는지 모르겠다."며 웃음을 머금었다.

"너무 기뻐도 눈물이 안 난다."

가족들은 모두 눈물이 날 정도로 기쁜데 클로이의 아버지 김종진 씨(62세)는 만감이 교차한 듯 흐뭇한 미소만 지었다. 한국을 떠난 지 36년 만에 모국에서 열린 올림픽에서 딸의 금메달로 아메리칸 드림을 이룬 김종진 씨. 지난 36년간의 타국살이에서 딸을 올림픽 설상 종목의 최연소 챔피언으로 등극시키기까지의 애환을 담은 인터뷰 기사를 소개한다.

"기자의 질문에서 눈물이 정말 한 방울도 안 나던가요."

흘리고 싶어도 시간이 없어요. (웃음) 우리 애가 13세에 처음 미국 대표팀으로 선발됐을 때 당시에는 눈물이 나더라고요. 처음 미국에 살면서 온갖 잡일을 다 하며 무시를 당했던 그 시간들이 주마등처럼 스치면서... 사실 그땐 미국 국가대표가 대단한 줄 알았어요. 그런데 막상 되니까 일단 6천 달러를 내라고 해요. 대표팀은 루키와 프로 두 팀으로 나누어지는데, 첫 해를 보내는 루키팀은 모든 경비를 개인이 낸다고 하더라고요. 냈죠, 뭐. 허허...

"금메달 확정 순간 그간의 설움이 스쳐간 지난 과거?"

제가 미국에서 온갖 고생 끝에 제대로 자리 잡은 게 작은 공장에서 중간관리자 일을 한 거였어요. 공장에서 일하는 덩치 좋은 사내들한테 내가 엔지니어랍시고 '하이~' 하고 인사하면 본 척도 안 했어요. 저 조그마한 게 왜 와서 나한테 이래라 저래라 하나... 이런 식으로 대했어요. 현장에서 오래 일한 그들은 무척 거칠었어요. 그런데 저도 막일을 해봤던 사람이라 용접이고 뭐고 다 할 줄 알았어요. 직접 하면서 이렇게 하면 된다고 보여 주니 인정을 해주더군요.

제가 그 회사를 5년쯤 다니다 스위스에서 여행사를 차리려고 그만두었는데, 그때 사장이 '너 같은 한국 사람 한 명 더 데려다 놓고 가라'고 부탁을 하더라고요. 정말 열심히 일했어요. 다른 게 아니라 돈을 더 주니까 열심히 할 수밖에 없었죠. 토요일에도 나가서 일했어요. 수당을 받으면 임금이 더 붙는데 '와이 낫(Why not)'이에요. 그렇게 힘들게 살아왔기에 클로이가 보드를 잘 타면서 미국 사람들에게 한국인을 긍정적으로 볼 수 있게 해줘서 참 의미 있는 일을 했다고 생각해요. 다들 우리가 한국인인 걸 알거든요.

"너무 일찍 인생의 꿈을 이룬 막내딸이 걱정은 안 되는지?"

저도 딸애도 운동만으로 인생을 끝까지 산다는 생각은 안 해요. 미국 시스템 자체가 체육대도 없고 운동 잘한다고 학교 안 가도 점수 주는 시스템이 전혀 아니기 때문에 공부도 똑같이 하면서 오히려 고교를 1년 일찍 끝냈어요. 힘들다고 울 때마다 '디스 이즈 더 로(This is the law)'라고 좀 무섭게 몰아 붙였어요. 대회 때문에 원정을 갈 때도 인터넷으로 수업을 다 들었어요. 제가 공대를 나와서 고교 수학 정도는 알아요. 미적분이나 화학, 물리, 통계 같은 건 가르쳐줬어요. 예순 넘어서 공부하느라 고생 좀 했죠. (웃음)

재작년 뉴질랜드 하계훈련 때 숙소 식탁에서 같이 공부를 많이 했는데 싸우고 난리도 아니었어요. '나는 네 아버지니까 공부 포기 못한다. 널 바보로 만들기 싫다'며 심하게 싸우면서 공부시켰어요. 작년 훈련 때도 같은 집을 얻어서 갔는데 그 식탁을 보니 애가 '아이 헤이트 디스(I hate this)'라고 하더라고요. 결국 작년에 고3 과정을 다 끝내고 마음 편히 올림픽 준비를 할 수 있었어요. 대학 입학 인터뷰도 몇 개 봤고요. 애가 크면서 멋도 부리고 신체변화도 생기고 어렸을 때와는 달리 겁도 점점 많아지고 루즈해지더라고요.

"클로이의 다음 시즌은?"

이제부터는 클로이가 혼자 스스로 뛰어야지요. 혼자 재능을 증명해
보라고 했어요. 단, 그래도 '난 네 아버지니까 늘 너를 도울 거다' 라고
했지요. 그리고 18세 성인이 됐으니까 남자친구도 사귀어야 되고...

필리핀 대통령 두테르테

    필리핀 지도자 두테르테 대통령이 유대인을 학살한 히틀러처럼 마약중독자 3백만 명을 죽이면 기쁠 것이라는 발언과 함께 마약과의 전쟁을 선포하며 인권을 유린, 국제사회의 맹비난을 받고 있다.

    두테르테 대통령은 필리핀 중부 시에서 열린 페스티벌 개막식에서 독일인에 의해 살해된 6백만 유대인에 대한 기억을 깎아 내릴 의도가 결코 없었다며 유대인 사회에 깊이 사과한다고 말했다.

    앞서 지난달 30일 두테르테 대통령은, '일부 비판세력이 나를 히틀러 사촌이라고 하지만 마약중독자를 사살하는 것은 나라의 고질적인 문제를 도려내는 것이며 미래 세대들을 지옥에서 구해내는 것이며 병든 나라를 구해내는 조치'라고 주장했다.

    이어 아돌프 히틀러가 유대인 3백만 명을 학살했다며 필리핀을 파멸에서 구하기 위해 마약 중독자 3백만 명을 죽이면 기쁠 것이라고 문제의 발언을 했다고 AP통신이 보도했다. 유대인 학살에 6백만 명이 목숨을 잃었다.

필리핀에서는 2016년 6월말 두테르테 대통령 취임 이후 3개월 동안 마약범죄 용의자 3천 5백명 이상이 경찰 등에 의해 사살됐다. 이로 인해 국제사회는 강한 비난을 쏟아냈다. 비인도적이고 인명을 경시하는 것이라며 발언 철회와 함께 사과를 요구했다. 독일 외교부 대변인은 유대인 학살을 다른 어떤 것에 비유하는 것은 용납할 수 없다고 했다.

필리핀 대통령 두테르테

❧돈이 실력과 존경을 채워주고 지혜를 제공, 귀족의 대우를 받는 세상이다.

❧삶의 만족도가 낮은 수준은 경제가 아닌 불평등에서 찾고 있다. 불평은 이익을 위해 재능과 능력에 따라 통로와 기회가 주어진 것. 불평등이 사람들을 열심히 일하게 하고 효율성을 높인다는 얘기다. 불평등 완화 과제는 비정규직 차별대우 해소, 최저임금 인상, 생활임금 확대 등에서 이룰 수 있다.

❧로봇과 기계문명의 본질을 넘어 가상세계 이미지만 쫓아 범죄사회만 극성. 인간은 병의 노예로 무너지고 있다.

❧조국의 부름을 받아 국방 군사훈련에 처음 겪는 타향객이 되었다. 고생스럽지만 인내와 용기로 적응 훈련에 최선을 다하라. 사나이 용맹은 군생활에서 교양을 얻는 것. 몸 건강하고 훈련 잘 마쳐 주어진 실무 군생활에서 우리 손자 힘을 빌어준다. _이 글은 필자가 손자 군입대 시 보낸 메시지 전통문이다.

❧신앙과 공상과학은 외계 세계와 공상을 찾는 프로젝트다.

❧고향故鄕에서 생장生長할 것을 생각生覺지 말라. 은혜恩惠받는 땅이 나의 옛집이다.

❧인구의 감소는 생산의 감소이다.

☙ **사육신**死六臣 ➤ 조선왕조 세조 때 단종의 복위(왕조나 후배가 다시 그 자리에 오름)를 꾀하다 잡혀 죽은 이개, 하위지, 유성원, 유응부, 성삼문, 박팽년의 여섯 충신을 말한다.

☙ 재물운을 부르는 좋은 꿈은 돼지를 잡거나 갖는 꿈을 말한다.

☙ 소비활동이 놀고 있다는 것은 고령화 부유층에서 젊은 층으로 소득을 이전시켜 소비위촉을 최소화해야 한다.

☙ 사람과 물류이동이 정체현상, 냉대받고 섬처럼 분리된다.

☙ 경쟁력을 적극적으로 키우면서 품질을 강화시켜 강점을 살린다.

☙ 서울 북촌의 안국동, 가회동 자리는 풍수학 명당자리로 전직 대통령 윤보선, 이명박이 집터자리로 사용했고 이제는 고인이 된 박원순 (前) 서울시장도 북촌 근처에 주거지를 정하였다.

☙ 민주적 사회주의 제도는 극심한 자본주의 월가越價 점령을 통제, 경제 민주화로 자존심을 부여하고 있다.

☙ 민주주의 정책이 사회주의 시장경제로 연동시켜 재벌의 중심에서 사회적 역할로 변화시킨다. 즉, 두터운 빈곤을 얇게 만든다.

☙ 중국의 사회주의 경제 민주화는 오늘날 미국을 능가할 정도로 경제 패권국으로 팽창되었다.

☙ 지금 젊은 세대들은 부모의 성공담을 뛰어 넘는 것이 일생의 과업이며, 전후 최초로 사회적 지위가 부모보다 하강함을 실감하고 있다.

☙ 경제적인 하강을 실감하는 가난한 흙수저 젊은이들은 대학 진학을 포기. 결국 사회 내 계급 구분이 다시 강화될 우려에 처해 있다.

☙ 가장 행복하고 즐겁다면 있을 때 잘해.

☞전환점을 찾기 위해 단계 절차를 밟고 있다.

☞빈부격차는 경제성장에서 얻은 대가로 또는 사회통합 차원에서 해
  결해야 한다.

☞수출무역은 경제산업의 핵심동력이다.

☞우리 브랜드 상품이 세계시장을 공략, 개척하고 있다.

☞한국의 방산 굴기로 열강을 위협하고 있다.

☞이해충돌, 첨단시스템이 도입된 과학 영상 통화가 개발되었다.

☞여성은 어머니가 되면 자식에게 모성애를 다 바친다. 여성의 희생
  정신은 그 마음을 상대에게 돌려받을 수 있는 권리채권. 정신이 강
  하고 채무정신도 강렬하다.

☞양질의 노동력을 저임금으로 하는 강점이 사라졌다.

☞중국의 경제성장은 값싼 저임금의 노동시장 강점에서 국제적 경쟁
  력을 확보한 것이 쟁점이다. 기업인들은 노동자의 저임금 강점에서
  세계적 자산가, 자본가를 확보해야 한다.

☞여성의 도발적인 미모, 도발적인 용모는 아름다운 얼굴을 해친다.

☞우리의 글과 언어는 한자의 뜻과 음을 묶어서 만든 기능적 글과 언
  어로 구성된 것이다. **예** 비호죄(庇護罪)란 가릴 비, 보호할 호, 지을 죄 세
  가지 글자자의 뜻과 음을 묶어 조화시킨 범인은닉죄다.

☞신음하던 자연은 곧 인간에게 통렬한 복수를 가하기 시작한다.

☞산업화의 부산물인 미세먼지는 자연이 갖는 중요한 가치를 재인식
  하도록 설파한다.

☞다양한 기준을 세워야 한다.

한 사람 한 사람이 모여 커다란 물줄기를 이룬다.

같이 일하다 보면 동행자의 좋은 면과 부족한 면을 다 볼 수 있다.

개인이 연대식으로 하나로 묶어 단체를 이루면 그 목소리는 위력이 강화된다. 경쟁이 뜨겁다.

차세대 기술 패권을 쥐게 된다.

내 처지가 재판관이 쳐놓은 법망 거미줄에 걸린 나비와 같다.

나만의 생각을 재무장하게 도와준다. 그러므로 가능성이 열린다.

인문학은 인간에 대한 정의의 학문으로 인성교육의 기초학이다.

건강비결 ➤ 마음을 비우고 여백을 만들어 생각을 바르게 한다. 또 부질없는 생각을 버리고 즐거움과 재미를 만들어 보는 것도 약방에 감초격이 된다. 결국 모든 문제와 답은 내 몸 안에 주어져 있음을 알아야 한다.

경제규칙 ➤ 더불어민주당 선거대책위원장(2016년 1~4월)이었던 김종인의 경제민주화 철학은 소수경제 권력이 나라 전체를 지배하는 것을 막는다는 훌륭한 취지! 기본적으로 시장은 자연적으로 떨어진 게 아니라 정부가 만들어 준다. 그래서 경제조항에 민주화의 못을 박아 놓은 것이라고 자화자찬한 사람이다. 경제가 발전하면 경제를 다루는 사람들의 영향력이 커지게 마련. 그래서 소수경제 권력이 경제권을 지배한다는 논리. 정부가 재벌의 독점을 막기 위해서는 이 조항이 필수.

부가가치세 도입은 경제의 가치성을 죽이고, 살리고... 무마항쟁의 원인 중의 하나다.

- 인터넷 주장이 대중의 여론을 지배하면 온라인 여론은 파시즘을 나을 수 있다.
- 甲은 돈을 쥐고 乙은 노동력을 제공하고 있다. 자본주의 사회에서 최고 권력은 돈이다. 돈은 생명의 공급원이다.
- 우리도 사회의 구성원으로 살아왔다.
- 셧다운 조치는 폐쇄적이다.
- 고령화 세대들은 과거 우리 경제가 그 성장을 계속해 오면서 자산 가격이 크게 향상되어 온 덕분이었다.
- 자기자신이 독창적으로 독립할 수 있는 자립기회를 얻는다.
- 지식재산권은 장차 큰 돈이 될 수 있다.
- **정보기술** ➤ 국가와 지구촌 지역의 장벽을 허물고 하나의 지구촌 공동체를 구현, 공존과 공유의 중심. 위대한 공감.
- **결혼식 때** ➤ 신부신랑은 출발점에서부터 설탕과 소금처럼 달달하고 짭짤하게 살겠다는 마음과 항상 보고 싶고 그립다는 마음으로 살아가세요.
- 안타까운 역사의 퇴행이다.
- 사상이나 행동 따위가 급진적이다.
- 종교는 치외법권 지대가 아니다.
- 자유는 자신의 해방과 기회를 준다.
- 정보는 시대의 자본이다. 구글은 정보 스파이다. 인터넷은 시대개방과 공유시장으로 좋은 이미지를 쌓아 왔으나 개인정보와 특허침해로 인간의 품위가 독침으로 물들고 있다.

☞일본 메이지유신은 혁명적으로 불리는 천왕가의 연속성을 강조하고 있다. 일본은 침략적 팽창주의에서 경제적 혁명으로 근대적 경제대국이 되었다.

☞삶의 변곡점, 凹凸.

☞미국의 케네디 일가는 대통령을 두 명을 배출했지만 두 형제가 암살되는 가족사로 아버지, 어머니는 알토올과 약물 중독에 시달렸다.

☞우리 같은 일반 개미는 파도타기 스팩으로 몸부림치고 있다.

☞공상과학은 머지않아 현실로 꿈의 기술을 선보인다.

☞우리 사회는 개인주의 의식이 팽배해지고 있다. 개인주의는 간섭을 배제하고 자신만의 세계 안에서 생의 의미를 추구하는 삶이 전부다. 그러다 보니 어두운 측면이 개인주의에서 나왔다는 비판 화살에 자유롭지 못하다. 남이야 어찌 되건 말건 나만 잘 되고 나만 잘 살면 그만이라는 의식이 지금 우리 사회 공동체 뿌리까지 흔들고 있는 실정. 자기만의 세계에 갇혀 남의 일에는 아예 무관심하다. 개인주의가 득세하고 이기주의가 판을 치는 세상으로 치달아 가면 적폐이념 사회로 가진 자와 무계급자 간의 질투와 충돌이 예상된다.

☞한계선상에서 허덕이고 있는 영세인들.

☞갑질 자본가, 갑질 자본주, 썩은 자본주의.

☞미역국은 산모들의 향토음식. 산모들이 미역국을 애용하는 이유는 산후풀이 때 몸 속 나쁜 피를 밖으로 배출시킨다는 의미로 사랑받고 있다.

☞사회 위상을 따라가지 못하면 시민 행복과 매력이 떨어진다.

☞효과는 극대화, 효율화.

☞공익과 사익의 충돌 방지.

☞주식의 주가 변화를 미리 알 경우 저가 매물을 사들여 차익을 내는 것이 가능하다.

☞십시일반으로 도와주겠다.

☞공격적인 영업으로 뒤집고 있다.

☞지금 상황은 망망대해大海에서 침몰하는 배와 같다.

☞질시나 질투는 사상과 이념을 추월해 수행정신으로 회복.

☞공산주의 정치는 당이 국가 사회 전체를 통제하는 1당 1인 체제다.

☞헌법을 흔들면 국가 기능도 흔들린다.

☞투명인간처럼 살아 있다.

☞쑥은 부정막이다. 잡귀와 마귀를 막아내는 영험이 있다. 집안에 쑥을 모아두거나 차에 쑥을 장치하거나 여행할 때 쑥더미를 몸에 지니면 모든 불상사를 막는 효과가 있다.

☞뇌의 성능을 높이기 위해서 지식을 공급한다. 공부는 그래서 필요하다.

☞1969년 닐 암스트롱이 고요의 바다인 달에 남긴 두 발자국 사진은 위대한 여정을 아름답게 조명해 주었다. 달 탐사 시 80kg 흙덩이와 돌의 무게를 채굴, 지구로 실어 왔다. 이 달의 정체는 미국이 첨단 과학기술에 응용, 세계적 기술왕국의 힘이 되고 있다.

☞신문의 문자 팩은 차세대 어휘력으로 첨단화 실력을 주고 있다.

☞개인을 필요로 해서 사회공동체 동참이 국가를 형성했다.

☞강점을 발휘해 가시적 성과를 올린다.

☞자식은 부모의 핏줄에서 흐르고 있고, 후손들은 선친과 조상의 핏줄에서 흐르고 있다.

☞한국 경제속도가 인구를 따라가지 못해 일자리 빈곤이 일어난다.

☞아프리카 우간다 여성은 12세에 결혼해 40명 이상의 아이를 다산한다고 한다.

☞한 날 한 시에 태어난 사람이라고 똑같은 운명으로 살아가는 팔자가 아니다. 여기에는 당사자 맘먹기와 행동에서 천차만차다. 내 팔자운명은 내가 나서야 개조가 된다.

☞뇌의 성능(공부 많이 한 사람)이 첨단화되면 지능적으로 사고력과 동작이 자율적으로 정확히 자동화된다. 그래서 많이 배운 사람은 머리회전이 빠르다.

☞망상의 포로가 되어 우왕좌왕해서는 안 된다.

☞사람의 마음은 위를 보면 볼수록 욕심이 나고 아래를 보면 볼수록 겸손해진다. 돈으로 인해 고통받을 때 나보다 못한 사람을 생각하면 여유분이 생긴다. 이것이 찬스이자 기회다.

☞한 번 마음이 토라지면 찬바람이 분다.

☞부동산 시장에 정보가 밝으면 노하우감이다.

☞개구리가 올챙이 때를 생각 못하듯 졸부가 출세하면 가난했던 과거를 빨리 잊어버린다.

☞남들과 소통하는 공동체 이념에서 움직이면 좋은 아이디어를 발견, 삶의 지표에 추가시킨다.

☞정책이 없고, 이념 색이 없는 분야에서 교류. 즉 과학기술, 의료 교육이다.

☞실용적이 아니고 이론적인 덕담은 환상에 불과하다. 즉, 소설집이나 무대의 연극에 비유하다.

☞**신소재** ➤ 가공하지 않은 그대로의 재료.

☞비트코인은 기술제휴가 따라 다니기 때문에 가상화폐를 완전 통제할 수 없다. 비트코인은 정보단위의 화폐다.

☞국민과 생활의 밀착 차등급을 이룩해야 한다.

☞투명성과 공정성이 확보되어야 한다.

☞젊은 세대들은 미래를 준비하는데 불가피한 비용이다.

☞희망사항이다. 재능기부였다.

☞공무원들이 민원창구에서 압박될 때 二人 三작으로 대응한다.

☞기계가 인간의 생체기능을 소지할 시대가 멀지 않았다.

☞아련히 추억하며 값비싼 결과물을 얻었다.

☞북한이 말하는 우리 민족끼리의 주장은 미국과 국조 공조를 허물고 모든 동력을 차단시키는 것이다. 강제성을 노리는 허구허상이다.

☞공부는 지식과 상식을 심어주고 뇌를 발달시켜 준다. 또한 삶의 자체가 확립되고 생활철학이 성숙된다.

☞꼴찌를 해도 밤새 책상머리에서 열심히 공부할 줄 아는 습관을 들인 아이는 이다음에 인내와 노력으로 성공을 거둔다. 공부는 자신에 대한 확립과 믿음을 채워주고 힘이 된다.

☞거짓 공감으로 사람을 현혹시켜 패자를 준다.

☞혜택을 받지 못하는 사각지대 인생을 생각하자.

☞신문新聞은 세상을 보는 창窓이다.

☞추상적 논리에 그치지 말고 알맹이가 되는 생각과 상태를 추구한다.

☞법法도 눈물이 있다. 삼 수(氵)변은 물을 뜻하는 눈물이다. 갈 거去 자
는 흘려 보낸다. 법률 판단도 윤리에 수용한다.

☞의사는 죽음을 살리는 신神의 손이다

☞미래의 내일이라는, 아직 실패하지 않은 새 날이 있지 않은가. 그렇
게 생각하면 억분의 용기를 준다.

☞긴장과 위기감이 고조되고 있다.

☞오른쪽 그림은 대법원에서 이적표현이라는 판결이 내려져 몰수됐던
신학철 씨의 〈모내기〉라는 작품이다. 아래쪽은 농부들이 외세를 상
징하는 코카콜라와 양담배 등을 바다로 쓸어 넣는 장면이고, 위쪽은
풍년을 경축하는 모습이 담겨 있다.

서울중앙지검에 17년째 보관 중인데 신학철 등이 줄곧 반환을 요구
했다. 1989년 국가보안법 위반으로 신씨를 징역 10개월 선고유예하
면서 〈모내기〉도 몰수당했다. 국제사회의 권고와 문화예술계 요구
를 통해 사회적 관심과 논란을 합리적 방향으로 모색, 국립미술관
위탁관리로 사면.

☞하나의 이슈다. 관계가 다른 이슈와 관계에 어떠한 영향을 미칠지
판단하고 접근해야만 상충되는 것을 방지하며 상승효과를 얻을 수
있다.

☞세상에 하는 것이 혼자의 것이 아니다.

🐚작사와 작곡 중에서 작곡도 중요하지만 작사 문구 배경이 선택이 좋으면 감정과 매력감이 넘친다.

🐚사설칼럼은 저명인사들의 강의교시 캠퍼스나 다름없다. 능변술에 사고능력과 생활철학을 좀 더 다지고자 하는 필연 독서신문이라 할까.

🐚독서신문은 자신이 바뀌고 세상이 넓어지면 재능과 보는 눈이 밝아야 라이벌이 될 수 있다.

🐚과거 역사적으로 중국으로부터 독립을 손상받아 가며 만주 일대의 영토와 민족을 반납으로 바쳤다. 우리나라 왕이 청나라 왕 앞에 무릎을 꿇고 머리를 땅에 박았던 삼전도의 치욕과 독립을 손상시켰다. 그 뒤로 3백년 후에는 일본에게 아예 나라를 통째로 빼앗겼다. 36년간 긴 세월에 나라 없이 말과 혼을 일본 국민성으로 야만적인 약탈에 젊은 여성은 일본군 위안부로 조롱되고 젊은 사내들은 남의 나라 전쟁에 밑받이가 되었다. 지금 우리 민족은 강토가 둘로 나누어진 상태에 이웃나라 시녀 노릇을 하고 있는 형태이다. 아직도 정신을 깨닫지 못하고 눈 먼 돈과 개인의 사익에 여념이 없고 권력과 계급투쟁만 일삼는 편파적 파괴분자들이 과거 역사적 패배자들과 맥을 같이 하고 있다.

🐚우리의 사명이 꼭 이루게 하소서...

🐚비행 물체(별똥별)를 확인하는 순간 외계인으로 막을 내린다. 밤에 줄을 긋고 쏟아지는 별똥별이 눈에 들어오면 그 직계에 죽어 나가는 혼백이 있다는 말이 있으니 긴장의 끈을 놓지 말자.

ⓢ중국의 경제적 이익으로 우리의 안보 이익이 흔들리면 또다시 독립이 흔들린다. 안보가 독립을 지켜주는 마지막 보루다.

ⓢ사람의 목소리에서 감정을 읽어 동작을 취한다.

ⓢ새 정권의 숙청 아니면 물갈이식 불이익을 감행하는 처사는 정의의 도발행위다.

ⓢ**지열발전소 ➤** 물을 지하 4km까지 주입해 지열로 덥힌 다음 다시 끌어 올려 터번을 돌리는 방식이다.

ⓢ의사결정 판단이 부족, 의사 능력이 부족한 시대이다.

ⓢ실력과 능력으로 승부하는 시대가 도래했다.

ⓢ사람 하나 살려내거나 구원해주는 것도 고귀한 인권이다.

ⓢ불꽃 튀는 대결을 해보자.

ⓢ신과 과학이 정면승부한다. 즉, 두뇌과학으로 정신세계를 지배한다는 뜻이다.

ⓢ급진주의, 파시즘의 폭등과 사회주의 투쟁. 즉, 나치주의 그 한계를 잘 보여주고 있다.

ⓢ단순한 부계 신분에서 아닌 스스로의 출발점에서 얼마나 더 멀리 왔느냐가 그 잣대가 된다.

ⓢ시대가 발달되면 변화의 기준도 바꾸어야 한다.

ⓢ소득성장이 수요측면에서 성장을 이끄는 전략이라면 공급측면에서 성장을 이끄는 전략이 혁신성장이다.

ⓢ나뭇가지에 부는 바람소리... 삭풍의 엄동설한.

ⓢ이제 4촌도 불편한 세상이 되었다.

🐚신앙은 정신에 그 뜻의 근본을 세우는 대도의 길이다.

🐚한약의 약초물인 '목통' 약초물은 전립선 약초로서 남성들의 활력 초다. 많이 애용하면 회춘하는 상이다.

🐚다원적 민주주의는 공익을 경쟁적으로 정의하며 개인이 아닌 집단 적으로 목소리를 내고 이를 통해 다원주의 원리로 사회적 권리를 해결한다.

🐚젊은이들이 일자리도, 살 곳도 없이 방황하며 자발적 구조조정에 내몰리는 사태가 지속되면 국가와 개인 노후대책도 부실해진다.

🐚한국 땅을 다 팔면 캐나다 땅을 두 번 살 수 있다. 즉, 식권은 많은데 밥이 없다는 이치로, 밥을 먹는 일자리가 없다는 뜻이다. 돈이 많아 투자처가 없어 수만 명이 저축만 늘리면 소비부진에 일자리의 소득 이 줄고, 부동산에 좋은 길목의 땅 같은 안전 자산을 찾으면 땅값과 집값만 오르고 젊은이들과의 자산 소득 격차로 소득분배 차원에서 부작용과 붕괴의 위험을 초래할 수 있다.

🐚긍정적인 사고를 가진 사람은 다른 사람이 불경기로 힘들어할 때 적 극적인 새로운 출발을 모색, 흉년에도 풍년 농사를 지어낼 수 있다.

🐚실세들이 많이 성장했으니 사회적 복지책임을 다 해야 한다.

🐚규모나 형편에 맞게 탄력적으로 운영해야 한다.

🐚공동체는 두 바퀴가 함께 돌아가는 동력이다.

🐚돈도 사랑도 무정하면 이것이 지옥이다.

🐚망상의 포로가 되어 이러지도 저러지도 못하고 우쭐대면 손재다.

🐚자신이 걸어온 길을 통해 여기 웅변한다.

☜우산 팔러 나가면 비가 오고 소금 팔러 나서면 비가 오니 남는 것은 빚뿐이다. 빙의 병이다.

☜가족묘지는 조상의 집이다. 상징성이 크다.

☜고령화로 복지수요가 증가되는 대신 파격적인 복지분배 예산을 늘렸지만 경제성장의 낙수 효과가 이를 따르지 못해 분배지표가 악화되는 요소다. 심각성을 체감할 수 있다. 무엇보다도 경제성장이 함께 견인해야 가능하다.

☜기술이 없어서 단순노동을 하더라도 빈곤층에서 벗어나려는 통합차원에서 함께 분배해야 한다.

☜고용시장 침체에 백수시장이 계속되고, 냉대받으며 섬처럼 분리되는 삶을 사는 인생들이 많아지는 세상이다.

☜위안이라는 말의 개념을 위장한 뒤에 폭력을 사용한다.

☜영향력이 침투되면 빅 데이터 시대이다.

☜수구정신을 지키기 어렵다.

☜표현의 자유, 양심의 자유를 침해받으면 민주주의 도전이요, 사형선고다.

☜야만적 행동은 문명사회의 수치다.

☜사회란 항상 태풍과 파도로 만경창파다.

☜인사 교류가 이루어지는 것은 지역사회와 유착비리를 근절하는데 하나의 목적을 두고 있다.

☜하나의 희망적인 생각...

☜누구도 혼자 부자가 된 사람은 없다.

🐚소신을 외풍으로부터 지켜냈다.

🐚동대문 동묘東廟는 풍수지리상 명당터이다. 천기가 왕성하여 기도 명소다.

🐚북의 공산당은 권력이 총구에서 나오고 있다.

🐚적성성과 타당성을 판단해야 한다.

🐚필요도보다 만족도가 비교적 낮다.

🐚실패의 원인을 남의 탓으로 돌리지 말고 반드시 자신에게 있으니 반성하라.

🐚자연과 자기와 조절을 할 줄 알면 인생의 참뜻을 깨달을 수 있다.

🐚실패는 성공의 어머니다.

🐚유머는 인간관계를 어울리게... 여유를 갖고 모든 사람을 대할 수 있어 숨은 음덕이 당신을 인도...

🐚성과 없이 무임승차하면 과실이 많다.

🐚허공에만 울렸다. 일인자로 군림하고 있다.

🐚부의 불평등은 자본시장 범위를 확대한다.

🐚18~19세기 조선사회는 문자 그대로 헬조선이었다. 가혹한 세도정 치와 지배층의 수탈, 외세침입으로 경제타격 등 민초들은 삶이 가혹 했다.

🐚전체 동기에서 맥을 짚어주는 역할이 중요하다.

🐚재판관은 법률의 입이다. 법관은 개인 소신이 아니다. 즉, 개인 소관 이 아니다. 시류에 편승하거나 압박에 작용, 격멸대상이다.

🐚법률과 사규를 무시하면 안 된다.

꧁포털은 각종 뉴스가 한데 모이는 정보집합체인 동시에 익명의 가짜 정보 유통망이다. 주목을 끌게 하고 관심거리 뉴스를 집중시켜 독자들의 눈을 모아 광고수익을 올리고 있다. 포털은 뉴스와 블로그 등의 콘텐츠를 유통해 광고매출이 33조원 정도로 전국의 신문사와 지상파 방송 3사 매출원보다 앞서고 있다. 이렇게 벌어들이는 포털이 과연 인격권을 침해 또는 가짜뉴스 책임을 방관, 네이버와 카카오가 독점적으로 인터넷포털을 생태계로 장악한 상황에서 역기능이 크게 부각되고 있다.

꧁도약적이고 혁신적인 신기술을 통해 선두주자로 경쟁을 압도한다.

꧁위기는 시대에 발맞춰 재빠르게 탈출 작전을 모색한다면 극복할 수 있다.

꧁일본과 중국은 과거 침략 팽창주의 국가다. 즉, 대외침략에서 부가 됐다.

꧁민사소송의 기본은 당사자의 법적 평화를 위한 것으로 쌍방이 원하면 어떤 결론이든 할 수 있는 것이 해결 조치다.

꧁정부가 개인의 소액 빚을 탕감해 주는 것은 재활의 지원이다. 연체 중인 채무자는 추심이 중단돼도 채권은 3년에 걸쳐 단계적으로 소각된다. 실제로 빚 갚을 능력이 없어 못 갚고 있는지를 확인하기 위해서다.

꧁오래된 우정을 정의로 지키고 가치관을 살려 삶이 청청해졌다.

꧁동풍이 문을 여니 새는 날며 춤을 추고 무리들 함께 즐기니 다시 사는 곳을 얻더라.

❀ 논개의 유적

임진왜란 때 전라도 군수의 후처로 재가, 남편이 임진왜란 때 전사한 후 왜군들이 미녀들을 동원해 승리의 연회를 베풀 때 남편의 전사 소식을 들은 논개는 치욕적인 심정에서 승리의 연회석에서 왜장을 껴안고 낙화암 아래로 몸을 던진 기생으로만 알고 있다.

그러나 많은 사람들이 논개를 기생 신분에 앞서 전사한 장수의 아내인 동시에 자신을 희생하면서까지 나라를 침략한 적의 장군을 수장시킨 순국열사의 공로로 평가해야 마땅하다는 의견이다. 논개를 기리는 비문에는 아직도 '義妓'라는 글자가 적혀 있다. '의로운 기생'이라는 뜻이다. 이것은 양반과 쌍놈(평민), 남자와 여자를 가리는 불평한 시대를 벗어나지 못한 표현이다. 국가에 위기가 닥쳤을 때 남자만을 중요시하고 여성의 공적은 제대로 치하하지 않았던 것이다.

임진왜란 중 충신과 열녀 등을 뽑아 적은 동국신속삼강행실도(東國新續三綱行實圖)에 논개가 등재되지 않은 것은 차별 때문이다. 책을 편집하던 편집자들이 기생이라는 이유로 누락, 구국운동에 앞장 섰던 유관순은 열사로 불리고 논개의 업적은 의녀(義女)에서 빼내고 있다.

☙물질만능에 치우치면 정신문화가 쇠퇴해짐으로 신앙심으로 그 근본의 뜻을 세우는데 대도의 길을 열어간다.

☙부동산 인프라 지수는 증권지수와 같이 민감한 인프라 지수다.

☙이 유대가 멀리 가도록 해야 한다.

☙독립이란 취지는 나라나 개인을 가르치는 존엄성이 선명한 명제다.

☙한 존재에 대한 사랑은 서로의 마음 안에 담아질 때 이루어진다.

☙주민이 체감하는 생활 밀착형, 환경사업이 우선순위의 선순환이다.

☙자신감은 하루아침에 부서져 구멍이 뚫렸다. 여기에 내 사연을 묶어본다. 이는 내 방향타를 잘못 잡은 출발점이다.

☙초고속 빅뱅시대로 진화되어 가고 있다.

☙각 지역의 지방특색과 문화적·역사적 가치를 관광자원으로 개발, 관광쇼핑으로 지역경제 경제성을 도모한다.

☙공유성장, 공통분배, 더불어 살아가는 융합시대다. 두 바퀴가 함께 돌아가는 시대 공생원리다.

☙수정주의는 일종의 마르크스 공산주의를 수정하여 사회 개량주의를 표방한 사회주의 체제다. 중국이 수정주의 패권국가다.

☙성형미인이 요즘 자연인보다 더 예쁘다는 인간시대가 오고 있다.

☙모든 것은 여유와 허락에서 창의력을 요구하게 된다.

☙뇌의 성능을 높이기 위해서는 지식을 공급한다. 뇌의 성능이 첨단화되면서 지능적으로 사고력과 동작이 자율적으로 정확히 AI기능의 고도화 자연소멸절차로 실패 없이 가게 된다. 즉, 투명한 판단력으로 대처한다.

☞동대문 디자인 플라자 건축 이미지는 곡면 알루미늄을 활용해 만든 구불구불한 곡선과 매끄러운 외곽은 미래의 도시로 주목받는 관광지이다. 스타 건축가 이라크 출신 영국계 여성 하디드. 여성의 약점을 넘어 우뚝 선 미혼인 그는 은하계에서 온 매혹적인 건물을 남겨 두고 66세에 세상을 떠났다.

☞사람의 머릿속에는 배울 수 있는 인지 엔진을 갖고 태어난다. 배우고 해결하고 기억하는 문제 등 인간과 똑같은 기능을 로봇에게 넣은 것이 기계학습이다. AI자동화로 일자리가 사라진다는 예고도 있지만 강점과 약점을 알면 두려워할 이유가 없다.

☞시진핑 중국 국가주석이 강한 중국을 만드는 돈을 미국에서 빼내갔고 환율을 기가 막히게 조작해 떼돈을 벌어 미국을 군사력으로 위협하고 있다고 소리치면 유세장은 박수의 도가니가 된다.

☞딸들은 엄마를 친구처럼 좋아해도 아빠는 말도 안 통하고 냄새도 나고 술 먹고 늦게 들어오고... 초등학교 학생들의 행복에 부모의 영향은 절대적이다. 딸이 사춘기 나이 때 아빠를 대하는 태도가 달라졌다는 것은 딸이 여성이 되어 가는 과정의 첫 걸음 신호이다.

☞아이의 창의력과 꿈은 자유학습에서 긍정적 시각을 비전으로 활용, 꿈을 갖게 한다.

☞부모가 성장하는 아들딸을 무조건 사랑하는 마음으로 대화를 하는 것은 자녀들의 자신감과 개성을 넓혀준다. 초등학교 3, 4학년이면 부모와 자신과의 이야기를 항상 만들어본다. 엄마는 딸에게 아빠의 중재자가 되어 아빠의 마음을 전해주는 메신저 역할을 해준다.

🐚역사교과서 부정론은 한국은 38선 이남의 합법정부로 정통성을 폄하貶下했고 소련군은 인민해방군, 미군은 점령군 인상을 심어주었고 전쟁 책임은 38선을 위주로 남북 양쪽에 있다는 시각을 주었다. 분단국에서 이적 단체가 활보, 자유 민주주의의 혜택을 받으면서 남한 체제를 파괴하는 것은 자유가 월가되었기 때문이다. 지금 한국사회를 비켜가는 인상을 바로 잡아 정상화시켜야 한다.

🐚종이 신문기사와 스마트폰 기사를 가르는 것은 빨리 써야 할 속보는 온라인 문자로 활용, 속보 전달이다. 또한 스마트폰 기사는 토막담으로 집중되어 종이 신문기사와 구분하는 콘텐츠 어휘력이 하늘과 땅 차이다.

🐚주입식 교육으로 긍정과 꿈을 목표로 주입된 꿈은 꿈이 아니라 악몽이다.

🐚국어는 이해력과 능력을 길러주고 지혜를 짜낸다.

🐚말의 발기력이 힘차다.

🐚우리의 강산은 국토 녹화의 금자탑으로 각광받고 있다. 고품질 조립 기술로 울창한 숲을 유지, APT는 외로운 상자 속에 사는 기물이다. 장보러 나가는 것이 외출의 전부다.

🐚우리는 사회 구성체이고 대중의 대민이다.

🐚사춘기 때의 여학생들은 남학생들에 비해 타인의 시선을 더 많이 의식한다.

🐚둘 사이의 생각이 톱니바퀴처럼 같이 움직인다.

🐚소셜 미디어는 대화방이다. 동네 노인정도 소셜 미디어 대화방이다.

🐚여자아이는 남자아이보다 1~2년 정도 발달이 빨라 자신을 더 객관
  적으로 바라본다. 그러므로 비교를 하고 적응도와 열등감도 더 빨리
  다가온다.

🐚인간성이 사실주의 화법이다.

🐚새로운 소재로 떠오르고 있다.

🐚물갈이라는 말을 많이 쓰지만 물은 갈지 않고 물고기만 갈아왔다.

🐚전통의 아름다움과 현대인의 감각으로 재해석한 미츠바 생활.

🐚AI는 제아무리 똑똑해도 영혼 없는 기계이다. AI는 스스로 감정을
  만들기는 불가능하다. 모든 기계는 인간이 개발 원천이다.

🐚한평생 남의 집 소작인으로 살아가는 남의 신세는 영혼 없는 인생이
  다. 비록 땅 한 평이라도 내 것이라는 권리행사에 자부심과 자긍심
  이 생긴다.

🐚그의 눈에 그렁그렁 담긴 닭똥 같은 눈물...

🐚사회적 합의를 이끌어내야 한다.

🐚기계는 우리 인간의 노예 제품이다.

🐚힘든 시기에 인터넷이나 카페에서는 많은 사람으로부터 객관적인
  이야기와 평가를 들어 해결책을 찾는다.

🐚공동체 배양심을 심어 통일 준비 기간이다.

🐚우주의 진리를 깨달은 부처를 뜻하는 불보佛寶, 부처가 남긴 가르침
  인 법보法寶, 교법에 따라 수행하는 승려를 지칭하는 승보僧寶가 셋
  이다. 부처님의 가르침은 지혜, 용기, 자비의 덕목을 밝혔다. 종교
  는 문화의 다양성에 기여한다.

☞학교 교육만으로도 충분한 대입자격 전형을 벗어나 사교육에 각종 인증자격 등을 포함시켜 돈 많은 학부모의 도움으로 교내평가에서 더 높은 과외평가를 얻은 학생들은 유리한 조건이다. 하지만 이러한 조건에서 소외된 학생들은 경제적 무응답으로 사교육 가치에서 떨어진다.

☞내가 친정을 떠나 내 친정 뿌리를 뽑아오고 시집 가혈에 그 뿌리를 박았다. 그러나 시집에 쉽게 박히지 않았다. 2세가 출범하면서 시집의 혼과 뿌리가 굳세게 박았다.

☞남쪽지방은 구름과 평야가 대부분 차지한 풍경 저 멀리 서쪽으로 높은 산들이 솟아 있었다. 유명한 전설의 저 산은 대장처럼 우뚝 서 있다. 자연에 취하여 현실감을 잊을 정도로...

☞금수저 계급, 엘리트 자본가. 분노가 월가로...

☞이란의 가족과 웃어른에 대한 공경심과 남녀 7세 부동석의 엄격한 성윤리 등은 우리 문화와 꼭 닮았다. 고대 페르시아의 구전 서사시 〈쿠쉬나메〉는 신라를 찾아와 공주와 결혼하는 페르시아 왕자가 등장할 만큼 교류도 활발한 듯하다. 그래서 이란은 우리 한국과 절친한 나라이다.

☞인간은 신神이 아니라 실수도 있고 오차도 있고 정확할 수도 없다. 그러므로 인간이 정확하지 못해도 수용하고 관대해야 한다.

☞남녀간의 '사랑합니다' 라는 인사가 오고 갈 때 애정에 대한 사랑이 아니라 서로 신뢰하고 의지하고 나누는 애착이 인간적인 사랑이다. 물론 부부지간의 애정 표현도 '사랑합니다' 를 쓴다.

☞책은 제목이 중요하다. 독자가 제일 먼저 접하는 책의 정보이자 두고두고 불리는 이름이기 때문이다.

☞불교 신앙의 근본 요소 세 가지를 삼보三寶라 부른다.

☞안정이 되기 전에 먼저 제도 개선은 본말이 전도되는 것과 같다.

☞역사성이 될 만한 문화는 지구촌까지 퍼져 간다.

☞역사성 문화는 역사를 되살리는 마음으로 기억해두어야 한다.

☞과학이 인류에게 요구하는 기후변화 경고성을 무시하면 대재앙.

☞인간은 영혼(정신)과 육신으로 조립된 이구 동신이다. 여기에서 육신은 영혼(정신)에 의해 생체활동을 한다. 그래서 인간은 정신적 충격을 받을 때는 정신이 이미 병들게 되고 정신이 병들면 몸도 병자의 몸이다. 정신(영혼)이 병들면 빙憑의 몸으로 폐인이 된다.

☞미래의 새로운 가능성을 점쳐 보는 것도 삶의 단계적 지혜다.

☞경제지표, 생활지표가 흔들리고 있다.

☞예능의 영역으로 넘어오면서부터 다양한 콘텐츠가 생산되고 있다.

☞공직사회에서 공직자들이나 수장들은 분야별, 단계별로 리더와 권한과 책임을 부여, 역할을 해주어야 한다. 위에서 모두 독점하면 밑의 사람들의 근무태만이나 직무의 누수가 생겨 동시다발이 끊어진다. 자율성을 훼손하면 성과에 미온적이 된다.

☞난세는 영웅을 낳고 정치는 마상에서 하차하는 식으로 할 수 없다는 말이 있다.

☞지금은 미디어로 점령되고 있다. 인간의 가학적 탐욕으로 만족을 상징하는 행위로 상품소비까지 인증샷으로 기호품이 되어가고 있다.

⚘태양을 이루는 수소원자는 어디서 온 것인가? 우주는 138억 년 전 빅뱅이라는 폭발로 시작되었다. 빅뱅의 순간 우주가 팽창하여 온도가 낮아졌다. 온도가 낮아지면 물이 얼음이 되듯이 양성자와 전자와 같은 단단한 물질이 생겨났다. 온도가 내려가면 양성자 한 개와 전자 한 개가 결합하게 되는데 이것이 바로 수소다. 우주를 이루는 물질의 75%가 수소이며 이들은 대부분 빅뱅의 부산물이다. 즉, 태양의 에너지원은 빅뱅이다. 결국 스마트폰은 시공간을 넘어 빅뱅과 연결된다.

⚘사회적 지위와 부富의 환경이 좋은 부르주아 귀족들 경제는 시장주의지만 경제 정책은 민주 아닌 독점 경제주의다.

⚘북한은 김일성, 김정일의 역사적 유물의 오점을 이어가는 김정은의 야망은 뜻대로 안 되고 좌절될 때 찾는 출구가 대남도발이다.

⚘악의적 도발은 초법적으로 대응한다.

⚘교육은 인재양성 노하우 교도부다.

⚘항상 나는 네 옆에 서 있어 후광 효과를 얻는다.

⚘꿈은 무의 공간에서 현실과 미래의 삶을 반추反芻_한 번 생각하고 되풀이함시킨다(芻_짐승먹이 추) .

⚘불법, 탈법으로 지하경제가 또아리치고 있다.

⚘지식과 기술이 뛰어나도 소통과 공감능력이 없으면 경쟁력에서 후퇴한다.

⚘나이 상관 없이 아이디어가 있는 사람이 조직을 주도한다. 즉, 주변의 피드백이 더 효과적이다.

☙교육은 정답만 찾는 교육을 넘어 창의성과 사고력 교육이 필수 공감 능력이 좋아야 성공적이다.

☙정확한 어휘력을 훌륭하게 표현하려면 한자 교육이 필수과제다.

☙무고죄는 쉽게 생각하지만 속여서 하는 공갈죄다.

☙나는 너에게 자석처럼 끌렸다.

☙폐는 신경이 없어 아파도 초기에는 아무런 증상을 느끼지 못한다. 그러므로 미리미리 검사해 볼 일이다. 우리 몸 속에도 에어컨 필터처럼 노폐물을 걸러주는 역할의 장부가 바로 폐다. 심장은 산소를 온몸으로 나르는 펌프 역할을 한다면 폐는 호흡을 통해 산소를 흡수하고 심장에 전달한다.

☙영국은 해가 지지 않는다는 제국의 나라이다.

☙인터넷에 올린 게시물이 다른 사이트로 퍼진다면 좀처럼 지울 수 없다. 법원 판결이나 절차를 거친 뒤에야 삭제할 수 있다.

☙부정하게 번 돈은 부정하게 나가는 것이 본래 이치다.

☙중차대한 임무를 위임받는 검찰이 그 자리를 이용해 가족의 비즈니스를 하면서 배를 채우니 검찰 스스로 범법자를 맡긴 셈이다.

☙최소 경비로 최대 효과를 이룰 수 있는 교통경제, 즉 경제적 합리주의다.

☙전관예우는 결국 돈으로 범죄에 대한 처벌을 없애거나 낮추는 행위이다.

☙통화할 때도 상대가 녹음하는지 신경 써라.

☙대중의 감수성으로 사로잡는다.

☞그 이미지는 마치 얼음 녹이듯 해빙시키는 연설이었다.

☞미소 뒤에 악역이 숨어 있다.

☞중국은 미국의 지식재산권을 도침했다.

☞시대가 발전하면 모든 것이 젊어진다.

☞세상에 똑똑한 건 돈이다. 돈만 있으면 너 같은 것은 수백 명도 살 수 있는 세상이다.

☞신앙은 외계 문명을 찾는 프로젝트다.

☞일본은 대한민국에 가해 역사를 저지른 분노의 가해자다.

☞6.25는 산하山河를 찢어 놓고 허리를 잘라 놓았다.

☞봄이 오면 모든 싹들이 은혜를 입으니 다시 나의 싹들도 법에 따라 함께 살아간다.

☞너와 나는 한 아이콘이 되었다.

☞유머는 균열을 웃음으로 공감시킨다.

☞상대를 죽이고 찌르고 망치로 내리치는 게임 폭력성은 좋게 말하면 성공을 향한 현실. 생존의 몸부림과 경쟁을 극대화한 것이다.

☞거미줄처럼 얽혀 있는 인간. 그물망 속에서 살아가고 있다.

☞자국의 제품을 사지 않으면 내 아들딸의 미래가 없다는 논조로 보호주의를 내걸고 있다.

☞상호간 깊은 뿌리를 심어 놓았기에 신뢰를 저버릴 수 없다.

☞마음은 다쳐도 정신만 다치지 않으면 여유분이다.

☞판사는 공정한 것이 덕목이고, 검사는 권한을 자제하는 것이 덕목이다.

꩜북한의 야망정치는 출구를 찾는 자생적 혁명의 움직임이 언젠가는 민중의 봉기로 서슬 퍼런 김정은 체제는 막을 내릴 때를 기다리고 있다.

꩜사랑은 정을 파는데 숙면을 취하면 좋은 여행이 된다.

꩜패권주의 중국은 우리 한국에 무역장벽, 무력시위, 보복수위를 높이고 있다.

꩜중국이 짝퉁이 많은 이유는 선진국의 제품과 같음을 추구하는 속성 때문이다.

꩜다리병이나 허리병이 생기면 양기가 떨어져 정력이 약해진다는 진단이 내려지고 있다.

꩜세금을 더 거두어 더 많이 나누면 격차 해소가 되겠지만 실업을 줄이고 자본가가 자진해서 사회에 환원하면 더욱 더 효과를 거둘 수 있다.

꩜단체나 조직생활 또는 공동체는 누구나 열린 마음으로 동참시켜야 한다.

꩜지금 기독교나 불교계는 돈으로 복을 사는 기도처로 전락했다.

꩜민족주의 시대는 구습시대이고 지금은 다문화, 다민족, 세계화 시대이다.

꩜경제 민주화는 경제를 공유한다.

꩜사회정의와 공공이이의 전략은 빅 데이터로 가야 한다.

꩜남성 호르몬이 진한 사람은 대머리를 촉진시킨다는 말이 있다. 따라서 수염을 나게 한다.

☙개혁改革은 스스로 하는 것이고 쇄신刷新은 외부의 힘에 의해 바꾸는 것이다.

☙과학과 신학이 서로 양립 상태로 접근해 두 방식이 공존한다면 자연과학(천연 그대로의 상태)이 필연적 부산물이라 할 수 있다.

☙시인, 소설가, 작가, 문인들은 특별나게 이름값이 아니면 배고픈 인생이다.

☙사람은 법을 지키는 것보다 위반하는 것이 개인적으로 이익이 될 때 과감히 지키지 않는 경향이 있다.

☙패션 좋고 몸을 틀며 노래와 춤을 추는 무대의 공감 속. 사회가 너무 팍팍하기에 무대 속의 표현도 대놓고 비속어를 쓰고 욕하는 것을 감정으로 표출하는 게임의 음악 세계 일부이다.

☙사람은 대중의 시선을 잡는 전략과 인기가 있어야 한다.

☙사회적 책임으로 강점을 키우고 한계점을 극복하는데 감초 역할을 한다.

☙나이가 들면서 책임감이 익어 가요.

☙예전에는 글 잘 쓰는 사람이 명성을 얻었지만 요즘에는 말 잘하는 사람이 인기와 존경을 얻는다. 말의 달변으로 대중을 매혹시키는 시대가 사람을 움직인다.

☙컴퓨터 그래픽 기술로 현실과 가상 경계가 전혀 느껴지지 않는 시대 속에 정글의 무법자인 호랑이, 늑대, 표범 등 갖은 동물과 사탄의 뱀, 정글 폭포 등 배경 전부가 실제인 것처럼 자연스럽게 바느질 흔적을 보여주며 첨단 그래픽 기술로 아바타의 액션에 인간을 능가

하는 동물들의 표정 연기는 눈물을 짜낼 정도로 입체적으로 살아 있다. 원숭이 떼가 정글을 날며 모글리를 납치하는 장면부터 오랑우탄 왕누이의 사원에서 모글리가 탈출하는 대목까지 이어지는 하이라이트 액션은 숨 돌릴 틈이 없다. 무시무시한 첨단기술 덕에 정글북이 우리 눈에 담아주고 있다.

🐾두 거인 바다와 산은 사이 좋은 이웃의 장관. 그 아래 아름다운 모래해변은 무구한 느낌을 준다.

🐾주관적 소견보다 객관적 평가가 공유의 가치 존중이다. 즉, 소수의 생각보다 대중적 생각이 훌륭하다.

🐾도시의 밤에 불빛과 양이 많을수록 경제활동도 활발하다는 징조. 빈곤지역은 밤 시간대에도 불빛이 거의 없는 것이 지역별 차이다.

🐾바깥세상의 인물은 모델료로 거부가 된다.

🐾간선제는 금전선거에게 계파별 단합선거로 불공정하다. 직선제의 의견을 제대로 반영하지 못한다는 것이 단점이다.

🐾돈에 의해 부모와 자식 사이가 갈라지 것은 돈이 부정을 저지르기 때문이다.

🐾부모가 아이들을 심하게 통제하면 아이들은 마음의 문을 닫아 버린다.

🐾말은 입에서 나오는 즉시 사라져버리지만 글은 보존되고 기록되어 말을 만들어주는 수동성으로 글보다 말이 우위에 있는 시대지만 그 말에 권위를 보여주는 것은 여전히 글이다.

🐾김영삼, 김대중 (前) 대통령은 민주화 정치 운동가 출신들이다.

☞재능 흙수저라는 말이 있다. 즉, 재능의 한계를 표현한 말이다. 그렇지만 그 한계를 정하지 말라 했다. 이번에 안 되면 다음이 있다.

☞북한의 인민은 주체세력에 의한 피동성으로 살아가고 있다.

☞자본은 점점 더 많은 잉여를 낳고 소비를 재생산할 뿐이다.

☞마음에서 택배를 보내드립니다.

☞우파는 경쟁을 시장제의 요체로 본다면, 좌파는 경쟁 없는 평등 공동체이다.

☞국가통계는 한 나라의 정책 상태를 객관적으로 밝혀주는 기본자료이자 필수정보다. 통계는 국가정책을 수립하는데 중요하다.

☞위험한 곡예를 하고 있다.

☞산전수전 다 겪고 나니 위기 대응력을 갖게 되었다.

☞사람은 나이가 많다 해도 사회적으로 나이가 미치지 못하면 가치 없는 인생이다. 지위나 서열 같은 사회적 나이, 대화를 해보면 자력을 재는 잣대와 같다.

☞과잉 민주주의는 정도 민주주의를 뒤엎는 과실을 낳게 된다.

☞탈을 쓴 그 실체가 가리워진 이념 단체다.

☞권력을 잡은 후에는 말 안장에서 내려야 한다. 말 위에서 점령군처럼 통치해서는 정권 말로가 불행하다.

☞아고라는 토론방, 불꽃 심지 역할을 한다. 아고라는 고대 그리스도의 국가에서 시민들이 경제와 예술활동을 하던 공공 광장이다.

☞인터넷은 한마디로 정보 통로다.

☞짝이 있어야 스트레스를 풀고 의지가 된다.

❀닭 모가지를 비틀어도 새벽은 온다

김영삼 (前) 대통령은 직감과 용기의 정치인이었다. 그를 압박하거나 그와 맞섰던 사람은 하나같이 고꾸라졌다. 그의 의원직을 박탈했을 때 '닭 모가지를 비틀어도 새벽은 온다' 는 명언을 제창하였고 박정희 대통령은 결국 YS를 밀어부치고 또한 자신을 탄압한 전두환과 노태우를 교도소로 보냈다. YS는 이회창을 국무총리로 발탁해 키웠으나 대통령 후보가 된 후 YS에게 대들자 이인제의 탈당을 붙잡지 않고 DJ 비자금 수사도 유보시켜 DJ 당선을 거들었다. YS였기에 전두환, 노태우에 대한 사법처리도 가능했다.

박계동 의원이 연설을 통해 전두환, 노태우의 천문학적 비자금의 단서를 폭로하면서 군직 대통령들이 퇴임 후 대통령 보장도 물 건너갔다. 이 과정에서 YS는 두 전직 대통령의 사법처리와 박정희 대통령 시절 때 하나회의 숙청은 높이 평가받을 만하다. YS는 정세판단에 천재였다.

☞月이 쌓여야 一年을 보내는 마음. 눈물의 3보 1배.

☞선진경제로 가기 위해서는 무화의 힘을 빌려야 한다.

☞인간은 약간 성공을 하면 집을 바꾸고, 크게 성공하면 아내를 바꾼다는 말이 있다.

☞기업은 국민경제의 주역이요, 고용을 창출하는 밑그림이다.

☞예禮와 도덕이 무너지면 영혼이 병든다.

☞남에게는 엄격하고 자신에게는 관대한 자세. 자기자신을 꾸짖고 남에겐 관대한 생활 태도. 자기자신을 속이는 것은 곧 남을 속이는 것이다.

☞무언의 압박, 확대 해석.

☞사람은 여러 사람 속에서 더불어 살아야 변화가 오고 법이 생긴다.

☞자녀 국적도 세계화 시대다.

☞신문은 민족의 대변자 그리고 목탁이다.

☞적극적, 부정적, 사색의 빈곤.

☞민주주의는 자유와 평등 속에서 꽃피운다.

☞잉여 인력, 잉여 자금.

☞위험한 일은 로봇과 기계가 다하고 공정이 전산화되면서 산업현장이 사무직과 같다.

☞세상에 동등한 기회란 없다. 노력과 재능과 능력과 성과가 평등을 파기시킨다.

☞개인의 능력에 따라 부가가치는 달라지는 것이다.

☞소설, 만화처럼 꾸며서 말을 한다.

☜화려한 공약, 분배와 평등은 성과와 경쟁을 억압한다.

☜산소＋수소＝물.

☜세계화는 무한경쟁을 강화하고 있다.

☜법과 상식은 다수의 표현이다. 법보다 상식의 지배가 앞선다. 법은 인위적이지만 상식은 이해력이다. 나라가 잘 되려면 법보다 상식이 통하는 사회가 되어야 한다.

☜외국어도 수입, 사람도 수입. 마음이 오염되어 불량성격...

☜희망은 오늘과 내일을 이어주는 다리 역할을 해주는 것이 꿈이다.

☜백수 무식, 백수 인생.

☜새 친구가 은銀이라면 옛 친구는 금金이다. 새 친구는 사귀어도 옛 친구는 버리지 말라고 했다.

☜국가적, 국민적 순혈주의는 배타적 민족주의다.

☜지금 사회는 착한 사람보다 똑똑한 사람이 되어야 한다. 착하게 살면 성공한다는 이야기는 옛말이다. 그러므로 선행을 소개하는 것보다 지혜를 머릿속에 담아라.

☜개념을 도입해 빈부격차의 간격을 좁힌다.

☜예부터 말이 많은 사람은 허물이 많고 거짓말을 많이 하게 된다.

☜내가 괴로울 때 당신이 옆에 있어 주는 것은 치유가 된다.

☜검찰의 법원으로 가는 위력의 통로는 기소공소, 기소득점, 공소시효(법정기간에 형벌권이 소멸되는 것). 죄를 범한 후 일정기간이 지나면 검사의 공소권은 소멸된다.

☜도발적인 말, 질문, 고압적인 태도.

ꙮ언론은 국가권력을 구성하는 입법·사법·행정 3부를 견제할 수 있는 권한과 책임을 지는 공공기관이다. 우리 언론은 지난 오랜 세월 속에서도 독재권력과 권위주의 정부에 대항하면서 국민의 편에서 신뢰를 쌓아 왔다.

ꙮ중국은 국가에 속박했던 개인의 경제 자유를 보장하고 서구주의(미국이 주도 역할)와 개방 개혁으로 시장경제 자유, 민주, 인권, 법치가 보장되었기에 초고속 발전이 가능했다.

ꙮ우리 말은 한자에서 왔다. 한자를 알면 우리 국어가 쉬워진다. 우리의 문화 유산물이 한자로 되어 있다.

ꙮ과학으로는 도저히 풀 수 없는 문제들이 많고, 자연의 모든 법칙은 초월자의 신성에 따라 한 치의 오차도 없이 움직인다.

ꙮ공동체의 구성원들이 저마다 자신의 자유와 권리를 100% 누린다면 서로의 충돌이 있을 뿐 국가안전보장, 질서유지, 공공복리를 위해 필요한 경우 자유와 권리를 제한할 수 있게 한 것이 헌법정신이다.

ꙮ성의 유혹은 본능이다. 남녀가 서로 유혹하는 욕심은 성적보존을 위한 본능이다.

ꙮ산동네, 달동네에서 살고 싶다.

ꙮ마음의 결과물은 無에서 有로 확진, 행동에서 보여준다.

ꙮ1980년 1월 1일, 인사차 찾아온 서슬 퍼런 전두환 보안사령관에게 "마치 서부활극을 보는 것 같습니다. 총을 먼저 빼든 사람이 이기잖아요."라고 했던 김수환 추기경은 이제 고인이 되었다.

ꙮ신생아 이름은 작명가에 의뢰하여 선명하는 것이 가치성이 된다.

☜저물어가는 나이에서 가끔 가끔 지나온 세월을 그려볼 때 어렵고 고통받는 사람이 다시 일어나는 신문보도를 보면 이유 없이 눈물이 쏟아진다. 그래도 한 가닥 안정된 것은 자식들이 다 반듯하게 살아 간다는 것이다. 그저 고맙게 생각할 뿐이다.

☜사람은 종명 초자연으로 돌아가 명당자리에 묻히면 자자손손이 잘 되고, 산 사람은 길지 집터자리에서 살면 집안이 무탈하고 하는 일 이 잘 풀리며 재수가 대통한다. 만약 흉지 집터에서 살면 하는 일마 다 꼬이고 저기압 형태로 우환 질고(교통사고)에 뜻이 좌절되며 자 손들 운세에까지 불운을 준다. 그러므로 뭐니 뭐니 해도 음택, 양택 집터자리에서 명당이냐 지옥이냐 흥망이 일어난다는 것을 과학적 신명으로 증명되고 있다.

☜입주해서 집안사정이 뱀또아리처럼 꼬일 때는 지체없이 주거환경을 바꿔라. 생각을 바꿔 새로운 출구를 찾는 것이 생계운명에 도움이 된다.

☜이사운이 있을 때 이사방위 잘 택해서 흉지 방위를 꼭 피하라. 이는 명가 철학관이나 풍수지리 전문가에게 상담하여 결정을 내려라.

☜몸이 붓거나 할 때는 수영으로 붓기를 해소하는 것이 최선의 약이 된다.

☜부정적인 자아상이 머릿속에 각인되어 고립된 섬사람 같은 존재가 되었나.

☜우라늄 원자핵에 중성자를 넣어서 핵이 둘로 쪼개지면 원자폭탄이 된다.

☞수구정신은 경직성만 가지고 내 생각만 옳다는 우월주의 정신이다. 시대의 역사가 무거워지고 개방화시대는 수구보수의 정신을 떨쳐 내야 진보혁신이 된다. 보수적인 사고방식은 구시대 사고방식이다.

☞풍화의 얼굴은 부서진 주름살이었다.

☞사각지대다. 안전지대다.

☞승마는 예술성을 펼치며 연기를 기록하는 마장, 마술성이 있다. 말의 몸값은 30억에서 100억까지 나가는 귀하신 말들이 있다.

☞세계적으로 말 사업이 발달한 나라는 호주와 미국이다.

☞곤란한 입장은 중립적 표현으로 정리하라.

☞너와 나 사이에 경계를 허물고 통일의 마음으로 지내.

☞마음 공부하는 것이 수양이다. 서로 빚지고 살 필요가 없다.

☞술이 술을 마시고 술이 사람을 마신다는 《법화경》의 말이다.

☞벼슬이 권력을 장악하여 제왕가 실권이 법치 위에 군림하면 그 권력이 적폐로 복수되어 비운으로 끝나거나 고귀함을 더럽힌다.

☞재원의 부호의 명命은 이 세상 모든 것이 흥정 대상이 될 수 있어 부러울 것이 없다. 염라대왕도 돈 앞에서 고개를 숙인다고 하였다.

☞총칼 무기도 실력이 될 수 있고, 우주비행도 할 수 있는 고고한 실력자다.

☞우리는 국가 안에서, 사회 대중화 속에서 혜택을 누리고 있다.

☞돈에 눈이 어두우면 윤리도덕이 무시되고 무례한 행동과 사생활이 더럽히고 울게 된다.

☞충청도 계룡산은 영산靈山이라 칭하고 있다.

☞부富는 토지에서 나온 것이 아니라 생산에 의해서 돈의 차액에 의한 것이므로 자본의 중요성이 대두된다.

☞가진 사람과 특권의식은 어려운 사람과 작은 이웃을 생각하는 사회 발상의 전환이 필요하다.

☞헌법재판소는 법률의 가치관을 가려내는 곳이다. 그 용어를 올바른 개념으로 사용하자.

☞컴퓨터는 인간지능 신경망을 개발, 인간의 지능과 기계의 지능이 일치되어 가고 있다.

☞구속기간이 길면 고문당해서 죽거나 몸과 마음이 병들고 상한다.

☞눈엣가시 같은 적폐들은 즉결 처분.

☞생의 기원 – 고향.

☞네이버 등 포털사이트와 모바일 애플리케이션에 올리는 부동산 매물광고를 대신하는 행위는 전문업종 권리를 침해하는 갑질행위다. 甲질에 대한 乙의 반발이다.

☞공자 철학은 서구사회를 개화시킨 반면 다른 문명도 개화시킨 만큼 사상의 보고라는 것이다. 오늘날 다시 일어나는 공자 열풍은 혁신을 지향하고 있다.

☞아웃사이더 이미지가 굳어졌다.

☞종교의식을 배워서 참된 사람이 되고자 이곳에 왔습니다.

☞게놈의 암호는 스파이 운동인데 얼굴도 모르는 8촌을 찾아내는 성보시스템이다.

☞사교육은 부족한 실력의 보충을 위한 우리의 입체적 대응전략이다.

☞막걸리는 곡류를 이용한 발효식품으로 다른 주류보다 알코올 도수가 낮고 위에 부담이 없으며 단백질과 식이섬유와 당질 등 건강증진 물질이 다량 함유되어 있어 과학적으로 퇴행성 성인병에 효과가 있다. 즉, 생리활성 막걸리의 주원료는 누룩인데 만성 위궤양 억제, 혈전감소 ,암세포 억제 등에 효과가 있다.

☞행복이 배고프다.

☞북한의 폐쇄정치를 개방화하면 개방과 동시에 붕괴될 수 있다.

☞고용재난은 공급자의 부진 상태 또는 임금인상으로 일자리가 줄어든다.

☞한국의 인적자본 지수는 세계에서 10위권 안에 있고, 학습능력이나 근로능력이 뛰어나다고 세계은행이 발표.

☞미국 재무부가 한국은행에 제재를 가하면 은행이 갖고 있는 달러화가 순식간에 빠져나간다고 본다.

☞안보의 눈을 빼버리는 것을 평화라고 포장하는 것은 위선이다.

☞기획비용이 늘어나면 협력기회도 줄어들어 경제에 손해이다.

☞권력을 과하게 탐하면 오만과 과욕을 가져올 수 있다.

☞동물원은 구경거리, 소비 대상이다.

☞수동적 대체보다 능동적 대처수단은 그 많은 실력을 담고 있다.

☞쌍방합의가 유효로 결정됨.

☞꼭두각시는 자기 스스로 판단을 못하고 다른 사람의 판단에 의존한다는 뜻이다. 즉, 자기 생각이 아니라 주변에 따라 거수기 형태로 움직이는 판단이다.

🕯사람은 검소한 이와 함께하면 사치심이 없어지고 공손한 사람과 더불어 지내면 오만한 마음이 없어지며, 어진 사람과 함께하면 사나운 생각이 없어지고 강직한 사람과 가까이 하면 유일이 사라지는 것이다.

🕯기업인들은 사회에 책임 있는 정신으로 다원주의 개념을 가져야 한다. 즉, 사회의 주역이다.

🕯세상을 재구성할 수 있는 인공지능을 만들 힘이 반도체 영역에서 이루어지고 있다. 삼성三星은 데이터 회사이다.

🕯능수능대한 대중 언변술은 관중을 현혹시키는 박수갈채 응답이다.

🕯찬바람 부는 그늘진 음지에서 오늘도 쪽방생활 사회는 무정했다. 따뜻한 마음으로 따뜻한 손길을 내미는 사회는 신선해진다.

🕯AI기술로 사물을 입체적으로 인식하는 3차원에서 안면인식 시너지 효과가 기다리고 있다.

🕯법적집행력이 담보되지 않은 상태의 검증은 한계점이 있다.

🕯국내 애플리케이션 장터와 동영상 광고로 막대한 수입을 벌고 있는 구글들이지만 사회복지 손길은 물 건너 산이다.

🕯서버를 날리어 상대를 움직인다.

🕯플러스 알파(+a)를 요구, 조정한다.

🕯자연과학에서 원자과학으로 발전한다.

🕯나는 이 학문과 데이트를 하고 있다.

🕯노벨상은 인류에게 위대한 공헌을 한 사람에게 주는 상이다.

🕯가을 날씨는 건조함으로 콧물감기 환자가 늘어난다.

⚘몸을 떠받치고 다리를 붙잡아주는 역할이 다리와 인대다. 인대가 손상되면 다리가 파열되어 지팡이 걸음을 하게 된다.

⚘실패의 원인은 반드시 자신에게 있으니 자신의 잘못을 반성하라. 만약 실패를 남의 탓으로 돌리면 또다시 실패하는 재앙을 당한다.

⚘부동산 중개업자가 건물 소유주로부터 위임장을 받았다 해도 반드시 등기부등본에서 소유주를 확인하고 소유주와 직접 연락해 위임 내용을 확인해야 피해를 막는다.

⚘빅 데이터 분석을 통해 부동산 시장의 흐름과 미래를 읽는다.

⚘유동성이 커져 가는 혼돈의 시대에 적응과 대처를 완벽히 준비.

⚘전쟁보다 무서운 것은 전염병이다.

⚘一年之計 莫如樹穀(일년지계 막여수곡) 十年之計 莫如樹木(십년지계 막여수목) 百年之計 莫如樹人(백년지계 막여수인) ➤ 곡식을 심으면 1년 후에 수확하고, 나무를 심으면 10년 후에 결실을 맺지만, 사람을 기르면 100년 후가 든든하다. 중국 고전《관자管子》의 한 구절이다.

⚘돈과 권력은 전관예우를 매개로 끼어들어 부정과 불법이 세도하고 있다.

⚘달러가 오르면 금값이 하락추세이다. 금값도 주식과 동일하다.

⚘법률해석은 돈 있는 자는 항상 유리하고 돈 없는 약자는 상급법원까지 최종 여유를 얻지 못해 누명죄나 억울한 죄를 당한다. 없는 것이 죄다.

⚘혁신을 통해 자연적 조건을 이겨낸다.

☝작은 소비가 주는 일시적 행복을 포기하지 않고 살아가는 소비사회가 현주소다.

☝행동하지 않고 도피하는 쪽으로 문제를 외면하고 가상세계로 도망친다.

☝학생들에게 이념 교육을 시키는 것은 사회적 시비에서 벗어나야 한다.

☝순환출자는 같은 일가끼리 출자를 통하여 거래하는 행위다. 즉, 일감 몰아주기로 계열사가 독점하고 있다. 자본구조로 독점권 행사.

☝이제 뛰어 넘을 수 없는 벽은 정책으로 벽을 허물어야 한다. 과거 어두운 시대에는 가진 자 밑에서 없는 자와 약자가 외면을 당했지만 이제 그 시대는 지났다. 없는 자를 배려해 가면서 살아가는 것이 공생, 공존시대. 기업은 노동자가 키워주고 노동자가 기업을 상생함으로써 산업이 움직이고 결과를 얻는다.

☝유령건물, 유령사업, 유령업체, 유령마을.

☝의학이 나노(10억분의 1)기술을 만나면 진단과 치료를 동시에 하는 의료장비가 탄생한다.

☝인간은 돈의 복수로부터 고통이 터진다. 항상 돈이 건전성을 지켜야 한다.

☝창의력의 시대는 책에서 얻어 안에서 곰삭은 지식과 통찰하는 눈이 중요하다.

☝좀 물러서서 말한다면 충분조건은 아니더라도 필요조건임은 분명하다.

☜상호간 긴장관계에서 공통점을 찾는다.

☜공통점, 공생, 공존, 구성원, 공감, 공유, 공조 등의 의미는 약간씩 다르지만 거의 같은 개념이다.

☜행동반경(반지름의 행동).

☜역사적 진실이 왜곡되면 정체성이 흔들린다.

☜시간과 공간을 이동시켜 희생하는 비용이 따른다.

☜종교는 사회의 목탁이다.

☜기술과 첨단지식을 생산한다.

☜정보기술은 하나의 공동체를 구현, 공존과 공유의 중심으로 하나의 지구촌을 형성.

☜중국은 한자 문화를 우리 문화보다 훨씬 다양하고 다층적인 의미로 사용한다. **예**善이라는 글자를 착하다, 아름답다, 우호적이다, 좋아하다, 크다, 탁월하게 잘하다 등으로 사용

☜사람들은 마치 살아 있는 유기체를 다루듯 글자들을 생동하는 공간에서 살아 움직이게 하는데, 그것을 받아들여 쓰는 사람들은 매우 협소한 의미에 가두어 고정시켜 사용하는 습성으로 삶의 높이와 넓이 그리고 이념 갈등도 근본적인 지성의 결핍이다. 지성의 높이를 회복하는 것이 창의력과 창의성이 교차되면 자연으로 극복된다.

☜인생의 운명을 주어진 그대로 살아갈 것이 아니라 운명을 만들어 그 만든 운명을 살아가는 창법으로 인생을 개조시킨다.

☜인생의 가치를 몇 그램쯤 되는지 자신이 잣대로 측정해본다.

☜우리 이 자리를 위하여 파이팅!

☜경쟁력에서 도전받고 있다.

☜특히 여성의 개성미는 자본주의 모습이 대한민국은 천국이었다.

☜뇌물은 이익을 받는 대가다.

☜검찰의 선처로 기각, 구속사항을 불구속으로 둔갑. 무혐의 처분이나 법원에서 넘어가기 전 검찰단계에서 주로 이루어진다.

☜기업의 발전은 경제 비중의 성장을 올려놓는다.

☜초고속 정보화시대는 꿈의 이동통신, 즉 더 많은 데이터를 실어 나를 수 있는 차세대 통신망이다. 손 안의 PC방으로 변신, 무제한으로 사용할 수 있다.

☜성난 지구촌, 성난 사회의 경고.

☜상상력이 빈곤하다. 재화의 총량.

☜인간은 로봇으로 기계화하여 극한까지 실현한 이상적 초인간.

☜정신적 퇴행은 자신의 자아를 마주하는 것으로 마무리될 수 있다.

☜개성이 다른 빨간색과 초록색은 몸싸움을 벌이다 울기도 한다.

☜지금은 전 세계 우수인력이 미국에 가서 공부하기를 원하고 미국에 가서 능력을 발휘하기를 원하고 있다. 이러한 사람들이 새로운 돌파구를 만들어줄 가능성이 있다.

☜여러 사람의 공론을 모아서 합리화를 도출한다.

☜몸의 근육을 키우려면 운동이 필요하고, 생각의 근육을 키우려면 글쓰기와 독서가 방법이다.

☜글쓰기와 사고력은 자전거의 두 바퀴와 같다.

☜실정법, 금지법, 한정적, 제한적, 초보적.

❦6.25 전쟁 참전용사와 베트남 전쟁 참전자에게 생계비 수당으로 매월 12만원을 주는데 돈 가치로 보아서 터무니없이 부족하다. 나라를 위해 목숨을 던지고 부상으로 오늘의 대한민국을 지켜왔고 자유민주주의 속에서 대대로 이어주는 밑바탕이 되었다. 이들에 대한 합당한 예우를 해주어야 한다. 그래야 올바른 국가관과 안보의식을 강화하고 국민적 애국심을 고취할 수 있다.

❦남자는 돈과 여자를 욕심내기에 유혹에 굴복한다.

❦국방을 지키는 첨병 역할은 바로 장병들이다.

❦임차권 양도·양수 금지, 전대권 금지.

❦한국은 미국과 중국의 강대국 사이에서 협공을 받고 있다.

❦소속을 바꾸려는 것이다.

❦김치에는 다이어트 비결이 숨어 있어 김치를 먹으면 살이 빠지고 피부도 좋아진다.

❦후학 배출에 강점을 두고 있다.

❦법률용어, 경제용어, 체육용어, 생활용어, 정치용어, 과학용어.

❦첨병 역할을 해주기 바란다.

❦새만금의 광활한 토지 면적은 서울 규모다. 새만금은 황해권 경제 거점이 될 수 있다.

❦장점을 적용하고 단점은 보완해 시행착오를 줄인다.

❦신문 이용은 지식정보와 생활패턴을 존중해준다.

❦사상이 최악으로 참패. 그로 인해 얻은 노하우를 집대성했다.

❦생산적인 활동을 못했다.

⚙️백마고지

백마고지는 강원도 철원군 묘장면 신명리에 위치한 해발 395m의 야산으로 무명고지에 불과했으나 6.25 전쟁 시 철의 삼각지 지형물로 유명하다. 명칭의 유래는 전쟁 중 포격에 의해 수목이 다 쓰러져 버리고 난 후의 형상이 누워 있는 백마처럼 보였기 때문에 백마고지가 됐다는 설이다. 백마고지에서는 국군 9사단과 중공군 제38군 사이에 1952년 10월 6일부터 15까지 10일간 일곱 번이나 고지의 주인이 바뀌는 싸움이 벌어졌다고 하니 얼마나 치열한 공방전이었는지 짐작이 간다. 6.25 전쟁에서 27만 포탄이 사용됐다. 중공군 1만 3000명이 희생되었고 제9사단이 전투의 승리로 나중에 백마부대로 불리게 되었다. 이 고지에 묻힌 희생 유골은 2만 명 이상으로 유가족이 기다리고 있다.

☙회의나 회식 등에서 꿀 먹은 경청의 침묵을 개선하는 방법은 겸손한 질문으로 대화를 이끌어간다. 요즘은 무슨 일을 하고 있나요? 어떻게 하면 더 좋은 소통을 잘할 수 있을까요? 즉, 컨설팅 문화로 질문을 하면서 그들의 이야기를 들어본다. 겸손한 질문은 침묵을 깨고 조직을 살리고 소통과 친화성을 도모한다.

☙추억도 만들어준다.

☙망원경을 통해 은하계 관찰은 마치 우주여행을 해본 느낌의 학습 훈련이다.

☙기후변화의 원인은 과거 태양 흑점과 연관을 접고 지구의 공전궤도의 변화, 자전축 기울기의 변화, 지구가 자전할 때 팽이처럼 요동치는 세차 운동이 기후변화의 주기를 결정한다는 가설을 세웠다. 봄, 여름, 가을, 겨울의 기상학이 이에 준한다.

☙AI가 등장하게 될 미래에는 인간 앞에 어떤 세계가 펼쳐질지 모를 일이다.

☙미국은 이민자의 나라이다.

☙배고픈 사람은 굶주린 사자보다 무섭다고 하였다.

☙지도자는 조직능력이 있어야 하고 인문학적 소양도 깊어야 한다.

☙돈과 힘으로 부러진 행동을 하지 말라.

☙세계 과학자들이 미국에서 연구 개발을 하기 위해 사용하는 프로그램도 폐지. 이는 미국의 우수 인재를 과학 연구로 선도하기 위한 조치이며 또한 기술정보를 독점하기 위한 조치이다.

☙동력을 확보. 제왕적 조치다.

☙권력을 공유하고 협력하는 정치.

☙가난한 사람과 혼인하는 것도 무전유죄無錢有罪이다.

☙거칠게 행동, 인구 재앙.

☙중요한 투자를 결정할 때는 신중에 신중을 기해야 한다. 위험요소의 계산을 모두 끝내야 도장을 찍는다. 사업경영에서 이 같은 최종결정에 10번을 생각하고 결정해도 늦지 않는다. 이것은 트럼프 대통령의 재벌 철학이다.

☙바벨탑을 세운 죄로 하느님은 인간에게 인종과 언어를 나누어 소통을 차단시켰다. 그 이유로 인류 사회는 살인과 전쟁으로 평화가 울고 있다. 즉, 인간의 존엄성을 이질성으로 바꿔놓았다.

☙종북주의자들은 남남갈등을 조장, 전복시키려는 북은 봉건적 제왕 정치.

☙탈북민 보호는 동포애의 통일교육이다.

☙사정권, 사각권, 사각지대권.

☙정글과도 같은 무한경쟁 속에서 살아야 할 현실.

☙개방화의 열린 세계는 서로 간에 수혜자의 기회를 얻게 된다.

☙드라마를 보는 것은 복잡한 현실을 잊고 스트레스를 해소하려는 마음의 위안.

☙나는 나라를 위한 순교를 다 바치겠다.

☙자기의 소질과 장점을 잘 적응할 수 있는 자신감에서 선택하라.

☙인생은 100m 단거리 경주가 아니라 평생을 두고 달리는 기나긴 마라톤이다.

✋달러 가치가 높아지면 우리 원화 가치가 하락됨으로 그 덕분에 한 국기업의 경쟁력이 좋아져 수출이 늘 수 있다. 하지만 달러 금리가 인상되면 우리 금리도 자연 인상됨으로 영세인 부담이 커져 고통을 받게 되고 부동산 활성화가 약진 문화.

✋말은 여러 사람이 모여 있어서 부담되는 곳에서 훈련하라. 부담이 없는 곳에서는 말의 달변이 향상되지 않는다. 모임에 가서도 뒤로 슬슬 빼는 사람, 자기의 권리를 주장해야 되는데도 말 한마디 못하고 뒤에서 불평불만하는 사람들이 많은 세상이다. 공격적 태도도 해보는 것이다. 내가 먼저 웃고 먼저 인사하고 먼저 말하고 먼저 상대의 좋은 점을 칭찬하고 상대방과 다시 만날 약속을 해라. 내가 먼저 한다는 생각으로 훈련하라.

✋실력 있고 유능한 지도자를 만나면 강력한 동기부여를 받는다.

✋외부의 의식이나 저항을 받는 곳이면 피하려고 하지 마라. 자기의 약점을 숨겨야겠다는 부담에서 벗어나 부딪쳐서 해결하라.

✋내성적인 사람이 마음이 너무 좁으면 대인관계를 차단시키고 사회 생활의 모든 진로를 차단시킨다.

✋10년 이상 터를 잡고 살았거나 10년 이상 묘墓를 점유했을 때는 점유시효로 인하여 지상권을 자연적으로 취득한다. 단, 묘지 자리에 한에서 허용되고 있다.

✋친숙한 개념으로 대중 속에 자리 잡고 있다.

✋합법적 마음의 사랑은 아름다운 사랑으로 결혼의 대상.

✋지금까지 살아오면서 잃어버린 시간이 너무 많다.

☙사람이 이 세상을 살면서 너무 빈틈없이 철두철미하고 계산 속이 빠르고 찔러도 바늘 하나 들어가지 않을 만큼 조금의 약점도 안보이게 살면 아무 재미도 없고 매력도 없다. 너무 반들반들하고 얄게 사는 것보다는 가끔 실수할 때도 있고 좀 어수룩한 면이 있어야 호감이 가고 정도 간다.

☙성공하는 사람은 성공하기 전에 먼저 성공적인 모습을 상상해 본다. 되고 싶은 것, 갖고 싶은 것을 상상 속에서 그려본다. 상상하라. 생각을 만들어 창작하라. 이 세상은 사람이 만들기 전에 먼저 상상 속에 그려져 있다. 비행기도 처음에는 없었지만 처음 그것을 만든 사람의 마음속에는 그것이 먼저 상상 속에서 만들어져 있었다. 마음속에 없는 것은 생산할 수가 없듯이 인간의 삶도 마찬가지다.

☙인해전술人海戰術은 우리의 언어인 한글로 뜻과 해석이 무분별하지만 한자 뜻을 해석하면 '바닷물과 같은 많은 사람의 병력의 힘으로 전선을 돌파하는 공격법'으로 답이 나온다.

☙공증은 금전거래에서 재판의 판결을 거치지 않고 집행할 수 있다는 이점 때문에 널리 사용되고 있다.

☙이공계 직업 선호에는 인공지능(AI)과 가상현실의 알파고 열풍 때문에 4차 산업혁명으로 알파고가 이공계 부활의 방아쇠를 당겨주고 희망성이 되었다.

☙철학의 유식론을 깊이 파고 들었다.

☙조그마한 씨앗 속에 잠재되어 있는 엄청난 원초적 생명력이 바로 흙색에너지의 무한한 가치성을 담고 있다.

☜같은 사주팔자라고 똑같은 운명대로 살아가는 것이 아니다. 마음가짐, 행동하는 마음에서 다르게 살아간다. 사람팔자 마음먹기 달렸다는 소리는 제일 듣기 좋은 말이다. 마음 잘 먹어서 팔자가 달라진 이야기는 많다.

☜**신경마비** ➤ 뇌나 척수로부터 나온 신경이 그 말초 경로 중에서 전도가 중절되어 운동이나 감각의 장애를 일으키는 일. 중풍, 마비질환, 활동거부 등등이다.

☜**신경쇠약** ➤ 신경계의 피로나 스트레스에 의해 자극성이 쇠약해지는 질환. 감정이 발작적으로 변하여 화를 내거나 비관 또는 권태증이나 기억력이 감퇴되고 불면증이 걸린다. 일종의 정신병이다.

☜**경락** ➤ 신경을 전도하는 중추 역할로 온몸 거죽 속에 퍼져 있는 자극선이다. 침자리를 침뜸으로 자극하면 신경의 경락을 뚫어주어 치료에 효과적이며 자급자족으로 자극을 시켜주는 역할을 한다.

☜남에게 인상을 좋게 보이면 그 좋은 인상이 상대로부터 다시 나에게 수신된다.

☜빛이 있으면 그림자가 생기듯 음양은 동전의 양면처럼 공존한다.

☜남자와 여자가 섞여 있어야 인간의 구실을 한다.

☜노래도 자기의 감정을 넣어서 부르면 스트레스 해소에 대단한 효과가 있다.

☜최선을 다해 살아도 짧은 인생이다.

☜마음에 면역성이 길러지면 자연히 공포는 없어진다.

☜뜨겁게 만나자!

☺지구상에는 사람보다 덩치 큰 맹수들이 수없이 많지만 모두가 인간의 지배를 당한다. 왜? 생각을 못하기 때문이다. 생각을 못하기 때문에 발전이 없고 변화가 없고 노예가 된다. 동물들은 예의도 없이 오직 본능에 의해서만 살아간다. 동물들은 생각할 수 있는 능력이 없지만 인간은 생각을 한다. 어떻게 생각하느냐. 생각을 바꾼다는 것, 인생 전체를 바꾸는 것이 된다. 새로운 창조가 나온다.

☺기지개는 운동 중에서도 가장 좋은 운동이다. 밤사이 육체와 정신이 충분한 휴식을 취한 후에 하는 기지개는 약 중에 가장 좋은 약이고 보약 중에 가장 좋은 보약이다. 잠에서 깨어나면 자신의 모든 근육을 펼 수 있는 데까지 기지개를 편다. 그렇게 한다면 좀처럼 질병에 걸리지 않을 것이며 항상 건강상태를 유지할 수 있을 것이다.

☺사람의 두뇌는 마음이 편안한 휴식상태에 있고 육체가 완전히 이완될 때 뇌파가 가장 많이 나오고 잠재의식 속에 가장 쉽게 심어진다. 내일 무엇을 할 것인가, 성공적인 모습을 영상화해 놓은 후에 잠들면 다음날 일이 잘 풀리고 잘 된다.

☺심리학적으로 말소리가 클수록 자신감이 넘치고 말소리가 작으면 자신감이 약하다. 대개 목소리가 큰 사람이 적극적이고 자신감이 있고 배짱이 좋다. 목청 큰 사람은 악인이 없고 쩨쩨한 사람 없다는 옛말도 있다.

☺동창의 하늘 아래 수를 놓은 무지개 구름다리. 하늘의 창조요, 자연의 축복이다. 미관을 심는 천사의 무지개다리. 그리운 영이 타고 오는 하늘 아래 무지개다리.

☞약점과 결점에 사로잡히지 말고 있는 그대로 화끈하게 털어놓고 자신을 단련시킨다는 마음으로 보여줘라. 털어버려라. 이것이 극복하는 자세이며 이런 훈련을 통해서 자극받고 느껴야 빨리 변화가 된다. 털어버린 곳은 곪은 상처에 고름을 짜내는 것과 같다.

☞빅뱅이 일어날 것이다.

☞사람의 마음은 물과 같다. 땅에 물이 오래도록 고여 있으면 벌레도 생기고 물이 썩지만 흘러내리는 물은 절대 썩지 않는다. 사람의 몸과 마음도 가만히 있으면 썩는다. 심리적인 흐름이 필요하다. 육체를 편안하게 하는 것보다 마음을 편안하게 하라는 말이다.

☞용접된 부분의 쇠는 다른 부분보다 강하다고 하지 않는가. 실패의 경험은 더 강하게 되고 더 강하게 일어서게 된다.

☞인간의 상상력은 어마어마한 힘을 가지고 있다.

☞학문이나 법률이 객관적 진실을 밝히는 것 같지만 자칫하면 진실이 무덤이 될 수 있다.

☞나는 너에 대하여 더욱 강해지고 있다.

☞교양교육은 세계관, 도덕관, 인격관 같은 창의적 가치를 담고 있다.

☞혁신적 회오리가 불 것이다.

☞역사의 대열에 앞장서겠다.

☞영혼 없는 답변은 가설적이다.

☞좌판향을 무조건 불순상대로 취급해서는 안 된다. 낮이 있으면 밤이 있고 남자가 있으면 여자가 있듯이 음양 조화로 물체가 형성된다. 반대자의 비판 목소리를 정중히 받아들여 새로운 기준을 도입.

☞노아의 방주(창조)때 방주를 타고 표류하던 노아는 올리브 가지를 물고 돌아온 비둘기를 보고 육지가 가까워졌음을 알게 된다. 그래서 올리브 가지는 인류를 사랑하고 평화의 상징물로 교황청에서는 지극히 위대한 공로자에게 신성물로 노벨상처럼 수상해주고 있다.

☞70년대, 80년대에는 자유민주주의가 지금처럼 활발하지 않았다.

☞산업화기술에 경쟁력 있게 제품화하여 기술산업 혁신을 플랫폼으로 혁신의 첨병으로 활용한다.

☞역사 교과서는 자라나는 청소년들에게 올바른 역사관과 국가관을 심어주는 게 역사 철학이다.

☞경제권력이 나라 전체를 지배하는 것을 막는다는 취지는 기본적으로 시장은 자연적으로 떨어진 게 아니라 대의정치권에서 시장경제를 관리. 그래서 경제조항에 경제민주화를 명시했다.

☞소설은 일련의 사건을 배열하여 하나의 의미 있는 이야기를 만드는 작업이다. 그래서 소설을 꾸며낸 이야기라고 한다. 소설은 작가의 상상력에 의해 새롭게 삶의 이야기를 만들어낸다. 소설의 세계를 흔히 허구라고 하는데 그것은 상상력에 의해 창조된 가공의 현실을 지적하는 말이다. 소설은 꾸며낸 이야기 속에 삶을 바라보는 진지한 자세와 그 진실을 담아낸다. 소설은 삶의 진실과 거짓을 대입시켜 거짓을 걸러내는 창조적 예보 상상물이다.

☞침해되는 사익보다 금지법으로 시익을 막는다.

☞박근혜 대통령은 아버지의 후광을 받아 아버지의 전리품을 청와대로 입성시켰다.

☯중국과 일본과 러시아의 틈바구니에서 국제 미아로 전략한 19세기 말 조선의 처지. 120년을 다시 丙甲년에 돌아보는 조선의 운명을 결정짓는 대환란의 시기가 2016년 丙甲년에 나라의 기강을 흔들어 군주란 근원과 같아서 근원이 맑으면 흐름도 맑아지는 법이다. 군주는 여기서 간신과 물러났다. 무차별 권력자를 낙인시키는데 성공했다.

☯시행착오를 피드백하고 빠르게 업데이트해야 한다.

☯어릴 때 강압적으로 엄격하게 규제하는 부모 밑에서 자란 아이는 성인이 되어서도 개성을 잃어 소극적으로 반항하는 성질과 내성적을 자초. 무기력한 원인이 되어 무한경쟁 사회에서 두드러지게 낙오인이 되는 경우가 허다하다.

☯인문학은 사람의 나쁜 의식을 바로 세우고 의식의 병을 예방하는 윤리교양이다.

☯지도자나 기업주는 부하의 뒷받침에서 성공과 좌절이 왕래되고 있다. 이는 능력과 재주의 문제가 아니라 간사하고 아첨하는 부하들은 바른 길이 아닌 흉계를 꾸미는 야심작이다.

☯집은 의식주의 개념이 안식처의 정신을 살려주는 명작의 집이다.

☯우리 민족사에 새로운 문을 여는 대도의 길이 밀려오고 있다.

☯인간은 생각의 판단과 아이디어 강점을 살려서 가시적 성공을 가져온다.

☯교화는 다원주의 마음으로 서로 사랑하고 나쁜 의식을 버린다.

☯사람은 임종할 시기가 오면 착함과 정직의 마음으로 아름다운 마무리를 한다.

꿀자유민주주의 대한민국을 만든 건 이승만의 공이고 독립운동을 한 사람 중 이승만처럼 외교력과 지도력을 갖고 있던 사람이 없었다. 뒷날 이승만이 독재를 했지만 그 대신들의 과오에서 일어난 소치였다. 하지만 공과는 위대한 역사적 인물이다. 역사는 편향적 일념에서 배제하고 연속선상에서 평가하고 장단점을 논한다. 이병철, 정주영 회장 등 거목 기업인의 경제 공로와 근대화로 우리는 풍요로운 경제 속에서 문명의 혜택을 받으며 살아가고 있다.

꿀검정교과서는 6.25 전쟁이 남북 모두에게 책임이 있다는 표현을 했고, 국정교과서는 통일을 앞두고 북이 남침했다는 사실적 표현에서 역사를 써야 하는데 역사는 앞으로 올 걸 쓰는 게 아닌데 통일이 될지 모르는 상황에서 잘못하면 소설이 된다고 했다. 역사교과서는 정치, 경제, 사회를 각각 섭외한 사람들이 집필하는 것이 타당성이 있다.

꿀성공한 세대의 사고방식은 성장과정과 경제의 환경 결과물에서 가치관이 완전히 다르다.

꿀재력가 부자들은 천민가들을 전유물로 생각해 수동적 행세를 취했지만 구시대에서 벗어난 글로벌 사회에서는 개인이 아닌 집단생활에서 얻은 동력으로 성공을 이룬다. 이제 정부가 경제민주화로 민생 모두가 격차를 줄이고 음지에서 해방시켜 주어야 복지국가로 자부심을 갖는다. 가난이 죄인처럼 부자를 벗어나 사회가 보장해준다.

꿀미관을 해쳐 살다보면 부딪치는 일도 허다하다.

꿀다원주의 세상, 다원주의 문화.

☙경제가 발전하면 경제를 다루는 사람들의 영향력이 커지기 마련이다. 그래서 소수 경제 권력이 경제권을 지배한다는 논리가 나타난다. 정부가 재벌의 독점을 막기 위해서는 경제민주화의 못을 박아 놓는 것이다.

☙한 부모는 혼외출산한 자손과 독신생활 부모를 말한다. 이들은 사회적으로 각별한 관심이 필요하다.

☙고사 작전이다.

☙사회를 역동적으로 바꾸었다.

☙부르주아는 자본주의 시장법에서 경제력을 강화한다. 파시즘은 독재주의고 경제는 민주 방법 이분성이다.

☙초능력을 내세워 사기행위.

☙디자인은 초월의 명제다.

☙마음을 정화시켜 주고 텅 빈 깨끗한 마음을 다시 심어주는 숲속은 비타민 역할을 해준다.

☙바람은 변화와 방향을 짚어주고 마음을 청정 도량으로 참되게 심어준다. 바람이 있기에 부딪히는 소리 또는 진동소리 밀착으로 빛과 소리를 내는 에너지 번갯불이다. 바람은 떠돌아다니는 구름을 이동시켜 비를 뿌려주고 대지를 적셔준다. 바람은 우리 인류에게 3차원 에너지다.

☙바람은 기압골에서 발생. 고기압과 저기압이 서로 이동하는 과정에서 바람이 발생한다. 바람은 창조주의 무형자산이다.

☙너의 말에 칼이 붙어 있다.

☙바람은 모든 물체와 대기를 흔들어 살아 있는 생체로 연상, 잔잔한 호수에 물을 흔들어 살아 있는 호수로 연상시킨다. 바닷물은 더 큰 위력을 하고 있다. 바람이 바닷물을 흔들어 파도를 이루어 산소를 생산, 바닷속 물고기에게 제공하는 생태 역할을 하고 있다.

☙바람이 성을 내면 폭풍과 태풍을 일으켜 대지를 흔들고 수직 파도는 마치 흙룡이 머리를 뒤집고 기습하는 괴물처럼 육지 절벽에 부딪치면서 물방울이 분사되어 천사 타고 가는 무지개다리 세워 하늘에 황금마차. 그런 영을 짚는 무지개다리. 자연의 명작.

☙자연과 창조주는 우리 인간에게 일용할 양식을 주는 절대자이다.

☙곤경의 책임을 자기 안에서 탈피해 외부에서 찾는 것이 속도 절약이다.

☙최저임금제를 낮추고 고용을 많이 창출해야 한다. 중국 경제의 동력이 여기에서 나와 패권국가가 되었다.

☙박정희 신화로 박근혜는 정치에 입문, 민심의 회오리를 일으켜 대통령에 당선되었다.

☙국가 정체성의 위기, 안보위기, 경제위기, 우리 사회 불안.

☙만약 비핵화 이전에 종전선언을 하게 되면 안보 자살의 서막이 될 수 있다.

☙우리의 건국절 역사관은 1945년 8월 15일이 나라 생일날이다.

☙악역의 저주 대상이다.

☙교류의 주파수 파동작용을 주시한다.

☙북한의 핵 제거 없이는 통일의 꿈은 동상이몽으로 유기될 수 있다.

서구의 물이 오염되어 성문화가 퇴폐되는 시대가 왔다. 이 같이 구분 없는 시대가 또 다른 시대로 열어가고 있다.

패션 문화는 나이 차를 젊게 해주고 멋과 미디어를 심어준다.

차이점에서 공통점으로 대해 주어 정말 고마웠다.

운명의 기氣를 밟아야 한다는 것은 자연과학 또는 사회과학을 관찰과 분석으로 요하면 운명의 氣는 숙성시킬 수 있다. 자연과학은 외계에 있는 온갖 물질을 대상으로 한 지식이고, 사회과학은 무리를 이룬 집단생활에서 과학의 개념을 발견하는 일이다. 자연과학은 보편적인 진리나 법칙의 발견을 목적으로 한 체계적 지식으로 자연과학을 일컫는다.

우수한 생활 인프라 조건이 좋았다. 즉, 교육환경, 복지환경 등이다.

시대가 발달되면 세상도 사람도 젊어진다.

신개념이 건강식품이다.

신문학습은 유용한 길잡이다. 신문을 통해 사회와 공동체의 관심과 미래에 대한 호기심을 키워준다. 내일의 세상을 대비하는 최상의 교제가 바로 신문 읽기다. 필자도 신문 독서에서 인생의 가치관을 기부받아 한 차원 높아짐을 자인한다.

이해 관계자들의 의견 청문을 통해 결정을 내린다.

대학은 인재를 키우는 엔진, 즉 인재의 장점을 보여주고 있다.

자유를 삭제하고 보편적인 민주주의로 표현하도록 국정교과서에 집필한 것은 반공교육과 정반대의 시각에서 현대사를 뒤집는 일이다. 비토(거부권)나 다름없다.

☞부동산 시장은 불로소득의 도깨비 자본이다. 그렇다고 부동산 시장을 강제 압박해서는 부작용이 일어날 수 있다. 시장은 논리와 합리성이 되는 순리로 활성화시켜야 한다.

☞민주주의는 다원주의다.

☞헌법은 법률을 다스리는 최고기관이다. 헌법은 법률의 할아버지다.

☞너희들 존재감이 너희들 몫이다.

☞천대를 받는다. ↔ 천시를 받는다.

☞나는 체계적으로 배웠다.

☞TV에서 방송되는 〈6시 내 고향〉은 세상과 지역의 벽을 넘어 소통하는 지역 정보 특색을 연결해 창구 역할에 드라마 현장 배우역으로 출연, 시청자에게 농어촌 도농 간에 밀착 역할을 해주고 있다.

☞조직에서 목소리를 낼 만한 자격을 갖추고 있다.

☞가상의 인물들이 사기행위, 악명 높은 적군파다.

☞고향은 내가 태어난 보금자리, 모성애의 발상지, 추억의 행선지. 산촌·어촌·향촌 마을은 지금도 티 없이 인심 좋다네. 이곳에 낙향하여 초야에 묻히고 싶다.

☞공동체의 체계로 공공목적을 강화한다.

☞기하급수적으로 늘어난다.

☞모든 낙후 수준은 현대화로 조정해야 한다.

☞치산, 치수, 록화는 우리 인간의 자연 관광 안식치이다.

☞약자들의 경제적 격차 설움을 경제 수준에서 줄일 시대가 왔다.

☞콘텐츠는 바로 전도사 역할. 콘텐츠 사업은 무형자산이다.

❧ 세상이 아름답게 조명되면 사람 마음도 선처 아름다워지며 모순과 악도 소강된다. 사랑과 한 마음으로 집단되어 살아간다.

❧ 필자가 죽은 후에 비명碑銘으로 새길 글을 남긴다.

> 자손들이여!
> 너희들 존재감存在感과 너희들 유산遺産이 몫이다.
> 笑而不答소이부답(웃으며 답하지 않는다.)
> 永世伴侶영세반여와 이곳에 함께 영면한다.

❧ 부모와 자식 간에 대화방식을 부드럽게 격려 섞인 미소로 친절한 대화로 항상 자녀와 문을 열어주어 자녀의 자아상을 심어준다. 이러한 습관이 자녀의 퇴행성을 막아주고 자녀의 길잡이를 열어준다. 물론 가정환경에서 자녀의 관심이 격차가 있지만 어려운 환경일수록 자녀의 마음을 편안하게 훈육시키는 것이 자녀의 마음을 정립시켜 준다.

❧ 개인의 취향과 신념을 거침없이 커밍아웃하는 젊은이들. 사회적 메시지가 새겨진 티셔츠 패션을 아이템처럼 착용하고 있는 현실.

❧ 개성의 가치관을 쿨하게 표현하는 젊은 세대들. 자신의 신념을 개성 있는 방향으로 표현하는 젊은 세대들.

❧ 햐향수준, 상승수준, 고공투신, 고공행진.

❧ 기억과 추억은 과거를 살게 해준다.

❧ 전통과 현대가 어우러지면서 합의장에서 관통하는 정신을 접한다.

- 애니메이션은 세상을 담고 드러내는 수단이라면 늘 새로운 것을 추구한다는 뜻에서 기인한다. 애니메이션은 가상현실을 다양한 방식으로 그 뒷이야기 혹은 새로운 스토리다.
- 영역을 넘나드는 정보기술의 각축장.
- 균형성과 다양성, 보편성 측면에서 실종되고 있다.
- 일조시간이 길어지고 햇빛이 강하면 신경이 자극되어 봄이 오면 여자들은 더 예뻐지고 가슴이 두근거린다. 여자들은 남자보다 감각이 더 예민해 앞날을 재빠르게 내다본다. 봄바람은 여자들의 사랑까지 실어온다.
- 첨단기술의 시대에는 인문학이 밥을 먹여 준다. 이유는 인문학에서 인지가 터져 나오기 때문이다. 백과 학문도 인문학에서 기초한다. 교육은 인생의 최고 투자이고, 인문학은 그 정점(맨 꼭대기)에 있다.
- 시행착오를 겪은 뒤 성장하기보다는 사전에 리스크를 최소화하는 것이 성공사례이다.
- 월세, 전세 임대료 자영업자에게 곱셈과 덧셈이라는 건물주의 횡포는 리스크되어 한국의 뿌리 깊은 빈곤을 양산한다. 소작농민의 과도한 노예제도를 바꿔야 시대적 양극화를 벗어나 경제 민주화를 이룰 수 있다. 이렇게 함으로 구성원이 공조되어 사회에 대한 반감이 단결로 구축되어 나라의 국력은 이런 모델에서 구축된다.
- 육체노동의 가동 년한은 60세가 아닌 65세로 연장해야 한다는 판결이 나왔다. 정년도 높여야 한다. 평균 수명이 증가하는 이유다.
- 수직적 관계가 아니라 수평적 협동식 경영 노하우다.

☙하나님을 보신 적이 있나요? 신神은 눈으로 보는 게 아니지요. 神과 人間은 합작품이다.

☙공감과 협동으로 동참.

☙아이들의 장난감 놀이를 빼앗는 것은 세상을 배우는 중요한 기회를 빼앗는 이치다. 즉, 재능을 발견하는 놀이다.

☙사회적 공분. 하대받는다.

☙나이와 세월은 사람과 몸을 부식시킨다.

☙내 삶은 진통제로 살았지만 좋은 결과를 얻기 위한 진통이었다.

☙화제작 제도 차원에서 어휘, 어법 교육도 중요하다.

☙우리 한국은 동북아 강대국 간의 패권경쟁 속에서 완충 역할을 하고 있는 막대한 배경을 가진 힘의 역할이 존재한다. 그래서 한국을 존중해주고 있다.

☙인간은 몸에서 모든 기氣가 빠져 나가면 병든 말과 같다.

☙**토지공개념** ➤ 국토의 효율적 이용과 개발을 통해 헌법으로 토지의 소유와 이용처분 및 수익 환수를 통제할 수 있음을 제도화 공공성 강화에 탄력을 받을 수 있다. 개발사업으로 인한 땅값 상승분의 50%를 세금으로 과세 헌법에 토지공개념을 도입 제도화. 이런 것이 경제 민주화이다. 모든 제도화 헌법은 시대가 요구하는 가치에 반영되어야 한다.

☙부정적으로 가공해서는 안 된다.

☙네 입 좀 헹구어서 꼰대질을 하라.

☙시판 공약을 위해 속도전을 시작하자.

☙내가 너한테 사망당했다(실패했을 때).

☙동력의 인프라가 건재되어야 성장한다.

　메밀묵 사려 외치는 소년 소리 끊어졌다 이어지고
　행랑에 등불 밝혀 골목길이 훤하다.

☙비싼 대가가 비싼 말을 하고 있다.

☙국회가 파헤지고 행정부를 추궁해야 한다. 또한 독주체제를 견제
　해야 한다. 민의를 대변하는 국회기관이다.

☙설탕은 비만과 당뇨병을 유발한다. 과도 섭취는 금물이다.

☙꿈을 키워 가는 미래의 주역들의 모습이 탐스럽게 펼쳐진다. 청소
　년들은 자신의 내면세계와 보편적인 세계를 잘 구분하지 못하고 자
　신의 상태 기준에 따라 세상의 기준을 바꾼다. 아이들의 의견에 항
　상 공감하는 태도로 호기심을 심어주고 의논하는 수용적인 태도를
　보여주어야 한다.

☙오염공해, 사이버 범죄공해, 음란물 공해.

☙호랑이가 떠나면 여우와 살쾡이가 날뛴다는 말이 있듯이 민주주의
　가 우리를 버린 탓이다.

☙개방은 진보를 가져오고 폐쇄는 반드시 낙후된다.

☙사람은 가면을 쓰고 살아가는 것이 가장 악렁이다.

☙너의 잘못이 영수증으로 하차되고 있다.

☙신神은 자연을 지켜주고 인간人間은 세상을 정복한다.

✑자신의 인격과 자존심을 공격하는 대응방안을 카드놀이나 활극 게임으로 돌리는 아이들의 태도 변화는 리더십 향상도 되지만 그 반대 현상은 사이버 폭력의 가해자나 피해자가 될 수도 있다는 문제점을 안고 있다.

✑다당제 시장경제 가치는 민주주의 체제에서 탈력으로 견고해진다.

✑모든 뉴스 유통이 포털을 통해서 뉴스를 판매하는 하청업체로 아웃링크되어 언론 생태계가 파괴되고 있다. 모든 뉴스는 종이 신문에서 더 가까운 TV나 핸드폰으로 이목이 집착되어 정보 위력이 강조되는 포털 공간에서 쉽게 접하는 것도 장점으로 정보망을 원하는 곳까지 연결시켜 소통해준다. 결국 언론사들이 포털에 종속되어 포털은 댓글을 이용, 풍선 효과를 곰삭히어 순식간에 확산 효과를 극대화한다. 이를 이용하여 막대한 광고수익을 올리고 있다.

✑여론이 정치의 에너지가 될 때 민주주의는 비로소 생명력을 찾는다.

어머니의 손에서는 세월의 쓴맛이 느껴집니다.

그 손이 자식들을 키웠습니다.

자식을 성공시키기 위해서는

희생과 쓴맛도 마다하지 않습니다.

✑하늘과 바다가 연결하는 수평선의 파란색은 정신적 대상을 깨는 위대한 미술품이다.

✑이름은 능력과 행복의 크기를 결정해준다.

🐚 새싹이 생명력보다 수백 배 무거운 흙더미를 뚫고 솟아나온 팽창력
  은 사람보다 더 강력하다. 그래서 봄나물은 효능이 있다. 고사리를
  먹으면 불면증에 효과적이다.

🐚 느릅나무 껍질은 아토피와 염증 제거에 효과적이다.

🐚 세상의 흐름을 잘 읽는 사람이 성공 확률이 높다.

🐚 마음속 재판관이 내 과오의 형벌을 내린다.

🐚 내가 젊은 시절 자네 때문에 꿈을 잃어버린 사람이네.

🐚 마음을 움직이는 음악 예술 위력은 천만 자루의 총이다.

🐚 취미를 만들어 기쁜 영감으로 노력, 80세라도 청춘으로 남게 된다.

🐚 그림책은 표현 그림의 감동적이고 독서는 교양이 된다 했다.

🐚 일자리가 풍성하면 가게 가처분 소득으로 풍성해 즐거워진다.

🐚 사회의 경종을 울려야 한다.

🐚 종합적인 접근성이 필요하니 아래와 같이 천명한다.

🐚 삼하월三夏月의 숲은 에어컨이다.

푸른 꿈을 입힌 눈부신 어린이날. 미래의 주역들이 진주보다 탐스럽다.

171

꿳성범죄는 먼저 남자들의 본능이 잘못된 욕망에서 출발되지만 여성들이 남성들에게 유혹의 암시 본능을 제휴하기 때문에 매혹적으로 순간적 교감을 밀착하다가 발생한다. 여자들은 남성 앞에 항상 자극적인 말담이나 체유를 유혹, 미화해서는 안 된다.

꿳공간의 한계를 뛰어 넘는 방송 같은 주파수 디지털 시대의 다원주의가 상륙됐다.

꿳가학행위가 자행됨을 쾌감으로 여기는 포털 네이버 댓글의 괴물들.

꿳상상력을 조리해서 가공된 현실을 만들어내는 것이 소설 또는 드라마와 영화이다.

꿳별들은 우주적 동력이자 생명을 주관하는 토대이다. 즉, 오장육부가 음양오행의 산물이다. 우리의 생명을 유지하는데 필수적 원소들은 모두 별에서 만들어져 있다.

꿳절간은 마음을 치료하는 안식처. 세상의 씨름을 잊게 해주고 개성을 완성.

꿳편법 수익 재산, 범죄 수익 재산.

꿳분노의 극대화는 사람에게 피바람이 나게 한다.

꿳너무 강하면 부러지는 법이다.

꿳십시일반으로 모아준 금품.

꿳슬기롭게 자위하거나 대처한다.

꿳과대한 토지이용은 상대적 균형을 잃고 토지환경의 질이 상실될 수 있다.

꿳지금은 소프트 파워 시대다.

☝소득 불평을 줄여야 사회적 논쟁을 파괴한다. 그렇지 않으면 세습 자본주의 시대로 돌아간다.

☝공동체의 여러 사람과 구성원이 되어 경제생활에서 소득지분으로 행복을 나눈다. 나만 잘 되면 그만이라는 고정관념에서 개방관념으로 넓힌다.

☝국가의 의회주의는 국민의 주권에 기초하여 자유선거로 자유정당제와 의사권을 존중한다.

☝사회가 경제적 풍요가 되면 문화예술의 개성이 높아져 삶이 문화적으로 향상된다.

☝외국인이 많이 상륙하면 주택 수요의 구매력이 향상되고, 새로운 공간의 수요가 나타난다.

☝인문학은 생각과 지혜를 바꿀 지적 학문이다. 또한 삶의 법칙을 알려주고 있다. 또 치유의 학문이다. 또한 내면에서 키워준다.

☝경제적 양극화는 사회와 공동체 의식을 깬다.

☝전쟁으로 혼란이 뒤집힐 때는 군보다 민란이 더 무섭다.

☝현실을 그대로 보지 말고 이상에 비추어서 관념론 기준을 마련하라.

☝가정이 작은 공동체라면 국가는 큰 공동체이다.

☝노동소득이 없는 기계화시대가 고민된다.

☝역사를 오역하면 그 역사는 되풀이된다.

☝범법자들은 항상 폭발물 대상으로 돌풍을 일으킨다.

☝정계 실력자. 도깨비 방망이 꿈. 도깨비 부자.

☝우리 기술의 노하우를 수출하고 있다.

☜인터넷 모바일 서비스 공간이 사회를 오염시키고 있다. 즉, 법적 해충물이다.

☜탈북자는 이등시민으로 취급하지만 미리 온 통일민족이다.

☜군은 명령계통의 계급조직이다.

☜기업 또는 고용자는 성장에 맞추어 임금을 보장해 주어야 한다.

☜봉건제도는 왕족과 신하 사이가 결합되어 전권을 갖는 왕조 세습 정치이다.

☜의료 보장과 사회 안전망이 잘 갖춰져 있는 나라로 캐나다를 꼽을 수 있다.

☜로봇과 AI는 주변상황과 돌변수를 파악하고 인식해서 자율 판단을 한다. 또한 사람 행세도 한다.

☜무심無心의 경계에서 살아왔다.

☜6월의 매미가 울면 더위는 절정에 이른다.

☜귀뚜라미 합창 소리 들려오면 자연의 향연이 막을 울린다.

☜바다와 하늘의 수평선은 하늘과 땅이 하나로 연결, 두 개의 강이 하나로 흐른다. 대지의 지평선은 하늘과 땅을 가르고 바다와 대지는 육지의 그릇에 담기어 일조의 명이다. 아, 창조주여! 대자연의 수호신이여! 엎드려 三보 二배 합니다.

☜건국절 반대 음모는 역사 쿠데타이다.

☜우리 한국은 국민소득 4만 달러 시대를 만나면 실업률의 격차가 무너진다.

☜결과와 직을 걸고 총력을 다한다.

☞서울은 문화권 도시로 특히 교통문화 인프라의 호재다.

☞서울 교보문고 내에 100명이 동시에 이용할 수 있는 뉴질랜드산 5천년생 소나무로 만든 대형 독서 테이블이 있다. 가볼 만하다.

☞인문학에서 인지가 터져 나오기 때문에 융합기술도 인문학에서 기초가 된다.

☞방송인 김제동 씨의 오해를 일으킬 만한 유머 언동 발언은 큰 실수다. 개그맨들의 달변은 시청자들이 즐거움을 토해내는 무대에서는 환영하지만 그 외 공석에서는 보호받지 못한다. 김제동 씨는 거짓 표현도 웃자고 하는 말에 죽자고 달려들면 답이 없다. 시청자들의 즐거움도 없다는 달변으로 둘러댔다. 무대에서 하는 말과 그 외 공식석상에서는 오해의 소지가 많고 명예훼손까지 나올 수 있음을 알아야 한다.

☞파리는 그냥 한 나라의 수도가 아니라 현대의 공화국 제도를 만드는 정치 혁명의 어머니 같은 곳이고 서방 세계 정신의 한 축이다.

☞성적이 낮을 뿐만 아니라 학업에 관심과 뜻이 없는 학생들을 일반계 고교에 배정하지 말고 실업계 고교에 배정해 취업에 필요한 기초 기능을 익혀 사회에 진출할 수 있도록 지원하는 것이 양극화를 완화하고 직업을 취득, 자활할 수 있는 길을 열어 주어야 한다.

☞기존의 질서나 시스템을 바꿔야 할 분기점에 와 있다.

☞사람의 마음은 여우짓을 많이 한다.

☞배움은 자율적, 합리적인 판단을 하는 고찰 능력을 갖게 한다.

☞대한민국의 르네상스는 삼성, 현대 에이지 그룹들이다.

☞매보다 무서운 교사가 추천서에 학생생활 평가를 써넣는 한마디가 수능성적보다 중요하다. 체벌금지 이후 말을 듣지 않는 학생들을 통솔할 무기로 교사 추천서를 대폭 활성화해 대입지원 때 추천서는 물론이고 저학년 때부터 교사들이 작성해 놓은 행동 품성 관찰기록을 첨부해 입학사정관의 필수자료이다.

☞더 많은 미래를 가질 수 있다.

☞공유경제, 공유 민주사회의 개념, 공유제.

☞사이버 같은 작전 수단이다.

☞법적, 제도적 장치를 만든다.

☞이성간의 성의 애착은 인간의 고유본능이다.

☞사회에서 남녀간의 개성미가 마음을 흔들고 몸을 훔치는 유혹이 발생한다. 이는 시대의 문화가 가르치고 있다.

☞인프라는 산업시설을 육성, 생활지침을 활성화하는 일이다.

☞인프라 생활 방향을 바꿔야 세상이 바꾸어진다.

☞인프라 개념을 접목한 사업이 요구되는 시대다.

☞건강식품 중에서 아보카드 건강식품을 복용, 섭취한다.

☞우리 생활 속으로 자질의 강점이 들어와 삶의 질을 향상시킨다.

☞공유의 연대는 세상과 또는 나눔의 행복이다.

☞핸드폰을 생활밀착형으로 나눔의 행복이 진화되고 있다.

☞우리 한국은 대외경제 의존도가 97%의 실정이다. 한국이 자유무역 협정으로 경제 영토를 넓혔다.

☞ '어기야디야' 를 외치며 배를 모는 뱃사공.

☜마음에 고장이 생겼다.

☜노무현 (前) 대통령의 유머는 노후 장인의 좌익활동 경력을 문제 삼자 '그러면 사랑하는 아내를 버리라는 말입니까' 라고 받아친 것이다. 미국에 한 번도 간 적이 없는 경험 부족을 꼬집자 '반미면 어떻습니까' 라는 유머 반전은 트럼프와 비슷하다.

☜가족은 원초집단으로 가풍의 유물과 풍습, 전통이 있다.

☜6.25 전쟁은 김일성, 스탈린, 마오쩌둥 3인의 사전공모로 시작된 침략전쟁이었다는 사실이 소련 붕괴 후 공개된 구소련 비밀문서에서 밝혀졌다.

☜선글라스 분위기 무장.

☜사각지대에 방치된 빈부격차를 민주화로 끌어들여야 한다.

☜국내기업이 해외투자로 이동하면 영주국의 먹잇감이 될 수 있다.

☜의견을 모으고 방향을 설정한다.

☜자기주장과 자긍심에서 일방적 태도보다 상대방의 이해와 수용하는 자세가 필요하다.

☜지식의 용량이 커지는 이 시대에 경쟁력은 더 활발해진다.

☜국國과 사회社會는 집단체제로 국민 한 사람은 구성원의 한 사람이 된다.

☜욕심은 가늘게, 노력은 욕심대로...

☜첨단 의료기기 제도적 장벽을 해소하기 위해서는 의료인들이 산업 현장과 연구개발 의술과 함께 국산화를 모색해야 한다.

☜생산의 속도를 높이는 데 초점이 된다.

꿀첨단을 달리는 고속사회 20세기 개방사회에서는 미디어로 개성을 적극 선호하는 이 세대에 사람마다 재능과 노력에 의해 성공과 돈이 따른다는 법칙에서 여러 사람의 협력과 뒷받침의 근원이 없으면 불가능한 일이다. 즉, 더불어 살아가는 음양 조화로 지구상의 모든 삼라만상은 그렇듯이 함께 동반자로 진화되고 있다.

꿀대한민국은 6.25 전쟁 시 미국과 유엔의 평화와 안보의 원조 아래 많은 피를 흘린 대가로 적을 물리치고 대한민국 정부를 수호해주고 대한민국 정부를 공고히 했다. 이 공과가 없었다면 지금 대한민국은 북한과 같이 공산화가 되었을 것이다. 이런 공로를 모르고 미국과 유엔 연합국을 일부 배신하는 행위는 여적 분자들이다. 오늘날 자신의 공로를 세우기 위해 일부 지도자들의 무분별한 통일 선호 행동은 엄중한다. 미국은 역사적 사실로 보아 패전국에 대한 영토 야심은 눈 씻고 보려 해도 찾아볼 수 없는 지성의 나라이며 신사적 국민성을 지녔다. 공산권의 사각지대에 놓인 대한민국은 항상 불안하다. 미국을 우방의 최고 동맹국으로 그 가치관을 존엄한다.

꿀개인은 사회의 구성원이고 그 구성원들이 국가를 세운다. 그러므로 구舊시대의 가난을 협력의 동력으로 오늘날과 같은 경제성장을 끌어올렸다.

꿀진정성은 공정시비가 없고 양심적 효율성도 높다.

꿀1868년, 그러니까 150년 전에 러시아가 알래스카 반도를 미국에 매각했다. 지금은 러시아와 미국이 음성적 근육을 과시하는 무력시위를 하고 있다.

⌘부귀 권리 성공, 한 개인의 재능과 노력으로 이루어진 원동력은 중인의 협력과 지원에서 발로되었다는 것을 개인의 머릿속에서 먼저 인지해야 너그러운 사람이다. 이제 돈으로 성공한 사람은 그늘진 빈민을 구제하는 마음으로 적극 동참해야 한다. 섬나라에서 혼자 사는 사람은 이웃이 없고 외부와 차단되어 절대 자주독립을 할 수 없는 이치다.

⌘경제 자살, 일자리 학살.

⌘경제 허리를 책임져야 할 40대들이 활발하게 움직이는 전성기.

⌘노블레스 오블리주는 도덕적인 의무인데, 핵심은 결국 희생이다. 희생의 내용은 첫째, 목숨의 희생 둘째, 기득권 희생 셋째, 타인에 대한 배려와 양보와 헌신이다. 이것이 체질화됨으로 국가관을 높일 수 있는 길이다.

⌘어느 날 저녁, 프랑스 샹젤리제 거리에서 구걸하던 중 자전거를 타고 와서 쇼핑을 하려는 한 남자에게 자전거를 지켜주겠노라 제한한다. 자전거를 타고 나타났던 이 사람은 헌법재판소장이었다. 두 사람은 우연한 만남을 계기로 인연이 되어 우정을 싹트기 시작했다. 노숙인의 삶을 통해 다른 세계를 발견하고 싶었던 헌법재판소장은 그에게 책을 쓸 것을 권하여 공동 교정작업으로 책을 출간했다. 책은 베스트셀러가 되어 책에서 수입된 수입금이 10억을 돌파했고, 노숙자는 새로운 삶을 얻게 되었다.

⌘균등사회로 방향이 잡히면 국가의 동력은 하나의 단결로 국민으로 모아질 것이다.

꒒명절 음식으로 온 가족이 모여 즐겁게 나누어 먹는 민속명절은 의미가 깊다.

꒒지구촌을 위협하는 기후변화는 빠른 속도로 움직이고 있다. 우리는 죽음의 온실가스 배출에 브레이크를 걸어야 한다.

꒒사람은 돌발상황에 대처하는 능력이 좋아야 한다.

꒒뜨거운 사막의 지구촌 아프리카 난민들이 똬리를 틀고 우리 한국 정착에 몰두하고 있는 현실이다.

꒒글의 진정성이 사람을 움직인다.

꒒생활법칙이 밝은 사람은 실패의 시비가 없다.

꒒소득 주도 성장구상 정책은 고용 질적 향상, 생활안보.

꒒서울 강남 집값이 플랫폼 계단식으로 승차, 제왕가 집값이 되었다.

꒒지역의 특색 있는 향토 문화 자원을 소재로 도농간은 물론 외국인들로 관광차원에서 소통이 되어 문화진흥에 초점을 둔다.

꒒힘들게 고생한 표정은 얼굴이 삭아내리고 방향점까지 슬프다.

꒒정보통신 기술은 차세대 플랫폼으로 AI의 고도화시대.

꒒콘텐츠 문화사업이 즐거운 기호식품으로 가속화되어 가고 있다.

꒒토지공개념은 사유재산 토지라도 공공목적의 개념이 될 때는 재개발사업으로 공공목적을 활용하는 조치이다. 이는 부동산 가격을 안정시키는 수단이다.

꒒경제 민주화 시대가 열어 가는 경제 공개념으로 국민에게 차등을 골고루 돌려준다.

꒒우리나라 정부는 경제 빙하기에 통계의 역습을 받고 있다.

❀ 발효식품 역사는 인류와 함께 한다

발효식품 역사는 인류와 함께 한다. 37억년 전 지구가 탄생했고 가장 작은 생명체인 미생물이 출현해 오랜 진화 과정을 거친 뒤 250만년 전에 인류 조상이 모습을 드러냈다. 미생물은 생존의 필수인 에너지를 얻기 위한 수단으로 발효를 시작했다. 발효는 자연에서 발생한 생명체가 첫 번체화였다. 세계에는 5천종의 발효식품이 생산, 소비되고 있다. 매일 50~400g의 발효식품을 먹고 있는 것으로 추정된다.

한국은 발효식품의 최선진국이다. 중요한 4대 전통 발효식품인 김치, 장유간장, 젓갈, 식초, 누룩은 전통 발효식품에서 우리 식단에 큰 부분을 차지하고 있다. 우리 음식에서 맛과 건강을 지키는 파수꾼인 음식 식단은 건강에 최고 발효식품은 소화가 잘 되고 비밀을 억제하며 식중독 미생물을 사멸시키면서 어느 공산식품보다 높은 부가 가치를 창출하고 있다.

☞관광상품이 발생되고 있는 특색지역은 안정적인 수입이 보장되고 있다.

☞남북관계를 위해서 지금까지 주시모드를 유지한 효과를 살린다.

☞접근성이 좋아야 다자의 몸이 되어 세상과 같이 나누며 삶의 지혜를 얻는다.

☞상대의 반칙을 응징하는 차원에서...

☞역사의 대의로 이 길에 함께 해달라고 강조.

二千年 文學 행진곡

생生의 반란

제Ⅲ부

기억 너머 저편

쉬워 보이는 일도 해보면 어렵다. 못할 것 같은 일도

시작해 놓으면 이루어진다. 쉽다고 얕볼 것이 아니고,

어렵다고 팔짱을 끼고 있을 것도 아니다. 쉬운 일도

신중히 하고 곤란한 일도 겁내지 말고 해보아야 한다.

채근담(중국 명나라 말기 홍자성의 어록)

6.25의 상흔

끊어지고 뒤틀린 철교 위에서 보따리를 짊어진 채 철교 아치와 상판을 건너는 수많은 피난민들. 1950년 한국전쟁 당시 더러는 철교 아래 강으로 뚝뚝 떨어지고 대동강 철교 빔에 매달려 버둥거리며 대동강 철교를 건너는 피난민들의 모습이 찍힌 사진이다.

1950년 한국전쟁 당시 중공군을 피해 피난민들이 남한으로 가기 위해 파괴된 대동강 철교에 매달려 건너는
모습을 찍은 AP통신 종군 사진기자 맥스 데스포의 사진. 출처:저작권자ⓒ공감언론 뉴시스통신사

6.25 전쟁이 한창이던 12월 초의 평양 대동강 풍경은 이처럼 처절했다. 1950년 12월 31일 10시경 경기 파주 장단역 개성 방향에서 북한의 화물기관차 하나가 천천히 들어왔다. 순간 기관차 위로 포탄이 쏟아졌다. 남쪽의 기관사 한준기 씨는 국군의 군수물자를 운반하기 위해 개성에서 평양으로 가다가 중공군에게 막혀 황해도 한포역에서 북한 기관차로 갈아타고 장단역에 들어오던 중 북한군으로 오해를 받아 국군의 폭격을 받은 것이다. 기관차는 그대로 멈췄다.

66년의 세월이 지난 지금까지도 남아 있는 기관차 화통의 잔해는 분단과 전쟁의 상흔 그 자체이다. 표면을 가득 채운 풍화의 검붉은 녹, 부서진 바퀴와 무수한 총탄  자국이 그때의 상황을 말해 주는 듯하다.

화통 위에서 자라는 한 그루의 단풍나무처럼 비무장지대에서 붉게 녹이 슨 채 방치됐던 이 기관차는 2년간의 보존처리 작업을 거친 뒤 2009년 6월 파주 임진강 자유다리 남단으로 옮겨져 전시되고 있다. 월정리역에 세워진 '철마가 달리고 싶다' 는 문구가 새겨진 종잇장과 함께 무참하게 구겨진 채 숲과 나무에 힘겹게 쌓여 있다.

이곳은 마치 생체 살육장과도 같이 전쟁의 살육장이 된 채 북한의 유격대원들이 남한의 인사들을 짐승 죽이듯 총검으로 무참히 살해한 곳이다. 공작원의 서슬퍼런 총살에 머리를 땅에 박고 눈동자를 굴리며 비벼대는 한 양민의 참상은 너무도 비통했다. 지금도 이곳은 까마귀가 유령의 넋을 위로하며 가끔가끔 울고 간다는 전설이 회자되고 있다.

6.25 전쟁 세대가 아닌 세대들은 실제 전쟁 참상 경험이 없으므로 전쟁의 아픔을 소극적으로 긍정하니 차세대들에게 안보교육용으로 주지시킨다.

환율

세계 여러 나라들은 자국의 화폐가치를 떨어뜨리려고 할까?

두 나라 화폐의 교환비율을 환율이라고 한다. 예를 들면 미국의 화폐인 달러와 우리나라 화폐인 원화의 교환비율은 원달러 환율이다. 환율이 달러당 9백원에서 1천원으로 상승하면 우리 국민이나 기업이 1달러를 구입하는데 지금까지는 9백원을 지불했는데 이제는 1천원을 지불하게 되는 것이다. 이 경우 달러의 가치는 상승한 반면 원화가치는 그만큼 하락했음을 의미한다. 이렇게 원화가치가 내려가면 우리 기업은 수출을 통해서 추가적인 이득을 보게 된다.

예를 들어 가격이 100달러인 제품을 수출한다고 가정해 보자.

지금까지는 9만원을 벌었는데 원화가치가 떨어져 환율이 상승하면 10만원을 벌게 되어 1만원의 추가 이익이 생겨난다. 이처럼 환율 상승으로 수출 기업들은 수출이 증가하게 되는 것이다. 반대로 환율이 하락하면 수출을 하는 기업들은 수출의 감소로 이어진다.

환율 상승, 즉 원화가치의 하락은 수입을 감소시키는 효과도 있다. 환율이 달러당 1천원에서 천 백원으로 상승했다고 가정하면 환율 때문에 수입품에 대해 달러당 100원을 더 지불해야 한다. 이 경우 수입품의 국제 판매가격이 오르면서 수입감소로 이어진다. 경제대국의 환율 가치를 하락하는 원인은 자국의 수출증대와 수입감소의 결과를 가져오는 것이다.

달의 기운

태초에 충돌이 있었다. 45억 년 전 원시 지구는 화성 크기의 행성과 부딪혀 한 몸이 된 것이다. 철처럼 무거운 물질은 지구 중심으로 모였고 가벼운 물질은 지구 껍질을 이루었다. 충돌 이후에도 지구는 빠른 속도로 회전해 지구 맨틀에 있던 물질이 튕겨 나갔다. 이 물질이 다시 뭉쳐진 것이 우리가 보는 달이다.

미국 하버드대 지구행정과학과 교수팀이 컴퓨터 시뮬레이션으로 증명한 이 가설이 사이언스 표지 논문으로 실렸다. 원시 지구에 행성이 부딪힌 후 남은 행성 파편이 뭉쳐 달이 됐다는 설은 아폴로 우주인이 가져온 원석 때문에 설득력을 얻었다.

원석의 동위원소 분석 결과 지구와 달의 나이가 45억 년 전으로 같고 동위원소 비율도 비슷해 지구와 달이 어떤 사건 때문에 동시에 태어났다는 걸 보여주고 있다. 원석의 동위원소 비율이 지구 맨틀과 거의 같고 지구와 달의 철 성분이 유사하여 충돌행성의 성분이 드러나지 않는다는 점 때문이다.

지구와 행성이 충돌해 합쳐진 후 지구 일부가 달이 됐을 가능성

원시 지구가 지금과 달이 매우 빠른 속도로 회전해 하루가 24시간이 아니라 23시 정도로 가정, 지구 맨틀에서 원반형 물질이 튕겨 나가 응축된 뒤 달이 될 수 있다는 것이다. 행성이 부딪힐 때 충돌 행성이 지구 속으로 뚫고 들어가 핵과 융합했고 지구 껍질을 이루던 비교적 가벼운 물질이 빠른 회전 속도를 이기지 못하고 튕겨 나갔다. 이때 원반형 물질이 응축돼 달이 형성됐다. 그래서 지구와 달이 산소 동위원소 비율이 같고 달의 성분이 지구 맨틀과 유사하다. 빠르게 돌던 원시 지구가 지금의 자전 속도를 갖게 된 것은 태양 중력이 영향을 주었다는 설명이다.

김신조1.21 청와대 습격 사건

1968년 1월 22일 오전 1시경, 날씨는 영하 10도에 칼바람까지 몰아쳤다. 세검정 계곡 (서울 종로구)은 조명탄과 플래시 불빛, 확성기 소리로 가득 찼다.

"나와라! 살려준다! 투항하라!"

계곡의 바위 뒤 곳곳에 자리 잡은 육군 30사단 92연대 소속 장병들이 총을 겨누고 있었다. 몸에는 무거운 수류탄 하나뿐이었다. 북한에서 가져온 총과 350발의 실탄과 3개의 수류탄은 도주 과정에서 인왕산 바위 밑에 숨겼다. 이제 결정을 내려야 할 순간이 됐다.

1968년 1월 22일 새벽 국군에 투항한 북한 특수부대 김신조 소위. 그는 기자들 앞에서 "박정희 모가지 따러 왔수다"라고 말했다.
출처: 동아일보DB

죽을 것인가! 살 것인가!

수류탄 안전핀에 손가락을 걸었다. 수년 동안 훈련 받은 대로 자폭해야 할 시간이었다. 확성기 소리가 다시 귀를 파고들었다.

"반드시 살려준다! 믿고 나와라!"

두 손을 들고 플래시 불빛을 향해 걸어 나갔다.

김신조 목사는 탈북자나 귀순용사가 아니다. 1968년 1.21 사태 당시 투항한 북한 민족보위성 정찰국 소속 124군부대 6기지 2조 조장(소위)이었다. 박정희 (前) 대통령 암살 지시를 받고 남파된 특수부대 장교였다. 당성과 실력을 인정받은 엘리트 군인이었다. 투항 직후 기자회견에서 왜 내려왔느냐는 질문에 "박정희 모가지 따러 왔수다"라고 말할 정도로 기세가 등등했다.

1.21 사태 50주년을 사흘 앞둔 18일 서울 구로구 성락교회에서 기자와 대담 과정 중에 그는 "26세의 젊은 군인으로 한국에 왔는데 벌써 50년이 지났다. 어느덧 76세가 됐고 손주들을 포함해 11명의 대가족을 이루었다. 니도 내 인생을 한번 정리할 시점이 된 것 같다"며 말문을 열었다.

1968년은 남한 대통령을 암살하기 위해 북한이 김신조 등 특수부대원 31명을 보낸 1.21 사태를 시작으로 지금까지 대남 적화 야욕을 목표로 핵개발로 대응하고 있다.

건설회사에서 일하던 김신조 씨는 아내의 권고로 신앙생활을 시작했으며 50세 때 목사 안수를 받았다. 지금은 안보 강연도 하며 신앙생활 또한 열심히 하고 있다.

어느 여인의 슬픈 사연

"지금은 내 상황이 너무 어려워. 하지만 5년만 시간을 줘. 5년 뒤에는 당신이 어디에 있든 당신을 찾겠어. 꼭 돌아올게."

2008년 2월 A씨(42세)는 자신의 아이를 임신한 당시 19세의 메리(25세)를 두고 한국으로 돌아갔다. A씨의 이름을 딴 아이가 6세가 됐지만 메리는 그가 어디에 있는지 모른다. 연락도 닿지 않는다. 닳아빠진 사진으로만 아버지의 얼굴을 본 아들은 외삼촌이 부르는 대로 아버지를 불렀다. '코리안 보이'라고.

2006년 3월경이었다. 17세인 메리는 필리핀 앙텔레스의 작은 도시 마을에 있는 한 마사지숍에서 계산원으로 일하고 있었다.
어느 날 오전 3시쯤 한 한국 남자가 말을 걸었다.
"나이도 어린 것 같은데 왜 이런 곳에서 일을 하니?"

"돈을 벌어서 공부를 하고 싶어요."

"너는 여기 어울리지 않아. 전화번호를 물어봐도 되겠니?"

며칠 뒤 A씨로부터 전화가 걸려 왔다. A씨는 필리핀 루손 북부에서 사업을 한다고 했다. 친절한 남자였다. 친구로 지내던 중 어느 날 A씨가 말했다.

"내가 널 도와줄게."

A씨는 한국에 아내가 있지만 별거 중이라고 했다. 메리는 그와 사귀었다. A씨는 메리의 학비를 대주었다. 그러던 중 2008년 2월 A씨는 메리가 아이를 가진 사실을 알게 됐다. 임신 4주차였다.

"그를 사랑했지만 그때 나는 너무 어렸어요. 그는 나의 첫 남자친구였고 첫 번째 모든 것이었어요."

당시 A씨는 한국으로 귀국한 후 미국으로 갈 예정이었다. 메리는 뱃속의 아이에게 말했다.

"아가야 엄마는 행복하단다. 나는 널 가진 것을 절대 후회하지 않아. 왜냐하면 너는 나를 절대 떠나지 않는다는 것을 알거든. 엄마는 나를 위해 강해질 거야."

2008년 10월 2일, 마침내 아이가 태어났다. 난산이었지만 A씨는 곁에 없었다. 메리는 제왕절개 수술을 받았지만 수술비가 없어 병원에서 퇴원할 수가 없었다. 친척 언니와 학교 선생님에게 돈을 빌렸다. 메리는 A씨가 미국으로 건너간 뒤에도 이메일을 주고 받았지만 어느 순간부터 답신이 오지 않았다. 아이가 태어난 지 2주일이 지나서야 A씨가 이메일을 보내왔다.

"비자 문제 때문에 내가 여기서 일을 하는 게 불법이야. 일을 하고 있지만 임금이 너무 적어. 인터넷으로 이메일을 체크할 돈도 없어. 네가 힘들게 생활하고 있는 것을 알지만 여기서 생활하는 게 먼저야. 메일은 한두 달에 한 번은 체크할 거야. 몸 조심해."

그 뒤로 메리가 보낸 이메일은 반송됐다. 도움이 필요했다. 누구에게도 그에 대해 말하지 않기로 약속했지만 방법이 없었다. 필리핀 내의 코피노 지원단체를 찾아서 A씨의 사진을 보여주었다. 사람들이 그를 알아보며 말했다.

"혹시 그가 목사인 걸 아나요?"

충격이었다. 인터넷을 통해 과거 그의 설교 모습도 찾을 수 있었다.

메리는 2년제 대학을 간신히 졸업한 후 온라인 영어교육 회사에 일자리를 구했다. 오전 2시에 일어나 오전 4시까지 출근하고, 오후 2시에 집에 돌아와 아이를 돌보는 일상이 반복됐다. 집에 없는 동안에도 어머니가 외손자를 돌봤다. 새벽에 출근하다가 괴한들에게 납치를 당할 뻔한 일을 겪기도 했다. 하지만 아들을 보면 힘이 솟았다. 아들은 말썽을 부리지 않았다.

"아들이 나를 보고 웃으며 즐겁게 놀면서 자라는 모습을 보면 나는 계속 강해졌어요. 최선을 다해 아이를 키웠어요."

하지만 아들은 아빠를 그리워했다. 아들은 친구 아빠가 학교에 친구를 데려다 주는 모습을 오래도록 바라보기도 했다. 메리는 아들에게 아빠는 멀리 일하러 가셨다고만 했다. 험담은 한마디도 하지 않았다. 가족의 날 행사가 열리는 날에는 아들을 학교에 보내지 않았다.

"아이가 더 자라서 이런 사실을 알게 되면 상처를 받을 것 같은데 어쩌죠?"

취재진이 메리의 집을 방문했을 때 가족들은 기자를 아이에게 소개했다.

"이 사람도 네 아빠처럼 코리아인이야."

아이는 연필로 자기 가족을 그렸다. 아이는 아빠를 그려 넣은 뒤 할머니에게 귓속말을 했다.

"이 그림이 아저씨가 아빠를 찾는데 도움이 됐으면 좋겠어."

메리는 취재진에게 A씨를 찾아서 아이의 사진을 보여주고 말을 전해 달라고 당부했다.

"우리는 지금도 힘든 시간을 보내고 있어요. 아들이 당신을 그리워해요. 아이를 좋은 학교에 보내면서 아이의 미래가 더 나아지기를 원해요. 당신의 도움이 필요해요. 함께 살자는 게 아니에요. 적어도 아이가 학교 친구들에게 '드디어 아빠를 만났어.' 라고 말할 수 있도록 필리핀에 와서 아들을 만나줘요."

우리 조국 통일 만세, 우리 가정 만세, 우리 소원 만세, 우리 자자손
손 만세! 만세 운동 찬가다.

국토의 허파는 바로 산림녹화요, 숲이다.

선천적 자폐증을 넘어 어릴 적 냉담한 부모의 잘못된 양육법에서
발병한다 했다.

사업이 공전 상태다.

공직자로서 국가에 공복하였고 대민봉사하며 자기 절제에 정의하
였기 때문에 이 관문을 통과했다.

천개의 눈과 천개의 손이 되고자 합니다.

점검하는 매의 눈이 무섭다.

부활의 방아쇠를 당긴다.

사람은 아름다운 결말이 정직한 결말이다.

생각을 바꾸면 새로운 창조가 나온다.

정의의 길로 비틀거리며 간다는 돌밭길이라도 한 걸음 한 걸음 정의
를 향해 걷겠다는 결의이자 그 길은 험난할 수밖에 없다는 뜻이다.
이 뜻은 진심을 잘 표현했으며 제목의 뜻만 해도 울림이 크다. 책도
상품이기에 제목부터 독자의 눈길을 잡아끌어야 할 필요가 있다.

권한과 책임을 공유하면서 높은 평가를 받는다.

🐚국어는 복잡하지만 한자는 적은 단위로 묶어진 초고속 단어다. 한글과 한자 혼용은 음양법칙으로 배합되어 아름다움과 가치성을 높여주고 있다. 즉, 한자는 한국어의 배경문화에 혈친 역할이다.

🐚개인이 가진 능력을 활용해 다른 이들을 돕는 활동을 재능기부라고 한다. 재능기부는 의료, 집수리 영역부터 교육강의나 글쓰기 등 지식 나눔 활동까지 아주 다양하다. 재능기부는 행복을 나누는 좋은 풍경이다.

🐚국제무대에서 패전한 일본이 위해 세계 무대에서 성과를 일으켜 다시 역할을 강화하려는 야심작이 일본의 군사 대망론이다. 일본은 과학기술에서 세계 최첨단을 달리는 경제 강국이다.

🐚중국은 과거 북한을 도와 대한민국의 통일을 가로챘고 일본은 뱀 꽈리처럼 35년간 한반도를 식민지로 지배했다. 이 견제와 균형을 활용해서 냉철히 지혜를 모아야 한다.

🐚한국의 독자적인 핵무장은 국제 질서에 정면으로 반기를 들어 큰 대가를 치러야 하기 때문에 그 대안으로 미국이나 우방국의 전술핵을 수입, 운영을 갖춘다.

🐚기본도 못 갖춘 사람.

🐚선행교육은 앞서 교육을 숙지한 사례.

🐚북北은 지금 핵으로 무장하고 있다. 그야말로 국가 비상사태다. 주먹은 문서로 보장될 수 없다. 핵무기는 인류를 멸종시키는 무기로 다같이 핵을 보유하면 오히려 평화를 지키게 된다.

🐚결손 가정 소년이었다. 그 이상 그 이하도 아니다.

☞탈북자라는 인종차별과 다름없는 인권차별은 분단 민족을 극복하는데 아무런 도움이 안 된다. 사선을 넘어 자유를 찾은 그들을 국민적 배려로 구성원으로 보장해 주어야 한다.

☞삶에 소중한 자양분이다.

☞한계를 무너뜨려 한계를 극복, 벽을 무너뜨려 격차를 극복하지만 꿈을 꿀수록 희망은 가능성에 힘을 준다.

☞새로 나온 기준들.

☞중국은 동북공정을 별미로 야심찬 음모가 숨어 있어 경계해야 한다.

☞지식 장수시대에 특별한 패턴으로 세팅하는 가상현실로 사회적 젠틀맨으로 부각되어 가고 있다.

☞이제는 총과 무기 대신 돈과 자본주의 대결로 충돌 되어가고 있다. 돈만 있으면 극복할 수 있는 시대다.

☞조선 500년 역사는 조선의 마지막 왕 순종 때 막을 내리고 말았다.

☞옛날 임금의 경청을 천왕, 폐하, 전하, 각하라 존칭했지만 지금은 반대다. 국민이 주인인 시대다.

☞내가 당신의 우산이다.

☞대한민국은 선진국 시장개방의 흐름을 타고 수출을 주도, 공업화를 통해 국민의 삶의 질이 높아졌다. 또한 인적 수출과 기술 수출 모든 면에서 자유무역은 빈곤을 탈출시킨다. 그러나 보호주의 정책으로 바꾸면 우리 한국 같은 더불어 사는 경제는 후폭풍이 걱정이 되는 이유다.

☞나의 슬기의 유연함은 나의 장점이었다.

정보기술 분야의 수재들에게는 과학기술 강국과 지식경제 강국을 내세워 최고의 주택과 안식처와 생활필수품을 구입할 상품권까지 제공해주는 파격적 대우를 해주어야 한다. 과학기술자들의 사명감을 불타게 해주고 과학자들이 기술사업에 실패해도 책임자는 문책하지 않고 사기를 더 충전시켜 주어 연구개발에 적극적으로 공을 들여야 한다.

현대인들에게는 농촌을 체험할 수 있는 휴양마을을 찾아 그 지방의 향토 음식을 즐기고 피로도 풀면서 재충전할 수 있는 시간이 필요하다. 자연 경관과 푸른 산을 병풍 삼아 계곡물에 발을 담그고 숲길 따라 더위를 식히며 여름휴가를 보내면 삶에 활력소가 생겨 좋을 것이다.

역사 한옥 고택이나 목재건물에서 숙박을 하면 좋은 에너지가 몸속으로 들어와 잠도 훨씬 잘 오고 일어나면 몸에서 활력을 느낀다. 하지만 호텔이나 콘도에서는 그런 느낌을 잘 받지 못한다. 아무리 주변 경치가 좋아도 유해한 천기가 있는 숙박 장소는 무조건 피하는 것이 좋다. 좀 허름해도 땅 기운이 좋거나 최소한 무해무득한 곳이면 합격이다. 이처럼 잠자는 터는 사람들의 신체와 정신 건강, 재수에 적지 않은 영향을 준다. 유서 깊은 고택이나 종택 같은 고택은 대대손손 집안의 무탈이 이어져 왔다는 점에서 운 좋으면 고택의 명당기운도 누릴 수 있다.

공동체가 벌어준 것을 재벌이 혼자 독식하거나 독점해서는 안 된다. 부흥을 요원할 수 없다.

☙ 남중국해 해역의 항해 자유는 19세기 이래 국제법으로 확립된 공해에 근거하여 공해에서는 주권을 행사할 수 없다. 모든 선박의 자유로운 항해가 보장됐다는 것이 핵심이다. 중국이 일방적으로 영유권을 주장(남중국해는 세계 연간 교역량의 3분의 1이 통행하는 곳이자 한국 교역의 핵심 통로이기도 하다) 인공섬에 군사기지를 구축해 국제사회의 규범을 무시하며 남중국해를 독식, 독점하려는 야심찬 태도를 보이고 있다. 힘으로 실효적 지배를 굳히려는 것은 중국의 부흥을 위한 중국몽도 요원할 뿐이다.

☙ 탁상 위의 이론보다는 실전경험이 중요하다. 예 용지의 적합성 유무를 앉아서 확인하는 것보다 현장확인이 일차 실무적이다.

☙ 이것이 인문학을 부르짖는 힘이다.

☙ 감시, 감독의 사각지대에 있다. 이제 공격적으로 진행한다.

☙ 새만금을 황해권과 국제항만 특구로 육성해 물류 항구도시로 발전. 전북 군산을 특화도시로 지정.

☙ 지방분권이 발전해야 수도권 집중 압력도 약해진다.

☙ 사회성이 발달된 사람은 늘 다른 사람을 고려한다. 예를 들면 다른 사람과 접촉이 자자하고 협동, 협심 등 모든 활동에 적극적으로 참여하는 사람은 타인에게 피해를 주지 않고 양심적인 사람은 사회성이 밝은 사람으로 사회적 축이 될 수 있다.

☙ 피시지나 여행지를 고를 때 주의할 점은 익사, 추락사, 교통사고가 빈번하게 일어나는 지역은 무조건 피하는 게 상책이다. 이런 곳은 유해한 기운이 서려 있기 때문이다.

🐚전국에 산재한 청동기시대의 유서 깊은 석탑과 석상(고인돌 등), 선
조들의 문화재에는 좋은 기운이 서려 있어 이런 곳에서 잠을 자면
좋은 에너지가 몸속으로 들어와 힐링되는 느낌을 받을 수 있다. 나
침반을 준비하면 지형의 길흉판단을 할 수 있다. 나침반을 대보아
바늘이 빙빙 돌아갈 정도이면 보이지 않는 좋은 氣의 위력을 실
감할 수 있다.

🐚지구의 온난화 원인은 온실가스가 주범이 되지만 주기적으로 지구
의 공전궤도가 변하면서 지구와 태양 사이의 거리가 달라져 빙하기
와 간빙기가 반복된 현상이라는 것이 과학적으로 입증되었다.

🐚도돌이표 행동망이다.

🐚부자들의 철학에 부동산은 3년 묵히면 인삼이 되고 5년 묵히면 산삼
이 된다는 속설이 있다. 불로소득이다.

🐚소설, 시, 작사, 책 등이 비록 내면적으로는 함축성이 결여되어 흡수
성이 약해도 책의 명칭이 훌륭하고 매력적이면 모순점을 감화시켜
감탄과 보호를 받게 되어 세상의 사랑을 견인하여 이름을 얻게 된
다. 예 대하소설 《토지》《부러진 화살》《생의 반란》 같은 책명은 책 속이 빈하
여도 책명의 위력으로 존중을 받는다. 명칭이 훌륭하면 사람의 마음을 움직이
게 되어 명작이 될 수 있다.

🐚수구·보수정신은 유행을 외면, 개방을 싫어하고 혁신을 귀찮게 생
각하며 문화혁명을 거부한다. 수구·보수는 폐쇄적 사고 정신이다.

🐚질투가 많은 사람은 사회가 미워질 때 사회를 공격한다.

🐚신체적으로나 경제적으로 온갖 한계를 겪어야 했다.

🐚 사회의 보습을 변화시키는 데는 여인들의 작품과 디자인에서 한 발 더 앞선다.

🐚 수구와 보수의 장전을 버리고 50대들은 20대와 벽을 허물고 동질성을 살리면서 보수와 진보가 어울리면 혁신을 가져오게 한다.

🐚 빅 데이터는 방대한 양의 자료, 즉 금융·의료·교통·통신·기상·공공 서비스 등이 포함된다.

🐚 세상은 기계화시대에 접어들면서 생활수단의 자동화로 인간다운 삶이 고급화됐지만 그 대신 반작으로 타동적 기계에 의하여 몸이 공격을 받는다. 불구, 생명선을 졸지에 당하게 되니 기계는 우리 인류에 살상무기다.

🐚 통치방식을 바로잡아 사회개혁을 전진시킨다.

🐚 깊은 산 속의 너구리, 노루, 여우들은 자연의 법칙에 의한 지배를 받아들인다.

🐚 나무를 심고 뿌리를 내리기까지는 충분한 시간이 필요하다. 즉, 천천히 연착륙하는 법칙을 읽어야 한다.

🐚 메이저급 품질, 메이저급 인사.

🐚 북 치고 장구 치는 화법이다.

🐚 친북세력, 친북인사, 친북적 파시즘 정치는 민주주의를 위기로 몰고 가는 독재, 즉 독일의 히틀러 같은 강경정책이 공격적 원투맨 펀치의 개인주의 정치다.

🐚 지금 세상과 인간들은 정글처럼 되어가고 있다.

🐚 진정한 예측의 방향성을 바로 잡는 자가 미래의 주인이다.

☙빈익빈, 부익부라는 단어는 고도의 자본주의 사회일수록 그 존치가 냉대받고 있다.

☙빅 데이터 시대는 정보가 폭발하는 시대로 정보능력이 가장 중요시된다. 정보분석은 주관적 관념보다 객관적 관념으로 복잡한 현대사회의 안전망을 찾는 데 긍정적이다. 그러므로 색안경을 끼고 세상을 보아서는 안 된다. 가장 중요한 것은 정확성과 신속성이다.

☙기존 경제 인력이 밀려날 때 재활용하기 위해서는 기존 경제 인력이 평생학습을 통해 새로운 학습과 지식을 지원받아 새로 충전된 학습으로 경제활동을 활 수 있다.

☙아이들을 향한 부모의 지나친 간섭이나 불친절한 언행들은 한순간에 아이들의 탈선과 비행을 조장하며 아이들의 마음을 병들게 할 수도 있다. 부모가 삶에 대한 불만과 부정심리를 그대로 표출하면 아이의 정서 파괴로 이어질 수 있다. 부모가 자녀와의 대화가 멀어지면 아이는 대화하고 싶어 게임을 하게 되고 채팅이 쉬운 게임에 빠진다.

☙경착륙이냐! 연착륙이냐!

☙나이 50이 되어서도 세상을 보는 눈이 스무살 때와 같다면 30년을 헛되이 산 것이다.

☙원수의 정의는 피를 보는 불칼로 대항전이다.

☙안보패권과 경제패권을 양면작전으로 하고 있는 미국과 중국이 대립적으로 경쟁하고 있다.

☙지금 세계 강대국들은 포성 없는 무역전쟁, 경제전쟁을 하고 있다.

☜세계 지구촌마다 한국을 심는 한류문화가 위상이 높아진 것은 한류
   소득이다.

☜종이 대신 전자계약 시대로 이동. 중개사가 PC로 작성한 계약서로
   클릭 한 번에 스마트폰으로 이동. 매도·매수인 인증번호 확인 뒤
   서명하면 계약 끝인 시대에 살고 있다.

   山이 사람을 등에 업고 山을 타는 행진곡
   하늘 아래 뫼이로다.
   오르고 또 오르면 못 오를리 없건만은
   사람이 제 아니 오르고 뫼만 높다 하더라.
   山은 사람의 영을 채워주고 심신을 젊게 해준다.
   마음속에 분노와 공격성을 지워버리고
   내 텅 빈 마음속을 씻어 주리라.
   山은 山身의 아이콘이다.

☜나비처럼 날아 벌처럼 쏘고 떠나다.

☜자기의 여력이 없을 때 남에 의지하고 살아가는 기생충과 같다.

☜부모님은 나를 세상에 태어나게 해준 것만도 감사해요. 나머지는
   내가 하면 되니까요.

☜간 밤에 봄비가 대지를 두들겨 내리는 소리는 마치 내 마음을 두들
   기는 소리였다.

☜보리밥은 장내 독소를 제거시켜 방귀가 나온다.

정신적 통제권은 초능력을 갖췄지만 신체적 무력으로 자신에 대한 수치심으로 스스로를 학대하고 자기 안으로 숨어드는 것이다. 그러나 신체장애는 되지만 청각이나 후각, 시각 이외의 모든 감각이 압도적이면 사회의 일꾼으로 추대해야 한다.

맞춤형 교육 교차 지원으로 학생의 긍정 학과에 안착시킬 수 있는 진학 프로그램이다.

인간은 영웅 앞에서 포기하지 않는다 했다.

내가 하고 있는 일은 삶의 자양분이다.

어려운 변곡점을 맞고 있다.

미국 대통령 대선 토론장에서 트럼프 후보는 토론 초반부터 클린턴 후보에게 클린턴 국무장관이라고 부른 뒤 '이 호칭이 괜찮은가. 맘에 들었으면 좋겠다' 며 그답지 않은 매너를 보였다. 매너 있는 남자로 유권자들의 점수를 따기 위한 이중 포석이었다.

너와 나 사이에 경계를 허물고 통일의 마음으로 지내...

파괴적 영향력을 주목, 추진전략. 혁신적 회오리가 불 것이다.

서로 빚지고 살 필요도 없다.

이제 1라운드는 우리 차례이다.

북한 평양의 지하철은 핵 공격에 대비해 땅 속 100m~150m에서 달린다. 지하철에서 다시 150m 정도 더 내려가면 평양을 거미줄처럼 연결하는 지하땅굴이 있다고 생전의 황장엽 (前) 노동당 비서가 증언했다. 평양에서 자모산까지 이어지는 땅굴 안에서 샘물과 새파란 풀을 보았다고 해서 북한 수뇌부의 피신처다.

☙인문학은 인간에 대한 정의의 학문이다. 또한 인성교육의 기초학이다. 생각과 지혜와 기능을 발굴하는 지적학문이다.

☙인간이 삶의 생각과 법칙이 결여되면 동물적 야성적 무지로 야만인이 될 것이다. 사람이 무지하면 삶의 가치와 질서가 혼돈되어 개인 또는 공중생활에서 큰 장애가 된다.

☙인문학은 개인 또는 국가사회 경영의 중요한 가치성이다. 인문학 발달로 미지의 세계에서 근대생활까지 우리를 이끌어 온 것도 인문학의 힘이다. 근면, 겸손, 도덕, 윤리, 예의 정신은 인간의 삶을 바꾸어주고 바로 잡아준다. 그러나 고도성장으로 현대인은 인문학을 경시, 인간의 삶의 법칙을 잃어가고 있다.

☙청년실업은 비용과 뇌 과학을 사장시키는 형태이다. 미래사회가 어둡다.

☙명상을 하면 대뇌피질이 발달, 감정 조절 기능이 향상된다. 명상 상태에서는 뇌파가 평소의 배타 상태에서 알파파 상태로 바뀐다. 이 상태에서 사람들은 창의력과 집중력이 극대화된다. 명상은 기본적으로 마음과 욕심을 비우는 일이다. 명상은 업무능력도 향상시킨다.

☙여성들은 남성보다 정의감이 철저하고 원칙을 우선시한다.

☙여성들은 은근한 구속을 원할 때가 있다. 남자의 구속 의지에서 관심과 애정을 확인하고 싶기 때문이다.

☙사회가 경제적 부富로 풍요하면 문화와 예술에 대한 개성이 높아져 삶의 질을 향상시킨다.

☙오만과 증오의 바벨탑은 정의와 양심의 저항으로 무너질 것이다.

☞영국의 한 미술 작가는 낙찰된 자신의 그림을 스스로 파손시켜 경매 도중 탄생한 최초의 미술이라는 새로운 역사를 썼다면 독일의 미술가 카펜 베르거는 비싼 작가의 그림을 훼손해 자신의 새로운 작품으로 탄생시켰다고 문제작이 되었다. 1만 달러 정도였던 그의 작품가는 이제 1천만 달러(500억)가 넘는다. 그런 예로 창조의 모든 행위는 파괴에서 시작된다 하였다.

☞김정은은 세습정치, 파쇼 주체사상을 신봉해온 주사파 패권주의자.

☞추석 때 토란국을 많이 먹는 민속음식 토란은 땅에서 자란 계란 의미를 갖고 있는데 숙면에 좋고 노화방지, 우울증, 소화제 기능성이 있다. 특히 토란은 껍질을 버릴 때 미끈미끈한 액체는 숙면, 노화방지, 우울증, 소화제 성분이 함유되어 있다.

☞우리 한국의 해양 영토인 이어도는 수자원, 원유 천연가스가 매장되어 해양자원의 보고지이다. 이어도는 원유 매장량이 최대 1천억 배럴, 천연가스는 72억 톤에 오징어, 갈치, 조기, 고등어, 붕장어 등 어족 자원도 풍부하다.

☞혼자 사는 것이 얼마나 무서운지... 취미를 만들어 의식을 키운다.

☞북한의 토지개혁 법령은 분배받은 토지에 매매와 임대를 금지한다. 본인만 농사를 지을 수 있으며 남에게 팔거나 빌려줄 수 없는 제한적인 권리이전이다. 남한은 유상매수, 유상분배로 법령이 되고 북한은 무상몰수, 무상분배로 토지개혁을 하고 있다. 공산주의는 직접 농사를 짓지 않고 소작을 주었던 농사에 대해서는 소유주에 상관없이 무조건 몰수한다.

🐚역사를 알면 뿌리와 과오를 알 수 있고, 예술을 알면 문화를 활용할 수 있고, 철학을 알면 명리한 사고를 할 수 있고, 심리학을 알면 관계를 풀어갈 수 있다.

🐚가난한 사람, 노숙인들의 죽음은 기사나 뉴스에 나지 않고, 인기 있는 사람들에 대해서만 기사화나 뉴스가 되어서는 안 된다.

🐚북한은 통제사회다. 한국은 개방사회다.

🐚세계 최초로 진화된 로봇을 개발. 스스로 주변 상황을 인식해 자율 판단하고 주변 상황과 돌변수를 파악, 정보를 수집하는 스텔스 기능과 주변 색깔에 맞추어 몸 색깔을 변화시키는 위장기능도 뇌 과학에서 비롯됐다.

🐚인문학은 개인 스스로 질문을 던지고 고민에서 탈출하며 새로운 아이디어를 구상하는 선악과 성찰의 교양과목이다.

🐚요즘 미디어와 인터넷에서도 분노가 넘친다. 이 분노가 파괴를 일삼는지는 관심 밖이다. 이러한 감성을 활대하거나 은폐하는 장치를 인문학에서 고민한다면 생명력을 되찾을 수 있다.

🐚세대 유산, 생활 유산, 문화 유산.

🐚외계의 사탄은 내 몸을 휘어 감았다.

🐚문화수준이 높아서 여행객들의 확산 여행은 현실의 피로와 문제들을 잊어버리며 마음을 비운다. 그 마음에 다시 새로운 것을 채운다.

🐚자연과 인간은 동반자이다. 유기물과 무기물에서 인공적으로 캐낸 천연재료물. 공기, 광물, 토비, 시체 등에서 유기물질을 얻는 재료. 이와 같이 자연과 문명의 동반자 관계이다.

☙인간은 길흉화복이 있기에 노력하고 분투하며 살아간다. 반대로 앞날을 미리 알아버리면 인간은 신神을 찾을 이유가 없어진다. 또한 스스로 구하려는 마음까지 없어진다.

☙일반 페인트는 2~3년 수명이지만 굴 껍데기로 만든 페인트는 고급 미술재료로 80년에서 100년은 거뜬히 간다는 옛 사람들의 증언이 있다.

☙미국의 이웃나라인 캐나다 압권에 인구 대비 총기 수가 미국과 별 차이가 없는 나라이다. 외국인이나 흑인이 많은 도시에서도 사람들은 문을 열어놓고 산다. 여기에 비해 미국은 살벌하다. 문에 이중삼중 잠금장치를 하고 산다. 그러고도 한 해 수만 명이 총기로 목숨을 잃는다. 무엇이 이런 차이를 나게 할까? 캐나나 국민은 공부 수준이 낮아도 밝아 의료보장과 사회안전망이 잘 갖추어진 사회인 반면 미국은 합중국 나라에 다민족으로 이민사회 국가이다. 특히 백인과 흑인 간 인종차별로 최악의 경우 공중분해될 수도 있다.

☙우리 한국은 신기술, 신산업으로 추격자에서 선두자로 진입한다.

☙김정은이 당과 군의 간부들이 보는 데서 고모부 장성택이 끌려가는 모습을 연출한 장면은 연극적 효과를 곁들여 북한의 유일한 엘리트들에게 유일적 영도 외에 한눈을 팔지 말라는 엄중하고도 삼엄한 경고이다. 30, 60, 90발 단위로 총알을 한 사람에게 퍼부어 벌집을 만드는 잔악한 처형방식으로 2인자인 고모부 장성택을 처형했다. 이를 본 세계인들은 북한을 잔악하고 간악하며 무시무시한 집단으로 단정했다.

☞100세에 꿈을 이룰 수 있다는 것은 100 세대가 주는 보너스다.

☞향촌의 그리움...

☞장수하는 노인들의 얼굴 피부는 고무껍질처럼 억세다. 배꼽까지 올려 입은 바지의 고무줄이 불룩 나온 배를 이등분한 모습이 시골치마를 둘러맨 시골 할머니 모습 그대로였다.

☞우리 한국은 북한의 40배, 세계 10위권 경제 강소 국가로 발전했다. 군사력은 세계 8위권, 절대적 우월은 아니다.

☞자사고 같은 우수한 학생들을 선발하여 모델로 하기 때문에 일반고의 학생이 경쟁력을 잃어 차별성과 성과를 저해. 즉, 약자와 강자가 섞여 있어야 약자가 살아날 수 있다.

☞근린시설은 주민들의 생활 편의시설을 말한다(음식점, 서점, **제과점, 당구장** 등).

☞인천의 무인도 목섬 바다가 하루에 두 번씩 갈라져 길을 만들어준다. 목섬까지의 거리는 왕복 1km 정도다. 썰물 때의 목섬의 바닷물이 **빠지면서** 섬(목섬)을 이어주는 바닷길이 열려 모세의 기적을 볼 수 있다.

☞여자가 남자의 손목을 잡으면 감정을 동감시킨다.

☞다문화·다민족 사회는 이질성 극복으로 단결심을 강화, 통합, 창의성, 이해성으로 경제성장을 이루어 낸다. 즉, 미국이나 스위스는 다문화·다민족 국가로 신진화를 이룩해 시사점을 주고 있다.

☞우리나라는 남북통일이 되면 통일이 가져다 준 축복으로 미래 한국은 국제위상이 높아진다.

☙아리랑은 우리 민족의 얼이 담긴 민속음악으로 우리 민족의 애국가와 다름없다.

☙장외언론은 문제의 관심거리를 재미로 이목을 집중시켜 다양성의 효과를 얻기 위한 수단이다. 즉, 광고 언론이다.

☙종말론은 어려운 국면을 시험하는 용어로서 시련을 슬기롭게 자위하거나 다시 일어설 논리를 찾는 것이 종말론 수식어다.

☙종교를 빙자한 거룩한 협잡들은 사회의 심각한 해약이다.

☙"짱"이란 신조어는 친밀감을 표시할 때 쓴다. 그런 의미로 위로와 격려하는 마음에서 마음짱으로 대변한다.

☙한자 실력 차이가 학력 차이로 연결되고 있다.

☙카카오톡 같은 서비스 공간에서 사이버 용어를 사용하면서 언어습관이 바뀌고 있다.

☙사람들은 갑작스러운 상황에서 판단하고 선택하는 것이 가장 중요한 결정이다.

☙우리 민주주의는 다당제로 독점을 타파한다. 일당정치는 독점독식이다.

☙고백 춤, 고백 쇼, 충격적 몸 흔들기.

☙재판관의 오류로 위법을 정의로 판단하는 것은 입법권을 침해하는 것이다.

☙황제인간.

☙지금은 2020년 4월 2일 12시를 밀어내며 지나고 있다.

☙부부간에는 말을 안 해도 통하는 게 정이요, 마음이 담겨 있다.

🐚상황을 잘 다파해야 실수가 없고 성공할 수 있다.

🐚동시적 연대, 우호적 연대는 개인과 대중성을 얻을 수 있다.

🐚몸이 차가운 체질은 전복, 꿩, 사슴꼬리, 송이버섯 등을 취식하면 건강하며 장수할 수 있다.

🐚전라도 여인들은 손맛이 발달해 음식 맛이 일미이다.

🐚**극빈노인** ➤ 꼬부라진 지팡인 지팡이에 끌려 슬픈 풍경이다. 다 늙어서 노동력도 없고 보살펴줄 가족도 없으면 노숙인이 되거나 거리의 급식 신세. 이런 환경의 시를 읽으면 가슴이 무너진다. 이런 현실이 분노와 화를 치민다. 부자나 돈 있는 사람이 동정해주면 어떨까.

🐚한국의 원화가치가 계속 오르면, 즉 한국의 화폐인 원이라는 단위가 계속 오르면 외화가치를 앞질러 수출증가를 둔화시킴으로 성장에 장애를 받는다.

🐚수출과 고용성장이 나라의 세수를 증대. 나라의 곳간이 가득 차야 국력과 국민복지가 증대된다.

🐚여성은 예술적 미술품으로 미美를 풍기는 피조물이다.

🐚게임폭력은 인간성을 파괴시키는 전과자의 전유물이 될 수 있다.

🐚이제 유행을 따르는 르네상스 시대이다.

🐚어린아이는 엄마와 대화를 더 많이 하면 두뇌발달과 정서 안정에 도움이 된다. 아이는 엄마 어깨 위에 앉거나 아기 띠 같은 도구로 등에 업고 있으면 아기 돌봄이와 시야를 공유하며 신경운동계의 발달이 빠르다. 그래서 안아주는 것보다 등에 업어주는 것이 좋다고 말했다.

☞언어의 양질은 인문 교양에서 정의되고 있다.

☞자유는 법을 존중한 정체성의 정의가 보여줄 때 자유가 보장된다.

①山넘어 南촌에는 누가 살길래 해마다 봄바람이 남으로 오네.

　꽃 피는 四月이면 진달래 향기 밀익은 五月이면 보리 내음새

　어느 것 한가진들 실어 안오리 南촌서 남풍불제 나는 좋대나

②山넘어 南촌에는 배나무 있고 배나무꽃 아래엔 누가 섰다가

　그리운 생각에 영에 오르니 구름에 가리어 아니 보이네

　끊었다가 이어오는 가는 노래는 바람을 타고서 고이 들리네

③山넘어 南촌에는 누가 살길래 저 하늘 저 빛깔이 저리 고울까

　금잔디 넓은 벌엔 호랑나비떼 버들밭 실개천엔 종달새 노래

　어느 것 한가진들 들려 안오리 南촌서 南風불제 나는 좋대나.

☞이 글은 1800년 전 고고학자의 명시로서 21세기 대가 시인에서도

　이 글을 따라올 수 없는 노벨문학상 작품감이다.

☞피라미드는 고대 이집트 영생불멸의 왕족무덤이다. 즉, 우상화다

☞국회의원은 국민의 대표이다. 국민관을 묻고 검증하는 것이 타당한

　일이다.

☞옥玉이 돌에 쌓여 있으니 山이 빛나고 구슬이 연못에 잠겨 물이 아

　름답다.

☞구름 가린 달이요, 바람 쫓는 버들이다.

🐚사회의 그늘에서 옮겨온 사연이다.

🐚어떤 일을 추진할 때는 미리 첨병을 한 후에 진행하라. 첨병은 적군 앞을 접근할 때 미리 수색, 경계를 하는 소부대이다.

황해黃海를 퍼낸 숲으로 무성만 하라고
불암산 배 밑에 섬으로 열린 유달산 뻐꾸기 울음은
보리이삭 가슬대며 가슬거리는 여름의 골짜기였네.

🐚TV나 디지털 시대나 모바일 시대는 정보 전달과 생활의 편리성 목적이지 지식과 사고력은 인쇄 매체에서 더 정리된다. 상상력을 동원해 신문잡지 같은 정보매체는 생생하게 전해주고 마음을 살찌게 해 준다.

🐚사회가 풀어주지 않을 때 자신의 제도를 바꿔 보자. 가능성을 찾아 생존권을 여는 실무 전문지식, 즉 테크노 같은 분야로 출발하는 것도 수재 대학의 상대보다 앞서갈 수 있다.

🐚사람은 나이가 들면서 세상을 보는 눈이 바뀐다.

🐚주식은 기업실적에 따라 주가의 등락이 변동한다. 다른 요소의 거품이 끼면 언젠가는 실적에 맞는 수준으로 크게 떨어진다. 개인 투자자들은 증권시장에서 후회하지 않으려면 정보에 밝아야 한다.

🐚백두산은 한민족과 만주족(고구려, 발해)의 발상지로 숭상된 곳이디. 1950년대 중국이 티베트를 군사적으로 중국화한 것을 교훈으로 삼는 부분이다.

☞일본의 전략기능은 세계적 수준이다. 아베 총리의 외할아버지는 제2차 세계대전 후 A급 전범용의자로 체포되었다.

☞한국의 소비처는 중국에 의존, 그 중요성이 더욱 강조되고 있다.

☞첨단 학문이 새롭게 등장되고 있다.

☞한국 민주주의 모순은 선거나 공직을 돈으로 사고 파는 부패로 민주주의 가치가 무너지고 있다.

☞장기적, 중기적, 단기적.

☞아이는 부모의 뒷모습을 보고 자란다.

☞애플리케이션(앱 응용프로그램) 변조어, 신조어는 통신언어에 실시간 대화이다 보니 빠른 응답이 필요하다. 축약을 하거나 띄어쓰기를 하지 않는다.

☞문명권이 산골 마을에도 가차 없이 보편화되도록 소통하는 열린 마음으로 함께 갑니다.

☞전파는 공공재산이다.

☞학풍 특색은 자사고 중산층 이하를 차별, 즉 돈 있는 사람과 없는 사람으로 나누어 교육하는 풍토를 말한다.

☞강대국들이 국격을 높이려고 군사와 경제면에서 패권싸움이 벌어지고 있다.

☞집단적 자위권이나 집단 안전보장은 동맹국들이 제3국을 침략한 국가를 집단으로 합세해 제재하는 조치이다. 즉, 동맹국들이 합세하여 침략국을 제재하는 조치이다. 한국의 동맹국들이 유엔의 힘을 얻어 동맹집단으로 북한의 침략을 제재하고 남한을 수호해줬다.

☞종북주의자들은 한마디로 김정은의 세상을 만들려는 호전주의자들이다.

☞경쟁하는 사람들과 부딪치며 살아가는 복잡한 도시생활이 혐오스럽고 싫어지며 미워진다.

☞탤런트 김성환의 만담과 개그맨 노래와 판소리 등 전방위로 펼치는 연기는 그를 밤의 황제로 만들었다.

☞인생을 부드럽고 둥글게 살아 주변의 부름을 받는다.

☞가족에게 부담을 주기 싫다는 이유로 스스로의 결정에 따라 존엄하게 죽는 것을 선택하는 것을 존엄사라고 한다. 무의미한 연명 치료는 존엄성을 훼손된 것으로 보기 어렵다.

☞성공에는 노력보다 운이 더 크게 작용한다.

☞ 미래의 선점을 위해서 총력!

☞지금은 첨단업종이 소득증대다.

☞국군장병이 군기를 문란시키면 조직의 사명을 거부한 것이며 군에 대한 불신이다.

☞중국이 한국과 우호적 태도를 보이는 것은 한국이 미·중 사이에서 전략적 완충지대(중립 역할) 역할을 해줄 것을 요구하는 기대감 때문이다.

☞북한의 김정은은 젊은 나이에 종신권력을 쥐고 조부 김일성의 유업으로 야심을 키워 적화통일을 기도하고 있다.

☞부르주아로 유복하여 안락하게 살았다.

☞우리 군의 강군 육성은 현대화 무기이다.

☞아편전쟁은 영국이 무역적자를 피하기 위하여 중국을 상대로 아편을 밀수출한 것으로 나중에 단속을 한 중국을 상대로 벌인 전쟁이었다. 아편전쟁에서 패한 중국은 영국에 홍콩을 넘겨주고 영국은 100년간 홍콩을 점유했다. 이후 아편의 합법화로 중국은 마약중독 국가로 전락했으며 마약의 치욕으로 마약 밀수죄를 가차 없이 사형에 처해 극형으로 다스렸다.

☞이스라엘 군은 작전 중에는 상하의 명령계통이 엄격하다. 그렇지만 작전이나 훈련이 끝나면 계급장 없는 군대와 같다. 이등병이 담배를 꺼내 물고 불 좀 달라고 하면 장군이 주머니를 뒤져 라이터를 꺼내 불을 붙여준다. 장병끼리 부모형제와 같이 지낸다.

☞60~70년대는 경제개발 패러다임이 지배, 70~80년대는 민주화 패러다임이 주도, 90년대 이후는 문화융성 패러다임이 주도했다.

☞사회가 풍자적으로 비꼰다.

☞아이들이 어떤 사람이 되었으면 좋겠어요? 하는 질문에 멋진 배경이 되어주는 사람이 좋겠다고 하면 훌륭한 대답이다.

☞용문사 절에는 여울목에 잉어가 이곳을 뛰어오르면 용이 된다는 전설이 있다.

☞정보통신 기술의 급격한 발전으로 파괴적인 인터넷 모바일 서비스 공간이 사회를 오염시키고 있다. 즉, 범죄행위 해충물이다.

☞마이너스 통장에 마이너스 인생으로 가는구나...

☞풍선 효과의 가격물(부동산 등)은 무너질 수 있다.

꿀사회문화가 높으면 서로 애착심이 있고 문화수준이 낮으면 도덕과 윤리정신이 부작용을 일으킨다.

꿀부패가 잉태되어 부정적폐의 희생양은 무고한 사람이 대신한다.

꿀6.25 전쟁으로 전쟁터는 흡사 시체 농장이었다.

꿀문명사회가 넓어지면 문화적 마음이 넓어진다.

꿀동해의 명물 명태의 양이 고갈되면서 명태 어족을 복원하는 사업에 정부의 지원 프로젝트가 시작되어 명태 자원 회복에 큰 성과를 거두었다. 특히 명태 양식을 통해 명태와 노가리 새끼들을 동해 바다로 보내며 자연산이 확대하고 있다. 명태 외에도 연어와 참다랑어 등 양식 어족으로 부가가치를 끌어올리고 있다. 한국의 양식 기술은 외국의 성공기간이 20년이라면 한국은 5년 단기로 양식에 성공하면서 기술이 앞서가고 있다.

꿀제아무리 영웅의 피를 이어받아도 현실이 빈곤해 함지에 빠지거나 시대를 잘못 만나면 정신과 육체 모두 사각지대 몸이다.

꿀사회적 불만이 많거나 사회를 미워하면 전쟁이 일어나는 것을 은근히 좋게 생각하는 경향이 있는 듯하다.

꿀한·중·일은 한자漢字 문명권이다. 노하우 산업이다.

꿀유엔은 세계 평화를 책임지는 기구이다.

꿀백범 김구 선생은 대한 독립을 위해 평생 몸을 바쳤지만 단독 정부를 반대하며 연방정부를 주창한 중도 노선이었다. 그러니 이승만 건국 대통령은 단독 정부를 반대한 김구 선생을 배제하여 극단 세력으로부터 암살당했다.

ꊉ모든 유행이나 제도가 미국에서 수입되고 있다.

ꊉ우리 말 뜻이(단어) 한자에서 통용되고 있다. 한글만으로는 전달되지 않는 경우가 있다. 한자는 국어 실력을 향상시켜 주고 있다.

ꊉ근대의 지평을 넘는 역사적 도전!

ꊉ인공지능 무기는 공격 대상을 미리 설정하고 인간 개입 없이 알아서 작동해 목표물을 공격하는, 원자폭탄보다도 위력이 강하다.

ꊉ가족기업이 대를 거듭할수록 가족에서 씨족이 나오고 씨족이 부족으로 나온다.

ꊉ객관적, 주관적, 구상적, 추상적.

ꊉ미국은 다민족 합중국으로 식민지에서 이민자들이 세운 나라이다 보니 자위 차원에서 총기 소유를 허용했다.

ꊉ나무는 나이가 들면서 더 아름다워진다. 인생은 자연의 일부. 나무는 나무에게 마음을 던지면 그 나무는 내 마음을 씻어준다.

ꊉ조선 왕조, 대한민국의 최후 한 페이지를 살다간 영친왕의 비운 역사는 일본 여성과 결혼했지만 일본이 멋대로 파혼 결정을 내렸고 일본의 패망 이후 왕족 지위를 박탈당하고 무국적자로 살다가 광복 후 이승만 정부의 방침에 조선황실을 인정할 수 없다는 취지에 고국 땅을 밟을 수 없다. 이후 뇌출혈로 귀국, 숨을 거두었다.

ꊉ서울이 주는 도시 브랜드 아이 서울 유의 신조어는 시민들의 공유 평가로 전달되고 있다.

ꊉ소설의 진미는 주목을 끌만 한 줄거리는 부족해도 반드시 뛰어난 문학성이 뒷받침되어야 한다. 그래야 문학동네가 경청해준다.

☞종전의 모든 창작물은 변형시킨 모자이크, 모방 습득 표절이다.

☞지구를 감싸고 있는 두께 1000km의 대기층이 유성체와 만나면서 마찰열에 의해 별똥별이 되어 불타버려 사라진다. 캄캄한 밤하늘에 여기저기서 줄을 긋듯 빛나는 게 이런 유성이다. 100톤의 유성체가 매일 지구에 쏟아져 내린다고 한다. 달의 중력은 지구의 6분의 1이며 모든 물체는 대기층을 만나 불타버린다.

☞지식은 자산이자 경쟁력의 척도가 된다.

☞민주주의는 허영심이 날뛰는데 이 허영심은 자신의 분수를 모르고 흥청망청하거나 쓸데없는 곳에 돈과 정력을 낭비하는 허영심이다. 빚을 내서라도 명품 옷 또는 가방을 사는 한국 사람의 허영심은 남에게 잘 보이려고 하는 마음이지만 엄밀하게는 실익이 없는 자기만족이다. 없어도 있는 척하는 행동은 따돌림을 당하지 않으려는 일종의 방어적 측면이 강하다.

☞복지는 공동체의 안보이다.

☞공부가 안 맞으면 배관공을 하라. 배관공은 컴퓨터와 기계로 대체할 수 없어 세상이 바뀌어도 배관공의 일자리는 사라질 수 없다.

☞흙에서 생산된 식재료는 생명을 건강하게 하지만 화학물질은 생명을 잃게 만든다.

☞산촌, 농촌생활은 경쟁 없는 완충지대다. 중립지대다. 정신력, 기억력을 실리며 늙지를 않는다.

☞4일은 도시에서 생활하고 3일은 농촌·산촌·어촌에서 지내는 4道 3寸의 시대이다.

공군의 역사, 백범 김구 선생의 아들 김신(金信)

독립운동가·군인·정치가로 아호는 서언(瑞言). 1922년 중국 상하이에서 김구(金九) 선생의 둘째 아들로 태어났다. 어려서 어머니를 잃고 할머니를 의지해 귀국했다가 1933년 중국으로 다시 돌아갔다. 안후이성(安徽省)과 쓰촨성(四川省)에서 중고등학교 과정을 마치고 윈난성(雲南省)의 쿤밍(昆明) 시난연합대학(西南聯合大學) 철학과를 졸업했다.

졸업 후 아버지인 김구 선생과 함께 활동하는 임시정부 비밀 연락 임무 등을 하면서 일본 공군이 중국 난징을 폭격하는 모습을 보고 조종사의 꿈을

1948년 38선에서 왼쪽부터 선우 진, 김구, 김신

키웠다. 1944년 중화민국(현 타이완) 공군군관학교에서 군사훈련과 1944년 미국 공군비행학교를 졸업하고 윈난성과 인도의 펀자브에서 조종사 훈련을 마치고 대일 항공전에 참가했다.

8·15 해방 이후 1945년 11월 아버지 김구와 함께 귀국하여 조선국방경비대에 입대했다.

1947년 항공 소령, 1948년 국군 창설에 참여, 1949년 항공 중령이 되었다. 1949년 공군 창설에 기여한 그는 전투기가 한 대도 없던 우리 공군이 미군이 지원한 F-51 전투기를 지원받아 전쟁 중 19회를 출격하며 평양 승호리 철교 폭파작전을 지휘해 철교를 폭파시킨 공로가 있는데 미군이 철교 폭파에 실패했던 작전을 성공시킨 것이었다.

6·25 전쟁이 발발하자 공군 지휘관으로 참전했으며 공군본부 작전국장,

전투비행전대장 등을 역임하고 1956년 소장으로 진급했다. 이어서 중장으로 진급 공군참모차장을 거쳐 5·16 군사정변 후 구성된 군사혁명위원회와 국가재건최고회의 최고위원이 되었다가 공군참모총장을 거쳐 1962년 예편했다.

예편 후 탁월한 중국어 구사 능력을 인정받아 중화민국 대사로 부임하여 1970년까지 근무했다. 제21대 교통부장관을 지냈고, 1976년 유신정우회원으로 국회의원이 되었다. 이후 독립기념관 초대 이사장, 백범기념관 관장과 기념사업회 회장을 역임하고 2016년 5월 19일 94세에 노환으로 별세했다. 충무무공훈장, 을지무공훈장, 미국 최고공로훈장, 청조근정훈장, 수교훈장 광화장 등을 받았다.

김신 전 공군참모총장

김구 선생의 《백범일지》〈상권〉은 두 아들에게 편지 형식으로 남긴 것으로 '아버지의 일생 경력을 일지를 통해 쓰는 것'이라며 독립운동가의 힘든 길을 간접적으로 담기도 했다.

☞탄소로 융합된 물질은 일반금속에 비해 강도가 높고 쉽게 부식되지 않으며 철의 10배 이상 비싸다. 탄소로 융합된 강철은 골프체, 자동차부품, 토목 건축제, 항공기의 동체 등에 사용된다.

☞정보망이 형님, 동생 해야 정보망이 몰린다.

☞여기는 우리 아이디어를 모아놓은 전시장이다.

☞돈과 권력의 검은 공생.

☞동학혁명은 1894년에 정봉준이 영도한 동학당의 혁명운동으로 청일전쟁의 도화선이 되었다.

☞철학은 신(神)의 후손이고 인류는 역사의 후손이다.

☞우리 사회는 시민사회가 존재되어 시민운동이 대변하고 있다.

☞2보 전진을 위한 1보 후퇴의 철학으로 살아가면 이것이 약이다.

☞간은 잘라내도 충분한 회복기를 거치면 다시 생겨나는 장기여서 회복한 뒤 정상인과 같은 생활을 할 수 있다.

☞땅은 원래 정기가 없으나 별빛이 내려쬐는 것으로 정기를 삼고, 땅은 원래 길흉이 없으나 별의 기운으로 길흉을 삼는다. 하늘의 뜻이 별을 매개체 삼아 땅으로 전달돼 인간의 길흉사를 좌우한다.

☞흙내음 고향에서 논밭 갈며 징검대는 고향마을이 그립다.

☞실물경기는 위기의 상황이다.

☞꿀벌은 여왕벌이 위험에 처하면 목숨을 던지고, 수컷 사마귀는 교미 후 암컷의 산란과 영양보충을 위해 자신을 기꺼이 먹이로 희생한다.

☞밀짚모자를 쓰고 주머니에 손을 찔러 넣은 초로의 남자는 짜증스러운 표정으로 정면을 응시했다.

☞신문은 일상생활을 접하는 정보 글이기 때문에 공부하는 책보다는 저항감이 훨씬 줄어들 수 있다. 신문은 문장뿐 아니라 생활용어, 지식용어, 수치 등이 다양하게 들어 있는 상상력의 보고이다. 신문을 읽을 때 필요한 값진 문장이나 가치성이 되는 활법용어를 발견하면 노트에 옮겨 적으며 머릿속에 담는다. 이런 것들이 생각하는 능력을 키우는 방법이다.

☞水맥차단 수맥측정은 간접적으로 확인하는 것이 더 효과적이다. 이를테면 건물 벽에 곰팡이가 이루어지거나 벽에 금이 가거나 까닭 없이 전자제품의 고장이 잦다면 수맥의 영향을 의심해 볼 수 있다. 집에 벌집이 생기는 경우와 개미집을 짓는 경우도 수맥지대에서 발생한다. 동판으로 방패를 삼거나 그렇지 않으면 이주하는 것이 상책이다.

☞국정교과서 기술이 교란되면 국민을 결집하기보다 분열과 혼란을 초래하여 국가의 정체성이 흔들린다. 오직 역사관을 바로잡지 않으면 사관을 주입시킬 수 없고 역사성이 왜곡돼 이로 인해 분열과 대적이 되어 혼란을 가중시킨다. 지금의 38선 분단의 아픔이 역력히 보여주고 있다.

☞사랑과 정情을 정의로 지키고 싶다.

☞물이 너무 맑으면 고기가 없고 山이 높고 험하면 나무가 없는 법. 행동을 지나치게 고사(굳이 사양함)하면서 계산적이면 친구가 없고 복이 들어오지 않는다.

☞학창 시절의 우정이 사회적 甲乙관계에서 뒤집히자 씁쓸...

☙물이 고이면 썩듯이 충실한 사람이라도 한곳에 오래 머물면 경계심이 풀려 비리가 생긴다.

☙돈의 노예가 되거나 돈에 눈이 멀면 그 돈은 엉뚱한 일로 손해 본다.

☙졸부는 가난했던 과거를 빨리 잊는다.

☙분수를 모르고 행동하니 철들면 후회할 일만 남는다.

☙부모에 대한 친밀도는 아들보다 딸이 유력하다. 엄마와 딸은 친구와 같은 동행이다.

☙선한 사람이 임종 후 무지개가 서면 극락승천한다는데... 대자연도 경의를 표시하는 모양이다.

☙예술의 삶은 가난하다.

☙시골생활은 이웃과 마음 모으기가 쉬운 장점이 있다.

☙중력은 빛의 속도를 확산하면서 시공간에 뒤틀림 현상을 일으켰을 때 독특한 패턴을 만들었다. 우주의 빅뱅 후 중력파를 발견, 빅뱅의 원점을 엄청난 노력으로 이 지점까지 이르게 했다.

☙즉흥적인 유머는 공감을 일으켜 웃음으로 끌어내는 효과적인 능력이다. 그 용어를 다시 정의해야 한다.

☙우리들의 인권은 사육당하고 있다.

☙우리가 살아가는 생리다. 네 마음은 네 얼굴만큼 예쁘다.

☙정의가 깨지고 민주주의는 원래 시끄러운 것.

☙법칙대로 섭리대도 살아간다. 이것이 순리다.

☙호예적 협력관계, 밀월관계, 강대국의 패권.

☙응답하라, 새해여! 2018년을 응답하라. 슬픈 자화상이다.

✆우울증 같은 병은 뇌에서 일어나는 것이 아니다. 장(위장)에서 장의 신경이 장애(과식 또는 부정음식, 술, 알코올중독 등)가 되면 뇌신경에 자극을 주어 우울증에 빠진다.

✆우리 기술의 노하우를 수출하고 있다.

✆주어진 대로 살아갈 것이 아니라 운명을 만들어 창법으로 인생을 개조시킨다.

✆공자철학은 사상의 보고다.

✆고속기술, 고속시대.

✆소설은 허구를 꾸며 대면서 진실을 담아낸다.

✆헌법은 법률의 위헌 여부 등을 심판하는 기관. 탄핵은 범죄의 죄상을 형사소송을 거치지 않고 곧바로 형벌을 주는 기관이다.

✆대한민국의 주권은 국민에 있고 모든 권력은 국민으로부터 나온다. 통치권자는 국민이 잠시 빌려주면서 통치권을 맡겼을 뿐 그가 원래 가지고 있는 것은 절대 아니다. 즉, 국민이 빌려준 고용에 불과할 뿐이다. 권력은 대통령이 아닌 오직 국민이 행사하는 것이다.

✆쏘아붙이는 눈매가 마치 레이저 눈빛이다. 그를 밉상으로 낙인찍히는데 성공적이었다.

✆둔갑. 지식의 장수시대에 특별한 패턴으로 세팅하는 가상현실로 사회적 젠틀맨으로 부각.

✆기본도 못 갖춘 사람. 걱정이 플러스다.

✆관계강화, 협력강화, 동맹강화, 친화강화.

✆뱀처럼 굽이굽이 휘어진 길목의 곡예. 직행보다 느낌이 많다.

☞사랑이 있는 곳엔 욕망이 있고 욕망이 있는 곳엔 쾌락이 있으면서 고통이 있다.

☞외국인들이 한국에 와보면 미래를 먼저 살아보는 것 같다고 이야기를 한다.

☞전국 도로망이 거미줄처럼 접점되어 교통문화가 좋아 이미 시작된 24시 생활권이다.

☞외국 기술 인력과 투자자들을 국내로 끌어들여 기술개발 인프라를 구축, 우리의 기술과 융합하여 세계적 기술로 글로벌 성장을 패러다임할 수 있다.

☞어린이는 어려서부터 틀어박혀 구박이나 상처를 입으면 자폐증이 생겨 생기와 쾌활성을 잃게 된다.

☞사랑은 증오보다 강하여 진실은 거짓보다 강하다.

☞돈만 있으면 염라대왕 문서도 고친다는 말은 허구가 아니다.

☞절대권력은 절대부패다.

☞그동안 총愛를 해주셔서 감사...

☞가족의 계승권자가 하는 일이 잘 풀리면 직계가족들도 탄력을 받아 가능성이 열린다. 가족의 후계자로서 책임의식을 느껴 부모에게 순명하자.

☞아내가 이유 없이 남편에게 도발행위를 하는 것은 내심 불편한 저항감이다.

☞풍물시장은 고 미술품, 중고 생활용품의 벼룩시장이다. 서울 시민들의 역사와 함께 친손이 되고 있다.

☞지금 20~30대는 취업난, 결혼, 주거환경, 출산포기 등 불안감을 나고 사는 세대이다. 그래서 스스럼없이 혼전에 이성을 즐기고 결혼 대신 동거 순간을 택하는 게 현실이다. 이러한 풍경이 만남과 이별의 정상에서 빗나간다.

☞하얀 눈에 백설이 덮여 설산의 위용을 보여주다.

☞인문학은 교양학이다. 인문학이 침몰되면 야성적인 짐승사회로 혼돈이 야기된다.

☞성욕의 해결은 삶의 의욕을 채워준다. 동거생활에 불타는 사랑만 믿고 결혼 뒤의 교훈은 거품으로 밀려난다.

☞동족의 비극을 넘어 사실상 다른 나라로 살아가는 남南과 북北이 이제는 통일統一의 조국祖國을 이루는 8.15 해방의 다음 명제다.

☞핑거스타일 기타 장르의 세계 1인자의 서울 콘서트에서 기타 몸통을 때리고 긁어 드럼소리를 내고 금속줄을 타격해 보는 사람의 혼을 뺀 이 매뉴얼은 여전히 자기 수련장이었다.

☞스트레스 피난처는 음악을 감상하는 피아노가 열쇠다.

☞로봇기술이 우리 삶 속으로 밀착되면서 우리는 현실이 아닌 미래 초인간의 공상세계가 펼쳐지고 있다.

☞세대 간 계층 간 이동이 불가능한 닫힌 사회로 퇴행.

☞정보산업이 세계 최강국으로 빅뱅하고 있다. 한국의 자긍심.

☞부모와 자식간에 이미 이루어진 교감이 장차까지 깊어질 뿐 아니라 아이의 개성을 넓혀준다.

☞삼위일체 정신이다.

☜한자 빈곤은 어휘력 빈곤화와 고급지식의 전달 장애 외에 실용적인 면에서도 어두운 그늘을 드리운다.

☜부모는 아이가 잘하던 못하던 그 아이에게 칭찬과 격려를 해줌으로 아이의 개성을 살려주고 아이의 발달을 키워준다.

☜도시의 콘크리트 벽에 몸이 망가지고 마음도 망가진다. 이곳을 탈출해서 자연이 숨 쉬는 녹지 환경에서 살고 싶다.

☜서로 만나서 마음을 움직이게 한다. 행복이란 알곡을 혼자 느낀다.

☜여름이 익으면 곧 가을의 열매가 준비된다.

☜밤은 새벽을 배고 침잠히 깊어만 가네.

☜친구나 아는 자가 많아야 세상과 더 빨리 나누고 삶의 아이디어를 찾아내고 행복권을 얻는다.

☜학문 세계의 시사점이 장점 중 강점이 되고 있다.

☜팍팍한 도시생활에 시름을 앓고 있는 도시인들. 이제 피곤한 짐을 내려놓고 자연으로 하루생활을 녹입니다.

☜조직생활이나 군생활에서 스펙을 살려 좋은 점수를 얻을 수 있다.

☜부모는 자식에게 양심선언. 숭고한 모성애다.

☜6.25 전쟁에 참여한 다자국 연합군은 피를 나눈 형제의 나라다.

☜자식이 성공한 부모들은 대리만족을 느끼며 동시에 부모의 계급도 상승된다.

☜독서는 고립을 해방시키고 유쾌해진다.

☜페이스북으로 친구를 맺은 뒤 채팅을 통해 정보를 빼내거나 사이버 왕따를 당하는 범죄의 덫에 빠져들 수 있다.

☙많은 게 이기는 것이 아니라 옳은 게 이기는 것이다.

☙사람이 살아가다 보면 불편한 진실이 있게 마련이다.

☙과거와 미래를 입체적으로 생각하자.

☙우리 집안의 재목감, 우리 집안의 거물급.

☙행복권을 보장 못하면 모든 사유가 구속력이 발동된다.

☙키스는 사랑의 호흡, 서로의 만족을 흔들어 놓는다. 즉, 강렬한 메시지이다.

☙내 목숨을 헌납해서라도 너를 사랑해 주겠다.

☙독재자의 종말과 민주주의 승리로 귀결.

☙미디어 빅뱅, 모바일 빅뱅, 금융 빅뱅, 폭발적으로 변화하는 용어.

☙휴대전화는 사회의 거울이다.

☙인간은 애정이 깊을수록 여자에 대한 미움도 커지나 보다.

☙사회주의나 공산주의는 측근들과 함께 부분권력을 함께하는 지도체제이다.

☙겨울의 눈은 둘레길도 햇솜처럼 희고 폭신한 눈송이는 둘레길 나무자락에 피어오르고 있다.

☙일인자로 군림하며 노력과 공력 없이 무임승차만 하면 과실만 취하게 된다.

☙三夏月의 숲은 초록색으로 물들어져 숲의 향기가 더 진하고 신선해진다.

☙산새는 숲과 노래하고 동자승은 목탁소리에 깨침과 참모습을 일깨우는 청정을 발견해준다.

☝가을이라 넓은 벌엔 황금이삭 풍년이 왔네. 농부들의 이마엔 알알이 익어가는 땀방울이 영글어 눈가에 미소 짓네.

☝민주주의는 다원적 민주주의다. 즉, 공익을 경쟁적으로 정의하여 개인이 아닌 집단적으로 목소리를 내고 이를 통해 다원주의 사회로 해결한다.

☝젊은 세대는 급진적 행동이 많다.

☝스마트폰은 인간을 기계화하는 노예품이다.

☝뛰어난 인물이라도 다수를 형성하지 못할 경우 그 지원세력이 그 영향력을 극복하지 못하면 리더십 한계이다.

☝세상의 흐름을 잘 읽는 사람이 성공한다.

☝경로사상, 경로 효친의 정신문화를 살려야 한다.

☝자연의 경고를 무시한 인간들은 뜬구름 잡는 소리만 되풀이한다. 국가의 존엄성이 확고한 자를 지명한다.

☝분수에 넘치게 돈을 자꾸 끌어다 쓰면 반드시 빚의 복수가 따른다.

☝북한은 호전적 모습으로 남한을 응징하고 있다.

☝법 위에서 잠을 자고 있는 것은 직무유기다.

☝부하의 공은 상사의 것. 달빛이 부서지는 가을밤...

☝세계 경제가 서로 맞물려 돌아가는 톱니바퀴처럼 누구도 홀로 성장하기 힘들다. 이제는 동반성장, 공조의 시대이다.

☝이름이 유명해지면 명함으로 존재를 내민다.

☝**정의**定義 ➤ 술어의 뜻을 명백히 하고, 개념시대의 변곡점(울퉁불퉁한 현상)을 잘 다스리면 미터의 핵. 허공을 응시.

☺잉여세대는 무능한 20대를 가리킨다. 이들은 온라인에서는 활개치지만 현실에서는 아무 목소리도 내지 못한다. 이런 점에서 잉여는 무한경쟁에서 오는 불안감을 잊으려고 의미 없는 일에 몰두하는 젊은이를 통칭하는 청년 담론이다. 청년 백수가 잉여세대를 대표할 것이다. 잉여가치가 무의미하면 빈주먹 신세이며 백수인생이다. 또한 삶의 길을 잃고 방황한다.

☺정의는 반드시 이기는 날이 있고 진리는 반드시 따르는 자가 있다.

☺항상 다자 외교에서 다자 무대에서 관통을 뚫어라.

☺세상의 비난과 그대로 화살이 되었다.

☺역사가 바로 설 때 민족정기와 나라 의정체성이 확고해진다.

☺첨단교육, 첨단연구, 첨단 기술문명, 첨단과학, 첨단 군사장비.

☺급변하는 글로벌사회의 저 뒤편에 처진 슬픈 사연...

☺남편이 기침하면 아내도 감기에 걸린다는 위기의 세례를 받는다.

☺법은 있는 자에게는 관대하고 없는 자에게는 가혹하다.

☺행복의 답을 얻고자 기도합니다.

☺돌발적인 말투.

☺실정법, 자연법, 현실적으로 정립된 법.

☺공론화로 공감대를 이룬다. 도입을 통해서 방향을 바꾼다.

☺비용을 지불해야 한다. 구시대 문화는 멸종동물처럼 낯설다.

☺사고관이 또 부러지다

☺친고죄는 피해자되는 고소권자가 고소를 해야 기소할 수 있다. 성범죄에서 붙는 말이다.

☙〈임을 위한 행진곡〉은 북한 지하당 사건에 연루된 전과자 두 사람
　이 작곡한 당가다. 구국전선 – 나는 여러분의 목소리입니다.

☙족보는 역대 선조들의 약력 및 행적으로 선조의 얼을 조망한다.

☙병원은 몸을 고치지만 마음을 고치는 병원은 책이다. 즉, 독서이다.
　독서는 마음을 잡는다.

☙이곳 생산물이 전국을 점령하고 있다.

☙공세를 부리지 말라. 작품의 잉태가 시작.

☙상조회사는 서로 어려울 때 서로 돕는다는 뜻인데 사업주는 횡령,
　배임, 해약거부, 약정불이행, 환급금 말썽 등 그야말로 비리업이다.

☙원칙만 고집하면 방향을 잃는다.

☙좌파, 우파 논리는 사상적 반대에서 온 잔유물이다.

☙기억의 곳간이 점점 비어가는 것이 아쉽고 허전하다.

☙배임죄의 확대 해석은 손해를 가할 목적이 없는데도 누명으로 가하
　여 죄명을 붙인다. 경영판단 원칙을 상법에 명문화해 법으로 명시해
　야 한다. 즉, 경영상의 판단을 할 경우에는 배임죄로 보지 않는다.

☙시기심과 질투는 자연스러운 마음이지만 그것이 정의감이 될 수는
　없다.

☙우리나라도 한류 열풍을 타고 문화 강국으로 변모되며 국제무대에
　관심이 되어가고 있다.

☙한국의 디지털 문화가 선진국임을 과시하고 있다.

☙가정 해체로 전통이 무너지고 있다.

☙보다 성숙된 의식, 성숙된 식견을 요한다.

꩜ 징병제는 개인의 의사와 관계없이 국가가 국민 모두에게 군복무 의무를 부과하는 제도이고, 모병제는 개인의 자유로운 의사에 따라 국가와 계약에 의해 군에 복무하는 제도로 영국, 미국, 프랑스, 캐나다, 일본 등 100개 국이 채택하고 있다. 모병제는 돈 받고 싸우는 용병이고 징병제는 애국심과 국민 총동원으로 전쟁을 수행하는 제도이다. 모병제는 인접 국가와 충돌, 무력 가능성이 희박하고 자주 국방 역량과 이를 뒷받침하는 경제력이 탄탄한 나라들이다. 모병제는 향무向武정신의 전통을 갖고 있고, 군복무가 사회적으로 대우받는 형이다. 우리의 안보 문제는 범국민적 관심과 총동원 체제로 대처할 문제이다.

꩜ 흔히 말 수단이 좋은 사람을 논리적이라고 한다. 언뜻 똑똑한 것 같지만 내면은 허와 위증이 많고 진실이 아닌 부정적인 사람이다.

꩜ 빈털터리가 채권이 있는 것처럼 채권자와 합의를 만들어 몇 억의 채권이 있는 것처럼 꾸며 이를 미끼로 상대 계약자를 신뢰하게 함으로 속이는 지능수법.

꩜ 패권 냉전에서 패권 경제시대로...

꩜ **사이버** ➤ 인간 기계론. 사람의 자율신경계 지능에 철저한 기계론.

꩜ 연방정권은 둘 이상의 독립국이 사상을 같이 하여 합동하게 되는 제도로 하나의 주권으로 취한다.

꩜ 판단상애, 행동상애, 치매증.

꩜ 서로 경계를 풀면 서로 공동화.

꩜ 서울의 자존심, 세종로 서울광장. 일일생활권, 단일 경제권.

☙일본과 중국은 우리 한국과는 국민감정이 좋지 않다.

☙인문학이 경시되면 법칙과 경쟁을 미워하고 일인 독식을 추종하게 된다.

☙교회의 선교적 사명을 기여, 우리는 신神 앞에 고개를 숙인다.

☙밀려오는 쾌락, 그리움, 불타는 정열.

☙정부에서 나라 돈을 풀어 일자리를 푸는 것은 진통제적 처방이다.

☙세상의 발달과 함께 구습용어를 탈피하고 첨단용어로 발달한다.

☙현실과 사회가 부정하며 살아가는 약자들의 억울한 아픔.

☙군軍은 주권과 안보 이익에 최선을 다해 국방력의 파수꾼이 되기를 바랍니다.

☙세상을 바꾸는 새로운 이정표里程標를 만들다.

☙아침과 저녁에 엘리베이터에서 이웃과 만나면 어색해지고 불편한 심정이 드는 것은 공동체가 아닌 삭막한 아파트 인심을 대변한다.

☙케이팝(K-Pop) 목소리는 팝 음악의 본 고장인 미국을 넘어 세상을 바꾸는 사회적 의식과 함께 새바람을 불어 넣는 아이콘이다.

☙사이버 공간에서 사이버 침해, 안보 침해는 정부의 몫이다.

☙우선주의는 자위적인 주권 전략이다.

☙한미동맹은 우리 안보의 보루이다.

☙고사 상태에 빠진 형제의 불목. 지혜롭게 살아가자.

☙한국 경제는 일본에 비해 '목이 줄에 감긴 물새'라고 빗댄 말이 있다.

☙병이 들어서 회복이 불가능할 때는 존엄성이 필요 없다. 연명 보호는 좋은 뜻이지만 의미 없는 고통만 연장할 뿐이다.

☜경제 민주화는 경제법칙을 거스르면 비틀거린다.

☜뇌에는 전 세계 인구보다 많은 신경세포가 있어 총체적 활동을 지배하고 인지의 능력을 만들어주고 있다.

☜위인은 공과 과가 있다 공은 계승해야 하고 과는 교훈삼아 같은 실수를 반복하지 않는 것이다.

☜'지도하는 발밑에서 일할 테니 열심히 지켜봐 주세요' 라는 철학이 깔려 있다.

☜채팅 모임이 빗나가면 생활의 공해가 된다.

☜물질만능과 쾌락주의에 젖어가고 있다.

☜성이란 먹은 음식과 같다. 다시 말해 감로수처럼 활력을 채워주는 음식이다.

☜하늘이 빌려준 돈을 독식으로 채우면 생존의 평등권을 침해하는 것으로 하늘을 모독하는 일이다.

☜사람이 철이 들고 또 나이를 먹으면 성찰과 후회가 밀려온다.

☜지금 세상은 핵심을 잘 찔러야 성공한다.

☜경쟁에서 실패한 원인은 독과점에서 과점했기 때문이다.

☜배심부는 유력자를 편드는 재판부가 비상식적인 편견을 하려 할 때 좋은 견제수단이다.

☜양심은 개인 단독이 아니라 사회적으로 공감할 수 있는 보편적 인식이이야 한다.

☜**행성** ➤ 천체의 총칭으로 목성·토성·수성·금성·화성·천왕성·해왕성·명왕성·지구·유성·떠돌이 별·별똥별 등을 말한다.

❦세계적 성공을 이끌어내면서 인터넷 시대의 젊은 세대에게 희망과 용기를 주다. "넌 내가 날 사랑하는 걸 막지 못해"라고 외치면서 노래한 대목이다. 즉, 삶을 바꿀 수 있을까?를 고민하며 우리 스스로 사랑하는 것이다.

❦일본의 정밀기계 부품산업의 성장 동력은 사람의 손끝에서 나온다. 수십 년 경험으로 체화해야 한다는 철학의 논리이다. 인공지능 AI도 두렵지 않다고 결론지었다.

❦일본의 경쟁력은 한국보다 2~3년 정도 앞서고 있다.

❦채권자들에게 나누어줄 돈이 없을 때는 법원에 파산선고, 채무면책을 받는다. 파산선고를 받은 자는 선고가 끝난 뒤 경제활동을 해서 취득한 재산은 본인 소유가 된다.

❦사회는 유혹이 너무 많고 비리의 함정도 많다.

❦생활 형태가 백지 상태다.

❦일본은 대한민국에 가해 역사 사실을 왜곡해서는 안 된다.

❦섯다운제는 제한규제 조치이다.

❦부동산 분양가 상한제를 투기 우려 지역에 한정한 주택법은 잘못하면 투기를 조장, 집값이 뛸 소지가 있다는 전문가들의 견해이다.

❦소수의 의견은 다수의 의견에 도전해서는 안 된다.

❦집 한 채가 매매되면 서민에게 여러 가지 일감이 형성되면서 생계형 수입이 생긴다.

❦허상의 욕망을 쫓다가 불안한 기쁨 속에 누리게 된다. 즉, 마음속 재판관이 죄책감의 형벌을 내린다.

☙1970년도의 풍경을 그대로 옮겨 놓은 모습이 추억을 자극한다.

☙영상과학 스마트폰에 집착하여 책과 독서신문은 멀어지고 사고방식은 실력과 떨어지고 있다.

☙호적초본은 가족관계 전과기록의 파일정보이다.

☙이익집단, 시민단체. 누구나 과거에 불편한 진실은 있는 법이다.

☙장애물이 거미줄처럼 얽혀 있다.

☙검증 과정이 지나치면 예수님도 통과하기 곤란한 처지에 놓인다.

☙상속재산권 권리행사가 법정기한이 지나면 재산권 행사를 취할 수 없다는 판결문제에 유의해야 한다. 즉, 상속권 상실이다.

☙우리 국민은 국가와 국민을 생각하는 척하지만 내심은 개인영달을 위하는 숨겨진 불편한 진실이 있다.

☙지금의 젊은 세대들은 이전 세대와 달리 즐겁게 소비하기 위하여 일한다. 즉, 노는 만큼 행복하다는 의식에서 살고 있다. 그렇지만 젊을 때 기분 좋게 살았기에 이들의 노후는 고갈되는 미래가 되기에 충분하다.

☙**화장실의 혁명** ➤ 지금까지 변기시스템은 물탱크 레버를 내리면 물이 수압과 중력에 따라 나오면서 변기 위쪽 테두리부터 폭포처럼 씻어 내리는 형태이다. 새로 개발된 화장실 변기 제도는 변기 물탱크에서 흘러나오는 배출구를 하나로 통일해 강한 물살을 일으키는 바로 회오리 기술이다. 회오리 물살이 변기를 돌면서 회전력이 생기고 소용돌이가 일면서 변기를 씻어 내린다. 즉, 절식 변기통에서 물을 회전시켜 소용돌이를 일게 한다. 변기의 혁명이다.

☙농업을 복합을 통해 생명산업으로 진화시켜 화학약품에서 바이오 생명 산업으로 이동하는 새로운 지평을 열 것이다. 생명공학 바이오 산업이다.

☙화학물질(담배, 술)이 몸에 베이게 되면 인간의 공격성, 우울증, 자폐성의 악영향이 삼대三代까지 미친다 했다. 담배나 술 같은 환경물질이 인체의 호르몬을 교란시켜 정서장애나 분별을 잃어 자기만의 세계에 틀어박히는 증상을 일으키는 것이다.

☙학력이 신분을 높여주고 그 사람의 가치를 보여 성취와 부강의 동력이 된다.

☙사람의 운명은 정해진 신분 질서에 순응하는 것이 미덕이다. 제약을 거부하고 자기 신분을 초월하는 욕망에는 과오가 발생한다.

☙**파시즘 ➤** 제2차 세계대전 후 무솔리니를 중심으로 일어난 주의로 정치적으로는 독재주의, 경제적으로는 민주주의 조국지상주의를 고집한다.

☙이념이나 인상주의를 잘못 벗어나면 큰 화를 당한다.

☙일본은 전근대적 파시즘 뿌리가 있기 때문에 군국주의를 부활시키려고 한다. 여기에는 야심과 배타적 침략성이 깔려 있다.

☙자녀의 진학과 진로는 자녀의 의견이 우선이다. 부모가 더 알면 알수록 자녀의 진로 문제를 더 쉽게 풀 수 있다.

☙우주의 원천을 벗어나는 생로병사의 연결은 불가능하다. 우주가 곧 모텔이고 귀향처이다.

☙수학은 학문의 아버지, 과학은 어머니라 했다.

❦어린 시절 부모의 보살핌 없이 외부환경의 압박을 받고 살거나 구속력으로 살아온 사람은 다른 사람에 대한 공감능력이 현저히 떨어져 뇌의 기능을 제대로 발휘하지 못한다.

❦그동안 5.16을 중립적으로 표현했지만 5.16은 군사 쿠데타 반란이었다. 쿠데타는 아무리 수식어를 붙여도 쿠데타임에 틀림없다.

❦죽은 후에 애도를 받는 것보다 살아 있을 때 미리 작별 효도인사를 하는 것이 삶을 아름답게 정리하는 길이다.

❦사람은 살아가는데 힘이 들면 저돌적 행동이 나온다.

❦과학자 인재들은 국력의 원천이다

❦짐승 같은 행동, 짐승 같은 마음.

❦영문자는 현대인의 감각과 문명 속의 예술성이 담겨 있다.

❦한 개인이나 집단이 삼권(입법·사법·행정)을 모두 동시에 행사할 때 자유는 사라진다. 삼권이 분립되어야 독선을 막는다.

❦사회에 대한 분노가 누적되면서 그 분노가 자기 안으로 향하면 우울증, 자살, 타살 등을 양극화시킨다.

❦계획은 자신의 행보를 확정하고 미래를 대응하는 수단이다.

❦자연은 오염 없는 환경이다. 인간의 잘못으로 자연이 오염되는 것이다. 청정한 숲 속에서 인간의 본성을 회복하고 인간의 공격성을 줄이는 노력으로 태초의 인간이 되라.

❦자기 욕망의 노예가 되어 살아가는 나를 발견한다. 이타보다 이기를 앞세우고 분노를 산다.

❦사람은 기쁨조를 혼자 많이 누릴 때 가정을 멀리한다.

❧종북성향인 인터넷카페의 한 코너인 '문화의 향' 카페를 운영하는 운영진들은 김정일 사망소식이 전해지자 카페 첫 화면에 '위대한 민족의 지도자 김정일 동지를 추도합니다. 일생을 인민을 위해 고생하셨는데 주체와 선군의 사상 영원하여라. 북녘의 슬픔은 곧 남녘의 슬픔입니다. 한없이 숭고한 민족의 애, 철석의 통일의지를 지니시고'와 같은 찬양 일색의 글들이 올라와 있다. 주도 인물이 서울 종로 경찰서장을 폭행한 장본인이다. 대한민국은 표현의 자유국가이지만 법치 위에 군림하는 표현은 혼돈의 사회로 언젠가는 법의 평화를 붕괴할까 걱정이 된다.

❧앞으로 세상은 한 차원 위의 지혜를 요구하고 있다.

❧인생은 학처럼 고고하시라.

❧사람이 성공하기 위해서는 어느 정도 위선적이어야 하고 강하게 보여야 한다.

❧도시생활에는 경쟁이 있어도 순박한 산촌마을엔 경쟁이 없어 서로 화목, 친목. 인심 좋다네.

❧기술에 인문학을 접목한 디자인 개념.

❧경제적으로는 선진화, 정치적으로는 민주화, 사회적으로는 자유화.

❧질 좋은 삶을 영위하기 위한 동기를 부여하자면 경쟁을 도입, 품질을 끌어올린다.

❧인생이 침체에 빠져 있을 때 직면하는 문제 해결은 유력자의 자문을 빌려라.

❧축하하는 마음으로 이 자리에 섰습니다.

☙일본은 이스라엘 국민성과 같은 민족주의가 끌어올리는 힘이 가하여져 미·일과 한몸이 되어 중국을 견제하는 첨병이 되었다.

☙여러 사람을 움직이는 능력은 조만간 공동화로 다른 삶의 입장에 서 있는 사랑의 지성이다.

☙보수는 자본가, 중도는 중산층과 서민들이다.

☙봄이 오면 모든 싹들이 은혜를 입으니 다시 나의 싹들도 법에 따라 함께 살아간다.

☙나쁜 기억으로부터 해방되지 못한 사람은 우울증, 신경증 등에 걸리기 쉽다.

☙공유가치 창출을 통하여 자본주의의 근본적 갈등인 극빈자 구제책을 해소하는 개념이다.

☙음력설은 새해를 축복하고 모처럼 온 가족이 함께 모여 맛있는 음식을 먹으며 덕담을 나누고 어른들에게 감사하는 마음을 담아 세배하는 날이다. 우리 전통문화는 이렇게 아름답다.

☙수출증대와 산업발전으로 국부를 창출한다.

☙현실성이 없는 유령전략이다.

☙아동학대는 정서장애나 학습장애 등 치명적인 후유증을 남긴다.

☙교육의 지향목표는 다양한 능력으로 사회에 제 몫을 부여하기 위한 가치교육이다. 이제 학력 위조에서 능력 위조로 구조를 바꾼다.

☙마음의 결과물은 無에서 有로 확진 행동으로 보여준다. 이 동작을 지혜롭게 대응하면 소신대로 이루지만 그렇지 못하면 후발로 밀려난다.

☙강남의 테헤란로 이란의 수도 이름을 따서 테헤란로라고 붙인 것이다. 1973년 오일위기를 일으켜 세계인들에게 고통을 준 대가로 제왕권을 누린 석유수출국의 이란에 잘 보이려는 외교의 일환이다.

☙당신의 말씀은 좋은 교과서라고 본다.

☙여자들은 사랑을 확인받고 싶어하는데 여자들의 간절한 마음이다.

☙내가 소장하고 있는 작품에 우리 삶을 아름답게 담아주셔서 감사합니다.

☙인터넷은 익명성 뒤에 숨어서 남을 해치고 왜곡하는 사이버 공격 테러 행위다.

☙개인의 자유와 권리는 존중하지만 자유라는 의미의 한계를 넘어서는 안 된다.

☙복지정책이 과잉 소지되면 자본이 반항한다.

☙서로에게 배려를 오고 가는 것이 인문정신이다.

☙달러는 국제적 기축통화이다. 그러므로 부자들은 달러와 금을 많이 보유하고 있다.

☙물질적 풍요란 무엇인가? 더 맛있는 것, 더 편한 것, 더 좋은 것, 더 많은 것, 더 많은 쾌감을 얻는 것, 욕망의 질주이다.

☙열창, 열망, 열풍.

☙산업의 부가가치를 많이 만들어서 차차 순위로 이어진다.

☙부가세는 소비자가 내야 할 세금을 물건이나 서비스를 판매한 사업자가 물건 값에 세금을 포함시켜 받았다가 대신 내주는 셈이다.

☙민주주의 사상이여, 영원하라!

☙먹고 사는 것이 해결되면 여가활동을 통해 인간성을 더 풍요롭게 만들며 살다가 가는 것이 보람이다.

☙성은 이팔청춘이 누려야 할 최고의 야심찬 욕망이다.

☙산산조각으로 부서진 수천의 물방울처럼 좌절되고 만다.

☙양당제보다 3당체제로 도입, 국정을 공정 개조시킨다.

☙백옥에서 서출로 공작이 되다. 인仁을 세우고 의義를 세워야 사事가 바루어짐과 같고 도덕道德을 바루어 안민安民함과 같다. 이 글을 얻는 자는 보화寶貨와 같이 잘 보장하라. 그 깊은 뜻을 해독한다면 거울 앞에 비치는 얼굴과 분명함이 있다.

☙영상물의 무차별 폭력성은 다른 의미의 甲질 경계 목소리이니 주시해야 한다.

☙남한은 체제의 중심이 국민에게 있지만 북한은 권력층에 있다.

☙자생력 강화, 자생식물.

☙교양교육은 세계관, 도덕관, 인격관 같은 가치가 들어 있다.

☙빅뱅이 일어날 것이다.

☙미국은 중국에 대한 금융무역, 첨단경제, 무기 등 소프트 전쟁으로 압박하고 있다.

☙신사적 시외집회는 대한민국 국민이 진보되었다는 증거이다.

☙소설은 진실과 거짓을 대입시켜 거짓을 걸러내는 창조적 삶의 상상물이다.

☙삶의 질이 성장기준이 되어야 하고, 성장기준은 삶의 질이 되어야 한다.

☙스스로에게 묻는 것은 돌파구와 출구를 찾는 호소력이다.

☙삶의 기준의 공정성을 벗어난 성장 중독은 사회적 불평을 심화하고 지구적 환경에 큰 부담이 된다.

☙피를 나눈 형제 가족들, 물보다 진한 관계의 가족들.

☙결혼은 내 반쪽의 배우자를 찾는 것이다.

☙칼로 입은 상처는 봉합이 가능하지만 마음의 상처는 쉽사리 낫지 않고 곪아 터진다.

☙상식기준, 법리기준, 합리기준. 기준을 다시 세워야 한다.

☙시간과 공간을 이동시켜 희생되는 비용이 따른다.

☙옛 대가족제도에서 부모와 자식들이 한 지붕 밑에서 모여 오래 살던 시절에는 가족간에 부딪히는 오해가 생겨도, 섭섭한 일이 있어도 풀 수 있고 이해의 폭도 넓고 여유도 있어 편안했다. 하지만 핵가족으로 분리한 시대는 가족이라고 해도 친구나 이웃만 못하다는 말이 있다. 오랜만의 가족 만남은 가족이 낯설기도 하다. 한 둥지 속에서 같이 살던 기억은 추억으로 담고 살아간다.

☙썰물과 밀물의 왕래는 달의 중력의 힘에 의하여 일어나는 현상이다. 즉, 달님이 주는 선물이다.

☙정의를 지나치게 하면 사람을 잔인하게 만든다.

☙고향을 가보면 고향색이 잃어가는 모습이 애처롭다.

☙정글 속의 야수인...

☙현재는 역사에서 배우고 어리석은 사람은 경험에서 배운다고 했다. 이것이 바로 손자병법이다.

🐚 시대를 앞서간 사람, 시대를 물러선 사람.

🐚 민주주의와 공화주의가 결합될 때 국가관이 바로 세워진다.

🐚 국민적 합의를 거쳐 구성인 모두가 만족할 수 있는 균형점을 찾아야 한다.

🐚 민주주의에 대한 폭거이자 도전이다.

🐚 북한의 야망정치에 출구를 찾는 자생적 혁명의 움직임이 언젠가는 민중의 붕괴로 서슬 퍼런 김정은 체제는 막을 내릴 때를 기다리고 있다.

🐚 법치는 정의와 상식에서 벗어나 무기로 삼아서는 안 된다.

🐚 한국은 수출대국으로 경제를 끌어 올리는 밥줄의 원동력이다.

🐚 국기 문란은 자칫 안보 위기로 몰릴 수 있다.

🐚 불편한 진실이 담기지만 친구는 술친구요, 친척 혈통은 피의 힘이 되지만 개방시대는 친구의 구성체가 막강한 힘이 되고 있다.

🐚 세종의 도시 한복판을 해방구처럼 차지하고 타도를 외치고 있다.

🐚 도시민의 허파인 숲속을 찾는다.

🐚 시詩는 주관적이 아닌 객관적 개념으로 심리적 표현을 해야 문화적, 정신적 역할을 한다.

🐚 온상 환경에서 자란 사람들은 악천후를 극복하는데 몸살을 앓는다.

🐚 자신부터 바꿔야 세상도 바뀐다.

🐚 아니온 듯 다녀가소서. 풋밀 조심하라는 뜻이다.

🐚 사랑은 빨리하되 판단은 더디하라 했다. 겉모습과 행동만 보고 너무 빨리 판단하지 말라는 의미이다.

☙이승 정리가 다 끝나 가니 이제 저 세상으로 이사갈 날만 남았구나.
　이제 홀가분합니다.

☙인간의 한계를 넘어서는 집념으로 시련을 잘 적응했다.

☙열일곱 살 푸른 너희들... 삶은 예술화와 함께...

☙누이 좋고 매부 좋다는 식으로 함부로 도장 찍어주면 손해!

☙군부의 정치는 반토막 민주주의다.

☙세상이 힘들고 어려울수록 대중문화의 연예사회는 거짓 연극으로
　웃음과 즐거움을 자극시켜 주듯 이것이 바깥세상을 온상케 해준다.

☙북한 붕괴 개시는 곧 통일을 여는 서막이다.

☙때는 가을이 익어가는 만추晩秋의 계절이다.

☙기다리는 꿈은 성숙이 진행 중인 고귀한 시간이다.

☙겨울은 계절의 끝이 아니라 새로운 한해를 준비하는 꿈의 시간이다.

☙특색마을. 특색을 가진 농촌, 산촌, 어촌지대.

☙시민운동은 비판하고 잘하라는 경고 운동이다.

☙물은 끊임없이 흐르며 모든 것을 아우른다.

☙자율성과 독립성을 높인다.

☙한강의 물줄기는 서울 시민의 물그릇이다.

☙아버지의 부계父系 중심으로 대를 이어온 화신이다.

☙자신의 개성은 확립했지만 현실의 벽은 높다.

☙수십 가지로 변하는 대학입시 제도는 교육성과를 교란시키는 작태
　이고 오히려 학생들에게 불량을 준다.

☙소설이 안 팔리고 시인이 배고프고 인문학이 죽는다고 하지만 기술

이 발달할수록 갈증이 커지고 있다.

🐚숲속은 사회의 지친 사람들의 위로처가 된다.

🐚경쟁이 뜨겁다. 노예계급. 봄은 씨앗이 잉태되는 계절이다.

🐚나는 부모된 효과에서 완전히 저해된 사람이다.

🐚종교인은 세속의 일을 관여해서는 안 된다.

🐚사람은 자기 처신이 급격히 떨어지면 개성을 잃고 부진해진다.

🐚도발적인 미모, 도발적인 용모는 마음의 빗장을 풀게 만든다.

🐚한 단계 성숙해진 느낌. 인터넷 이메일은 정보를 이동하는 관문 역할을 한다.

🐚부모가 되어 자식에게 효도선물을 받을 때의 느낌은 마치 훈장을 받는 기분이다.

🐚지하세계를 탐험할 수 있는 우리나라의 광명동굴은 최신 콘텐츠로 각광을 받고 있다. 특히 섭씨 12도 저온으로 자연 생산되는 와인코너가 인기 만점으로 이곳을 찾는 외국 관광객들이 부쩍 늘어나 자부심이 묻어나고 있다.

🐚통합으로 이제는 지구촌 시대로 되어가고 있다.

🐚전 주중대사 로크가 관저에서 발표한 성명에서 그는 개인적 측면에서는 중국인 이민자의 아들이지만 자신이 태어난 미국과 가정을 귀중하게 생각하는 미국의 가치관을 대표해 이 자리를 섰다고 말했다. 미국과 중국의 상호간 긴장관계에도 불구하고 공통점을 찾을 것이라고도 했다. 그렇다고 너무 의미를 부여해서는 안 된다는 경계론을 내비친 것이다.

南北 이산가족 재회장에서 본 사연

두 살 때 헤어진 북한의 아버지(88세)를 65년 만에 만난 이정숙(68세)씨는
금강산 이산가족 면회소에 마련된 작별 상봉장에서 아버지에게 떨리는
목소리를 말했다.

"아버지를 위해서라면 제 목숨도 드릴 수 있어요. 아버지, 이렇게 만났는
데 이게 끝이래요. 아버지, 그래서 큰 절 받으세요."

정숙씨는 오열하기 시작했다. 홍종씨의 주름진 눈꺼풀 아래로 눈물이 솟
는다. 정숙씨 앞에 아버지의 닭똥 같은 눈물이 옷깃을 적신다. 홍종씨는
딸의 손을 부여잡고 말했다.

"굳세게 살아야 해."

작별 상봉 10분이 지난 뒤 아버지를 태운 버스가 무심히 떠났다.

* * *

결혼 6개월 만에 아내와 함께 뱃속에 잉태한 아들과 헤어진 후 65년 만에
할머니가 된 아내의 주름진 손을 꼭 잡은 북측 할아버지와 남측 할머니는
꿈이냐 생시냐 하면서 북측 할아버지의 울먹인 목소리가 이어진다.

"이게 전쟁 때문에 그래, 할매. ……나는 ……나는 말이야, 전쟁으로 인한 말이야, 세상이 저지른 탓이야. 우리가 입은 탓이야."

이 장면을 지켜본 시청자들은 하염없는 눈물에 흠뻑 젖고 또 흘러내렸다. 이 기록으로 인해 전쟁의 아픔이 고스란히 세계인에게 전달되어 평화의 공존에 동참하는데 큰 기여를 했다.

이 장면이 방영될 때 65세의 어엿한 어른으로 성장한 그때 뱃속에 있던 아들이 아버지를 부르며 말했다.

"아들한테 절 받으세요. 아버지 없이 한 세상을 살았어요. 아버지의 피는 지금도 흐르고 있어요."

그러면서 하염없는 눈물바다로 장면이 흐른다.

이산가족 상봉 자료를 제시한 것은 우리 인간사의 공격성을 밀어내고 사랑과 친숙으로 감화시켜 주는 것을 교훈으로 삼자는 의미에서이다.

☽사회적 공기 역할은 역시 언론이다. 언론은 사회병폐를 고발, 감찰하는 기관이다.

☽이 영광을 상징하고 싶다.

☽여성은 못내 부끄러워하고 수줍어 할수록 매력이 있다.

☽나라의 국부는 기업에서 나온다.

☽일가一家가 친화적인 환경으로 잠재력을 발휘.

☽컴퓨터 개념을 통해 생활방식이 기계화되고 정보망이 넓어진다.

☽여행은 자학이며 낙원의 산실이 자명한 진리 성찰의 기쁨이다.

☽사랑이라는 의미가 어디까지 넓어지는지…

☽내 나이 세월을 이기지 못해 육신이 삭을 정도로 부실해졌다.

☽우리 생활에 깊숙이 밀착되었다.

☽한 해가 흘러가는 것이 아니라 시간이 쌓이면서 나를 발효시켜 내 인생을 숙성시켰다.

☽법관들이 법 해석을 남용하여 자기주의로 판정하는 법관이 많다. 법관이 법을 지배하는 것이 아니라 법이 법관을 지배해야 한다.

☽새로운 공간에 수요가 유입된다.

☽힘겨운 서울살이에서 이제 초야의 야인이 되었다.

☽설악산에 자리 잡고 있는 수십미터의 수직 절벽 암벽은 웅장한 기세로 우리 인간을 엄호하고 있다.

☽구국전선을 재무장시켜야 한다.

☽애국도 시대를 잘 만나야 공이 되는 것이다. 시대를 잘못 만나면 부패물로 불명예의 낙인이 찍힌다.

❧ **물가지수의 가중치 ➤** 소비자 물가지수 산정표에서 금반지의 경우 금값이 크게 오른 품목들은 물가지정 산정표에서 빠지고 대신 소비가 늘어난 스마트폰 같은 이용료가 높은 품목들은 물가지수 가중치로 개편하여 이용료를 높이고 가격이 치솟는 품목은 빠지게 하여 상승가격을 다소 낮게하는 효과를 가져오게 한다.

❧ 금융공학, 인문공학, 경제공학이라는 용어는 새로운 산업을 창출하기 위한 대체용어이다.

❧ 스마트폰으로 무장한 초고속망으로 아이디어를 창출, 제품화하여 사이트에 올려 인터넷 사업이 고속화되면 금세 돈이 모아진다는 성공 모델. 이것이 IT 혁명이다. IT 혁명의 장점은 누구나 저렴한 비용으로 쉽게 기업가가 될 수 있고 사회간접자본에 쉽게 접근할 수 있다. 청년들의 가장 유망한 직종사업은 콘텐츠 사업이다.

❧ 카지노 사업은 굴뚝 없는 황금 산업이다.

❧ 이라크 국민들은 독재에서 해방된 후 독재자 사담 후세인 동상의 머리 부위를 쇠줄로 묶어 끌고 다니며 분풀이를 했다.

❧ 지금은 인터넷 시대로 정보혁명이 모든 차단을 넘어 상호작용하는 다자시대이다.

❧ 원칙만 고집하면 방향을 잃는다.

❧ 고집스러운 사람의 과거 전력을 보면 자질과 능력이 마비되어 있는 수준이다.

❧ 취미 있는 사람은 성취 동기가 높으며 삶을 변화시켜 즐기는 생활을 한다.

☜파괴력이 있는 말...

☜지하경제라는 말은 변칙거래, 차명계좌, 가짜 제조, 불법사체 등을 말한다. 즉, 반사회적 음성 경제활동이다.

☜자연은 인간의 공유재산이다.

☜백약이다 무효다.

☜망망대해에 떠 있는 동력이 꺼져 가는 배와 같다.

☜냉전시대를 끝내고 해빙시대를 맞이한다.

☜똑 부러지는 사고관으로 국민의 행복권과 재산권 침해를 지킨다.

☜삼성전자 이건희 회장은 신경영 신조어로 '내부부터 변하자. 처자식만 빼고 다 바꾸자!' 를 선언했다.

☜이전의 기억을 잊어버리고 지워야 뇌에 새로운 것을 담을 수 있는 공간이 생긴다.

☜신라新羅의 선덕여왕을 기리기 위해 제작된 에밀레종은 약 30년의 제작기간이 소요돼 완성된 종이다. 에밀레종은 제작과정에서 어린 아이를 바쳐 종이 울릴 때 아이가 어머니를 찾는 울음소리(에밀레)를 낸다는 슬픈 전설을 간직하고 있다.

☜과학도 신의 작란 앞에서는 무릎을 꿇는다.

☜**유형문화재** ➤ 형체가 있는 유형의 문화적 소산으로 역사상 예술가치가 높은 물건, 즉 건축물, 건조물, 역사적 유물, 공예품, 서적 등을 말한다.

☜**무형문화재** ➤ 저작권, 특허권, 전매권, 상품권, 기술개발 등을 말한다.

☙ 시대가 발달하면 개성의 미美도 존엄해 주어야 한다.

☙ 6.25 전쟁을 막아낸 희생적 대가가 있었기에 오늘의 자유를 누리고 사유재산을 보호받고 있다. 젊은이들에게 안보교육을 통해 군사안보, 경제안보를 인지시켜 안보관을 확립한다.

☙ 연설문 기안자는 대필작가와 같다.

☙ 과거의 삶 자체가 드라마였다.

☙ 외계의 생활 자체가 나쁠 때 자연에서 살면 마음도 청정된다.

☙ 친수공간, 생태공간, 청정지역, 천예의 자연, 축복의 땅…

☙ 별들이 잠자리를 청하면 그가 보이고 그 목소리 들린다.

☙ **종교 ➤** 절간은 안식처, 마음 치료, 세상의 시름을 잊게 한다.

☙ 신앙은 개성을 완성시키고 하느님의 三代 축복을 주시었다.

☙ 내용이 빈곤하여 분명치 않음.

☙ 명예는 인격, 자신의 브랜드(상표).

☙ 밀물과 썰물로 어족 자원의 고갈을 막아준다.

☙ 인간은 하늘의 축복과 자연의 은혜 속에서 살아가고 있다.

☙ 여러분의 찌들고 지친 일상에 흥과 생기를 주는 음악회를 여는 문화 행사에 많은 격려가 있으시기를 기대합니다.

☙ 카리스마 지도자의 기적.

☙ 객관적 포착력이 뛰어나야 실패가 없다.

☙ 스티브 잡스는 인문학과 기술이 융합된 기술만이 인간에게 감동을 준다고 말했다.

☙ 이제 유행을 따르는 르네상스시대다.

✎태아가 엄마 뱃속에서 나오는 순간, 즉 선천에서 후천 세계로 넘어오는 순간에 우주의 기운이 몸으로 들어온다. 아기의 탯줄을 자르는 순간, 즉 아기의 존재가 우주와 첫 번째 마주치는 순간부터 운명이 결정된다. 24절기의 변화에 따라 천지 기운이 달라진다. 우주의 기운은 바로 별들의 기운으로 사람의 생리와 교류, 교접한다.

✎현실성이 있는 미래 비전을 찾아서 그 분야에 노력을 다하라.

✎야성미가 넘치는 남자. 쾌락은 삶을 즐겁게 정리하는 것이다.

✎공론과 소통을 해야 바꾸어진다.

✎서로 간에 말을 섞어야 마음도 섞어진다.

✎소비사회에서 행복을 사고 싶다.

✎사회가 다원화되면서 여러 사람 속에서 살아가는 시대이다.

✎정도전鄭道傳은 이성계와 함께 고려왕조를 무너뜨리고 새로운 조선왕조를 건국한 개국공신이다. 그런데 신하들이 왕을 몰아내는 과정을 담고 있어 김정은 체제에 매우 위협적인 본보기가 되고 있다.

✎과거의 아픈 기억에 지금도 찬바람을 느낀다.

✎어린 시절 가혹한 통제생활 속에서 자랐다.

✎장을 잘 담궈야 자손이 번창하고 집안이 잘 된다는 시어머니 말씀.

✎중국은 동북공정을 추진하면서 발해는 중국 왕조국의 소수민족 지방정권이라고 했다. 이것은 역사를 뒤집는 궤변이다. 발해는 고구려가 멸망 후 발해로 고구려를 계승, 고구려 후속국이다. 발해가 옛 영토를 회복했다.

✎교육은 우리 미래를 만드는 백년百年 대계다.

⊕복정 우물

서울 종로구 삼청동에 있는 복정 우물은 그 사연이 깊다. 돌 사이에서 흘러나오는 이 물은 위장병에 특효가 있고 물맛이 좋아 이 물로 밥을 지으면 최고 밥맛이 난다고 한다. 그리고 이 물을 먹으면 아들을 낳는다는 속설 때문에 궁녀들이 아이 낳기를 기원하는 제사물로 사용했다는 말도 있다. 또한 병든 호랑이가 이 물을 먹고 병이 나았다는 설도 있다.

복정 우물은 정조 8년 1800년 (고려말기부터 조선왕조 때) 전에 천민인 망나니 딸이 병조판서 서자에게 반해 상사병을 앓다가 결국 그를 죽여 우물에 유기하고 자신도 그 우물에 투신한 일이 있었다고 한다. 그 원혼을 달래는 제사를 지내자 범람했던 물이 멈추었지만 이후 보름은 맑고 보름은 흐려져 김대근 신부도 이 물을 성수로 사용해 세례를 주기도 했다.

☞지금은 백세시대이다. 건강만 유지하면 못 이룬 꿈을 늦은 나이에도 만회할 수 있다. 이는 백세시대가 주는 보너스다.

☞윤회의 나라, 무시 무종, 초월신神.

☞우리 손잡고 같이 살아왔으니 떠날 때도 같이 손잡고 갑시다.

☞지역 색깔, 시대 색깔, 빈부 색깔이 역습을 가져왔다.

☞강성 발언, 강렬한 소리...

☞지구 허파로 불리는 아마존의 밀림은 줄어들고 빙하는 점점 녹아내린다.

☞문명의 충돌이나 혼란을 극복하기 위해서는 종교의 가치성이 꼭 필요하다.

☞부동산 폭등은 사회를 분열시키는 폭탄과 같다.

☞사막이 아름다운 건 샘이 있기 때문이요, 사막이 외롭지 않은 건 낙타가 있기 때문이다. 이러한 조림이 은혜받는 축복이다.

☞웃어 넘길 수 있는 유머는 오락담으로 구성원들과 소통을 증진시키고 분위기를 풀어준다.

☞유머는 모임에서 할 말이 없거나 분위기가 어색하거나 침묵이 흐를 때 필요하다. 농담 구사 능력이 좋으면 친구가 많이 따른다.

☞스마트폰 방송은 어린이들도 쉽게 접근할 수 있어 자극되는 콘텐츠의 매력에 빠지면 유해와 해악성에 중독될 수 있다.

☞세계는 미국을 중심으로 단합된 구성국가로 막강한 패자의 권력을 쥐고 있다.

☞자기의 정의를 내세워 법률을 위반.

🌀꽃이 웃어 주면 호랑나비.

🌀인간은 초인간이 되어가고 있다.

🌀문명이 이기를 가져오기 때문에 머리는 무겁고 스트레스가 쌓인다.

🌀즐거움을 만들어주는 것도 건강의 비결이다.

🌀새로운 장르가 생기고 새로운 개념, 새로운 사상이 생겨난다.

🌀노아의 방주는 창조주의 형벌이다.

🌀모든 생명체는 따뜻한 햇살과 감각을 일깨워주는 바람이 있어야 한
다. 잔잔한 호숫가에 바람이 호수를 흔들어 살아 있게 만들고 있다.

🌀조직을 이끌만 한 리더십 부재의 한계를 극복하지 못하면 소인배
인격이다.

🌀비리가 있어도 언론의 자유가 통제되면 들키지 않는다.

🌀세계관과 인생관을 키우는 데는 현실을 상상력으로 조리해서 가공
된 현실을 만들어내는 소설집이 최고다.

🌀신자가 아니라 악마가 되었다.

🌀불타는 구름, 하늘을 붉게 물들였다.

🌀특권을 남용하며 과잉을 부리고 있다.

🌀사회적 지위가 부富를 과시하고 특권이 힘을 쓰는 세상. 의식을 업
그레이드해야 한다.

🌀서로 똑같은 말이 마치 입술을 맞춘 듯하다.

🌀문화적 환경은 급진적으로 발전되었지만 윤리와 도덕은 타락하고
변질되었다.

🌀오늘 하루 일용한 양식을 넘어 내일의 미래가 보인다.

☙농촌은 식량 안보의 최전선이다. 생계 안보 같은 생활 여유가 가시화되면서 귀농과 귀촌 열풍이 불고 있다.

☙사색은 생각을 정리하고 마음을 가다듬는다. 또 과거와 현재를 내다보기도 한다.

☙여성은 예술적 미술품의 미美를 풍기는 피조물이다.

☙욕망의 노예가 나를 발견하면 이타보다 이기를 앞세운다.

☙전통식과 현대식 방법으로 장점을 살려 새로운 개념을 창출한다.

☙부귀는 한계지만 지혜는 유산이다.

☙자유를 반납, 구치소로 간다.

☙해질녘 밥 짓는 연기는 천천히 바람에 실려 산골짝 안개 속으로 사라져 가네.

☙다수의 결정은 전체 의결이다. 다수의 선택은 전체의 선택이다.

☙지도자의 파워보다 그 배후세력이 강력해야 성공적이다.

☙돈과 권력은 묶어버리고 입은 풀어준다. 그래야 부패를 막는다. 그러나 표현의 자유를 무제한 허용해서는 안 된다.

☙시골은 때가 묻지 않은 곳이다.

☙육필 친서, 육필 일기.

☙소강사회에서 대동사회로 진입, 고용과 복지에 신분차별 없는 무계급 사회를 정의한 최초 발언자는 공자 개념에서 발전. 공자 철학은 유럽에 충격을 주어 서구사회를 개화시킨 반면 오늘날 다시 일어나는 공자 열풍은 혁신을 지향하고 있다.

☙우리 모두 국운 개척에 힘을 모읍시다.

이슬을 닦고 장독 뚜껑 열면

곰삭고 익는 해 하나

저렇게 붉으면 저렇게 숙성되면

사탕처럼 단내가 풍풍 나는구나.

물씬 물씬 곰삭은 한 수저 떠놓고

붉은 밥을 비비면 칼칼한 입맛.

대나무 숲 부대끼는 바람소리

담 넘어 우리를 부르는

어머니의 친손이 들린다.

뜨거웠던 시절이 오는 세월

고이 들리네.

☙일日이 호해湖海를 비치면 광명光明이 배가 더한다.

☙내 철학이 삶을 바꾸고 있다.

☙셧다운에서 다시 출구. 생존과 사투하는 우리 사회.

☙부적격 판사와 실력이 모자라 판사의 오판으로 권리를 침해해서는

  안 된다.

☙규범을 무시하고 시류를 거부하는 사례.

☙물과 기름이 섞이지 못하고 사는 현실.

☙더 많은 데이터를 실어 나를 수 있는 차세대 통신망이다.

☙잘난 사람, 못난 사람 뭉쳐 있기에 세상은 바꾸어진다.

꩜용龍은 상상의 동물, 즉 카리스마다. 영물로 신화다. 전설 속에서 우리 인간의 정신문화를 지배하고 있다.

꩜칼은 강도의 손에 있으면 흉기가 되지만 의사 손에 있으면 정의의 도구가 된다.

꩜종교는 질 높은 삶을 제공. 새로운 하이브리드 방법.

꩜세상을 멈추기 전에 과거와 지금까지를 입체적으로 생각하라.

꩜가을에 새벽과 이른 아침에 내린 이슬을 받은 물은 木火水라 하여 정신병을 치료하는 약물로 감로수다.

꩜부모와 자식간의 교감은 장차까지 아이의 개성을 넓혀준다.

꩜민주주의여 영원하라. 민주주의 사상이여 영원하라.

꩜**더 샵** ➤ 보태서 자랑하는 일, 성과 자랑.

꩜**인증샷** ➤ 증거 확증을 빗대서 만든 신조어다.

꩜경계를 허물어 열린 공간, 모르는 사람도 함께한다.

꩜열심히 살아가면 이것이 노하우가 된다.

꩜마음만 얻으면 몸은 저절로 따라오게 마련이다.

꩜언젠가는 법法이 평화平和를 붕괴시켜 사선을 넘나드는 긴장의 삶을 살게 될 것이다.

꩜부모의 본능적인 사랑은 하늘보다 높고 물보다 깊다.

꩜하늘과 바다가 연결하는 영원과 미관을 연출.

꩜그 맥 소리는 오늘 이 시간에도 쿵쾅 쿵쾅 우리 역역에서 힘차게 박동하고 있다.

꩜**접촉** ➤ 몸과 마음을 편안하게 입증. 혈압도 정상.

☜월가는 탐욕과 부패로 물든 카지노, 경마, 자본주의를 개혁하라는 시위이다.

☜한 자 한 자 밀어내며 쓴 글. 작품의 잉태가 시작되었다.

☜젊은 시절, 몸과 마음을 너무도 혹사했다.

☜내 인생 부활전이 몇 고비를 넘겼다.

☜오빠란 말에 너무 쉽게 무너지는 남자의 심리.

☜청산에 마음 씻고 폭포에 더위 씻고, 계곡에서는 여울물이 흘러내린다.

☜내가 부모와 조상을 섬기는 동기는 선친이 있어 내가 생겼고 후손이 부여된다.

☜마르크스 주의가 아니라 세계화로 시장경제와 사유재산을 믿는다. 무엇보다 개인의 자유와 인권을 보장하고 과도한 부의 이동을 감소시키고 일부 계층에게 권력이 집중되도록 해 민주화를 방해하는 점에서 경계한다.

☜풀벌레 소리, 야생화 향기 그득.

☜이공계 인재들은 국민소득 4만달러 시대를 이끌어갈 보배들이다.

☜신문은 세상을 읽어주고 생각을 넓혀주며, 세상과의 소통 또한 대학과정을 이수하는 실력이다.

☜가족과 체온을 같이 느끼며 살아간다.

☜그대 눈망울에서 쏟아지는 정열...

☜사랑과 여자는 나중에 적이 된다 했다.

☜생生과 사死의 경계선.

🐚표준계약서는 임대인과 임차인이 계약종료 1개월 전까지 기간 연장이나 계약조건 변경을 통보하지 않으면 이전 조건과 동일하게 계약이 자동 연장된다는 묵시적 갱신 규정을 포함시킨다.

🐚인생을 부드럽고 둥글게 살면 친구의 부름을 받는다.

🐚경제적 격차가 커지면 간극이 되어 불편한 진실을 초래한다.

🐚모든 일에 슬기롭게 자위하거나 대처해 나가야 한다.

🐚스펙이 화려한 사람...

🐚현재 살고 있는 곳이 내 인생을 이루어가는 보금자리, 내 고향이다.

🐚돈을 쫓지 말고 돈이 따라오는 기법을 배워라

🐚타향에 불시착하여 마음을 정립하는 중이다.

🐚인권은 기본권리가 맨 앞자리에 위치하고 있다.

🐚푸른 바다 모두 그대로였다.

🐚포옹은 말보다 더 광범위한 언어다. 말은 전달하는 하나에 불과하지만 포옹은 그 표현의 의미가 여러 모로 확장되어 받는 사람이 원하는 의미까지 전달한다는 점에서 더 유용한 것이다. 또 포옹은 기억력과 두뇌 발달에도 기여한다. 아이가 안겨 있을 때 부모는 기분을 좋게 해주고, 기억력을 높이는 신경 전달과 아이들의 성장과정에서 항상 자주 대화를 함으로써 사랑과 정을 심어주면서 포옹도 해주면 좋다. 성장과정에서 때리거나 학대를 하거나 냉정하게 다루면 아이의 기억력과 두뇌 발달을 저해하고 모자지간에 정이 없어 남남처럼 살아간다. 말로 타이르는 것보다 안아주고 칭찬을 해주는 것이 백번 효과적이다.

☙소득 불평을 줄여야 사회적 논쟁을 피할 수 있다. 그렇지 않으면 세습 자본주의 시대로 돌아간다. 즉, 부르주아 자본주의다

☙패션의 효과는 즉각적이다.

☙사회에 대한 배임행위는 가족에 대한 배임행위다.

☙우리나라도 개화 바람을 타고 외국 유행이 상륙했다.

☙장기적 미래 전략이 없으면 나침반 없는 배는 바다를 표류하거나 암초에 부딪혀 좌초하기 쉽다.

☙너의 성취로 가문과 사회 역할이 강화되기 바란다.

☙헌법기관이 사법부를 동원해서 사회기강을 확보.

☙미래의 선점을 위해서 총력전을 펼치자.

☙우리 민족의 정신을 계승해서 훌륭한 말과 좋은 말을 해주셔서 고맙습니다.

☙나만 잘되면 그만이라는 고정관념에서 개방관념으로 넓힌다.

☙숫자의 경력이 아니라 능력과 실적을 중시해야 한다.

☙가정의 가장이요, 사회의 구성원 중 한 사람이다.

☙군 장병은 군기를 문란시키면 조직 사명을 거부한 것이며 군의 정신을 망각시킨 것이다.

☙물 타기가 되어서 얼핏 보면 모를 지경이다.

☙대포통장은 타인명의 통장을 말한다.

☙전쟁의 결과는 도시와 산하山河 모두를 폐허로 만들기 때문에 모두가 패자이다.

☙땅이 지평선과 맞댈 정도로 크다.

❧아프리카 속담에 빨리 가면 혼자 가고 멀리 가면 함께 가라는 말이 있다. 가장 효과적이고 혼자만의 힘이 아닌 여럿의 노력을 합쳐야 가능하다.

❧**명의신탁** ➤ 실제 소유는 본인이지만 명의를 타명으로 등록한 것.

❧과학기술은 사각지대를 메우는 기술이라고 할 수 있다.

❧사람은 출발이 가장 중요하다.

❧**최저임금제** ➤ 낮은 임금의 노동자를 보호하기 위해 국가가 법으로 임금의 최저액을 정하여 노동자의 생활을 보장하는 제도.

❧멀리 있는 적은 사귀고 가까운 적은 공격한다. 가까운 적을 견제하기 위해 먼 나라를 잘 사귀어야 한다는 말이다. 중국의 진나라가 천하를 통일하게 만든 전략이다.

❧삶의 백일몽일 것이다.

❧막걸리는 퇴행성 성인병에 효과적이다.

❧도박은 잃은 돈이 100만원 안팎이면 손쉽게 손을 털 수 있지만 액수가 커질수록 수렁에서 빠져나오기 어렵다는 게 정설이다. 집문서와 마누라까지 팔 정도로 이성을 마비시키는 도박의 중독성을 깊이 깨달아야 패가망신을 면한다.

❧베레모는 프랑스와 스페인의 접경지대에 위치한 산맥의 양치기들이 쓰던 모자였다. 산악지대의 추위를 보호해주는 실용적 모자였다. 베레모는 후에 멋쟁이들이 패션용으로 애용하고 있다. 또한 특수용으로 착용해 강인하게 보이는 장점이 많다. 군인들도 베레모를 착용한다.

☞이스라엘의 국민성은 자국의 국민들 목숨은 단 한 명도 포기하지 않는다는 것이다.

☞권력權力은 무상하고 독재자獨裁者자의 말로는 비참하다.

☞내 일생 일대를 관통한 역사의 증언이다.

☞역사상 위대한 발견은 우리 삶을 풍요롭게 하고 새로운 가능성도 열어놓았다.

☞중국의 거물급들이나 저명인사의 글을 살펴보자. 이들의 입담에본 받을 점이 많다.

☞신용카드 사용이 채권 독촉이나 소비를 유혹한다.

☞역사적 필연이다. 후학을 교육하면서...

☞국가 기강과 국법을 혼란시키는 세력들은 강력하게 조치해야 한다.

☞말을 토막토막 하지 말고, 사근사근하게...

☞입체적으로 관리하기 위해 3차원으로 관리해야 한다.

☞사실이 기초하지 않는 무한차원에서 살고 있다. 즉, 스님과 종교인 을 말한다.

☞**지식재산권** ➤ 디자인 상표권, 영업비밀 등 복합적인 자산이다. 특 허는 기술을 공개하는 대로 한정된 기간까지 독점권리 등을 수년간 보호권이 있다.

☞선동과 공포를 일삼는 파괴단체를 사회가 풍자적으로 꼬집는다.

☞민주주의는 노동자와 농민이 주인이 되는 세상으로 인식하는 민중 민주주의적 시각이고 자유민주주의는 표현을 근거로 하여 자율과 권력 통제를 의미, 개인 인권을 보호하는 내용이 깔려 있다.

☜역사는 도전과 응전을 통해 발전한다.

☜충분한 시간을 갖고 숙성시킨 판단이다.

☜행정의 달인이다.

☜나이가 든 사람은 옛것을 지키고 싶고 젊은이는 답답한 게 많아 뒤집는 성격으로 마음이 자꾸 움직인다.

☜돈을 보태주는 것보다 돈을 벌 수 있는 법을 가르쳐 주어야 세상을 살아갈 수 있다. 부모가 지식에게 돈을 많이 물려주면 자녀 스스로 독립성을 잃고 태만과 백지 인생이 된다.

☜우리 만나서 진실을 느껴봅시다. 마음을 움직이게 했다.

☜세 잎 주고 집 사고 천냥 주고 이웃 산다는 고서속담이 있다.

☜6.25 사변이 아니라 6.25 남침이라고 도발자를 명시해야 한다. 역사적으로 임진전쟁이라 하지 않고 임진왜란이라고 했다. 병자년에 호胡국인 청나라 침략을 분명하게 하기 위해 병자丙子호란이라고 했다. 역사적 교훈을 살리기 위해서 6.25 남침일로 고쳐야 한다.

☜패션은 산업디자인이지만 산업을 넘어 예술·문화가 접목되어 있다.

☜분노가 자기 파괴를 일삼는 자는 관심 밖이다. 관심 밖에서 일어나는 파괴는 엄청난 무법지대를 방불케 한다.

☜일본이 과거 동북아시아 국가의 패권을 쥐고 한국을 침탈했다. 국권을 잃은 한국은 갖은 박해로 인해 번영이 정지되고 구속당했다.

☜과거 독일의 나치는 유대인과 정치법 전쟁포로 수만 명을 학살하고 생체실험이라는 만행을 저질렀다. 미국 아이젠하워 대통령이 수용소를 해방시켰다.

☙패션은 매력적인 자기만족의 표현수단으로 이는 유행의 우연이다.

☙뚝섬의 경마장은 조선시대 왕의 사냥터이자 군사훈련장이었다. 그리고 군대를 키우는 말목장이었다.

☙역사는 옛 자취를 이야기해주고 현실과 미래를 조명해준다.

☙자신의 권리를 포기하고 스스로 구속하는 것은 기회를 열게 되고 저절로 따라붙는 삶을 이룬다.

☙국가는 공동체이자 합의체이다. 국가가 나를 대신하여 정의를 세워주고 공감해준다.

☙장외의 언론들은 문제의 관심거리를 재미로 이목을 집중시켜 다양성의 효과를 얻기 위한 수단이다.

☙숲은 대체의학으로 심신치료와 분노와 불안과 공격성과 부정적인 감정을 완화시켜 준다.

☙안보는 군사적 안보에만 국한되지 않고 인재안보, 경제안보, 재난안보, 정보안보, 질서안보 등도 포함된다.

☙안전 사각지대에 놓여 있다.

☙**분양가 상한제** ➤ 땅값과 건축비에 건설사 이윤을 포함해 분양가를 산정한 뒤 그 이하로만 APT를 분양하도록 한 제도이다. 재개발, 재건축 부담 문제로 사업이 지지부진한 단지들이 분양가를 상한제 완화로 고급주택을 섞어 분양해 그 수익으로 조합원 분담금 문제를 낮출 수도 있어 활기를 띠게 된다.

☙입맞춤 키스는 입맞춤을 통해 상대방의 영혼을 나눌 수 있다고 하였다. 사랑을 재는 척도는 키스로 단연 우세하다.

🖐무산계층, 유산계층.

🖐법조인들은 사법과 법률이 독립성이라는 이유로 법 해석을 주관적으로 정당화하면 사법부의 근원 취지가 파멸된다.

🖐7월 17일은 입법부 생일날이다.

🖐무한 기대, 무한 발전.

🖐세상이 변하면 인심도 변하기 마련이며 사고방식도 변한다.

🖐세상을 살아가는 데는 생각이 가장 중요시 된다. 생각을 잘못해서 실패와 좌절을 맛보는 것이다.

🖐좌는 주사파의 사촌간으로 연대감을 갖는다. 즉, 좌파는 주사파의 강령이다.

🖐사랑이 무서운 것은 그 이면에 미움과 증오가 숨어 있기 때문이다.

🖐인터넷 공간에서 나온 영향력 있는 글은 큰 장터가 되며 또 매력적이다.

🖐고교 진학 전에 인생관과 직업관 나아가 국가관과 세계관을 지각할 수 있는 교육을 세운다.

🖐그 집안의 아이콘이라 하는 대주는 책임이 막중하다.

🖐날로 치열해지는 중국과 일본의 군비 경쟁에 대한 국군 전투력 강화에 깊은 관심을 표한다. 이 시점에서 첨단 전력 확보를 서두르지 않으면 머지않아 구한말처럼 주변 열강의 흥정 대상, 불행한 신세 또한 북한의 적화통일로 자유민주주의는 몰락될 수 있다. 치욕의 역사가 반복될 것인지의 여부는 국방 예산 배분 규모에 달려 있다.

🖐달도 차면 기운다는 말이 있는데 잘 나가던 일도 파탄이 날 수 있다.

❁시골 땅 매입 시 주의사항

진입로가 불분명한 시골 땅을 매입하고자 할 때는 반드시 계약 전에 해당 관청이나 토목 측량업체에 문의해 농지전용 건축인허가를 받는데 문제가 없는지 확인해야 한다.

또 토지사용 승낙을 조건으로 할 경우에는 계약서에 단서로 명시하고 가능하면 공증을 통해 임대차가 아닌 사실상 매매의 효력을 담보할 수 있도록 안정장치를 마련하는 것이 좋다.

개별진입로도 확보하지 않고 넓은 임야를 잘게 쪼개 비싸게 파는 기획부동산의 땅은 그래서 아예 쳐다보지도 않는 것이 상책이다. 시골 땅을 살 때는 반드시 진입로가 확보된 곳을 골라야 한다.

지하수를 공동으로 사용하는 마을의 경우 아예 주변 추가적 지하수 개발 자체를 금지하고 있다. 시골 땅의 매매계약을 하기 전에 반드시 마을 주민을 통해 지하수 개발이 가능한지를 알아봐야 한다.

특정의 땅을 매입할 경우에는 그 동네의 어른이나 이장에게 각종 정보를 물어봐야 한다.

☙인력은 태양도 지구도 모두 가지고 있다. 지구가 태양을 중심으로 돌고 있지만 태양도 커다란 원을 그리며 자리 이동을 한다. 지구는 대기와 바다가 존재하지만 행성들에게는 지구처럼 대기와 바다가 존재하는지, 그 대기는 어떤 성분을 갖고 있으며, 거기에서 생명체를 찾는 방법이 있을 것이다. 은하계에는 수많은 지구가 존재할지도 모른다. 그들 중 일부는 풍부한 생명체를 가지고 있을 수도 있다. 지금 천문학은 공상소설과 같은 상상에 대한 과학적인 해답이 향후 20년 이내에 밝혀진다는 예언이 나오고 있다.

☙금리가 떨어지면 펀드, 부동산, 주식시장이 활발해진다.

☙이것 저것 의문이 풀리지 않으면 점을 쳐서 하늘의 뜻을 구하라.

☙르네상스는 개성의 해방, 유행을 따르라는 혁신운동이다.

☙자신이 머무는 공간에서 개성 있게 자신에게 맞는 시스템을 찾아라.

☙배타적 사상주의가 극성을 부려 경제성장률 증가수치와 별도로 삶은 더 불안해지고 있다.

☙실패한 낙원의 귀향. 사는 게 힘들면 옛날이 좋았다며 (실제로는 좋지도 않았지만) 옛날을 그리워하기 미련이다. 선진국에서도 다음 세대가 현 세대보다 더 가난할 수 있다는 우려가 나오고 있다.

☙대기권이 상충됨으로 바람이 일어난다.

☙남녀노소 불문하고 낚시를 즐기는 낚시의 시대가 열렸다. 은둔의 취미로 여겨지던 낚시는 확실한 행복의 레저 활동이다. 낚시는 혼자 해도 좋고 가족이 함께해도 좋은 취미다. 낚시를 하고 나면 마음속 스트레스도 싹 날린다.

☙다문화 사회는 복지 활성화로 서로 나누어 갖는 더부살이다.

☙박진감으로 지식 재산을 학문적 장려로 생활철학을 밝힌다.

☙미래지향적 후속 세대에서 인문학의 싱크탱크 역량을 확보한다.

☙미래 사회에 부딪쳐 수요에 부응하는 진로책.

☙처녀라는 표현은 여성의 순정을 강조한 것이다.

☙우리 몸의 호르몬 건강을 지켜주는 농산물 음식으로 각종 성인병을 예방할 수 있다. 친환경 농산물은 최고의 보약이다.

☙지금 세상은 실력으로 존재를 평가하는 시대이다.

☙가시적인 행동을 보여야 한다.

☙6.25 전쟁의 비극적인 교훈을 잊으면 그 비극이 다시 되풀이된다는 것이다.

☙셧다운 당하는 피해를 입었다.

☙생활이 아직 발아단계다.

☙기술, 영재, 영토를 확보해 지구촌을 열어간다.

☙체력의 요체는 근력이다. 즉, 근육 발전 운동은 헬스클럽 다이어트에서 근육운동으로 신진대사를 높여 비만을 방지하고 성인병도 예방하는 치료 운동이다. 주기적 운동이 허락하지 못할 때는 운동기구를 구입, 집에서 하는 것도 한 방법이다. 근육운동은 아픈 만큼 커진다. 부러진 뼈가 붙으면서 더 강해지듯 운동은 몸과 정신을 강하게 길러준다. 병마 앞에서는 돈과 권력도 모두 귀찮다. 인생을 헤쳐 니가는 데 정신무장이요, 신체적 건강으로 대응한다. 신체 나이의 잣대는 근력이다.

◎무산계급 장벽 때문에 대상에서 빠지고 있다.

◎공정한 기회를 주어야 공생할 수 있다.

◎대기오염 물질을 배출하지 않는 친환경 물자로 대체한다.

◎오프라인 폭력으로 생산한 사이버 공간에서 신상털기, 왕따 사냥에 견디지 못해 심경이 약한 사람은 자살 소동까지 벌인다.

◎세상을 모두 다 찢어버렸다.

◎자신의 결점을 감춘 채 타인을 비난하지 말라는 손전등처럼 자신은 안 비추고 다른 사람만 비추지 말라.

◎광풍이나 풍우가 작은 연못은 뒤집지만 바다는 뒤집지 못한다.

◎한 사람이 하는 독창이 아니라 여러 사람이 하는 합창에서 다자주의와 공생하게 된다.

◎새만금 단지는 산업단지 중심이요, 물류 특화지역으로 각광받으며 4차 산업혁명으로 부각되고 있다.

◎아는 게 돈이 된다는 말이 있다.

◎세계 최고 수준의 기술정보 인프라를 보유한 대한민국의 자부심은 대단하다.

◎기원전 560년경에 북인도 가바라 왕국의 자손으로 태어난 석가모니는 29세 때 출가하여 45년 동안 설법과 교화를 통해 보리수 나무 아래에서 명상에 잠겨 큰 깨달음을 얻고 부처가 되었다.

◎종교는 신학이 아니라 인간학이다.

◎네 마음속에 빈자리가 있어야 내 말을 들어준다.

◎초월적 존재, 신비적 존재.

☙빅뱅이란 무엇인가? 세상은 맨 처음 어떻게 시작되었을까? 어느 날 아주 커다란 소리가 들렸다. 우주 대폭발 사건, 즉 우주의 모든 것은 이렇게 시작되었다. 작지만 무거운 덩어리가 폭발하며 빅뱅이 일어나는 것이다. 폭발로 흩어졌던 작은 원소들이 서서히 뭉치어 태양계가 생기고 우리가 사는 이 지구는 행성 안에서도 수많은 생물이 진화를 거듭하며 만들어진다. 그들의 후손이 바로 우리다.

☙역사는 웅변한다.

☙닫힌 세상을 활짝 열어가는 변곡점이 될 것이다.

☙우리가 가야 할 시간표를 짜야 한다.

☙인식과 시각이 변해야 살아갈 수 있다.

☙지구 온난화로 인한 환경파괴를 막고자 온실가스 감축을 목표로 하고, 태양광 발전소에 관심을 가져야 한다.

☙이익공유제, 세계 1위로 탈환했다.

☙낙관적인 경기 인식에 비관이 담겨 있다.

☙한 분야에 오래 남아 수구적이거나 배타적인 부류는 요즘 유행어로 고인물이라고 한다.

☙독자와 문학의 거리를 가까이 한다.

☙더 많은 정보를 가진 사람이 더 나은 판단을 할 수 있다. 결국 더 좋은 세상을 만들기 위해 닫힌 세상을 활짝 열어젖히고 흩어진 세상을 하나로 연결해야 한다며 페이스북의 존재 이유를 설명했다.

☙사람은 자신이 하고 싶은 것 중에서도 잘할 수 있는 것이 무엇인지 구체적인 진로목표를 설정하는 것이 매우 중요하다.

279

☜격차를 해소해 소외되는 일이 없기를 바란다.

☜수도 서울의 국민성 불로소득은 부동산에서 집 한 채 투자 3년이
지나면 인삼이 山蔘이 된다 하였다.

❀죽음의 세계를 넘나들며 꾼 저승사자 사신 꿈

나는 저승사자와 사투한 일이 있었다.

돈 읽고 그 충격으로 심신과 정신을 잃었을 때 어느 날 저녁 잠결에서 새까만 너구리 한 마리가 발톱을 내밀며 내 앞가슴을 덮치면서 찰싹 들러붙은 채 몸을 흔들며 내 앞가슴을 물어뜯는 괴성에 나는 나 살려를 외치며 벌떡 꿈에서 깨어났다. 온 몸은 진땀으로 적시어 바닥이 흥건히 고였다. 사람이 실망하여 심신과 정신을 잃으면 잡신이 내 몸을 지배한다는 것을 절실히 느꼈다.

二千年 文學 행진곡
생生의 반란

제IV부

부록

일이 뜻대로 되지 않을 때는 나보다 못한 사람을 생각하라.

원망하고 탓하는 마음이 저절로 사라지리라.

마음이 게을러지거든 나보다 나은 사람을 생각하라.

저절로 분발하리라.

홍자성

용어 사전

경락_오장육부에 생긴 병이 몸 거죽에 나타나는 자리. 이 자리를 침뜸으로 자극하면 병 치료가 된다.

도급_어떤 공사에 들 비용을 미리 정하고 도맡아 하는 일. 청부.

본능_사람이나 동물이 선천적으로 지니고 있는, 억제할 수 없는 충동이나 감정.

이완弛緩_늘어짐. 풀려서 늦추어짐.

창출創出_새로 생겨남. 처음으로 지어냄.

자생資生_어떤 직업을 갖고 그것으로 살아나감.

자생적 식물_저절로 생겨나는 식물.

경찰_사회 공공의 안녕과 질서를 위하여 국민의 신명, 재산을 보호. 범죄수사 피의자의 체포, 책무.

사법司法_삼권의 하나. 법에 대한 민사·형사재판 및 그에 관련된 국가작용. 입법·행정.

사법경찰_범죄수사, 체포, 형사재판에 관한 경찰. 행정경찰.

사법경찰관_수사관, 경무관, 경위 등 검사의 지휘를 받아 경찰의 임무를 행하는 관리 행정 경찰.

검찰檢察_범죄를 수사하여 증거를 수집함.

검찰관청_법무부에 속하여 검찰 사무를 통괄하는 사법기관. 대검찰청, 고등검찰청, 지방검찰청.

질투_자기보다 나은 처지에 있는 이를 시기하고 미워하는 감정. 증오.

강샘_상대의 이성이 다른 이성을 좋아함을 미워하는 샘. 질투.

시기_샘하여 미워함.

강점強點_남보다 뛰어나거나 유리한 점.

강점强占_강제로 빼앗아 차지함.

선망_부러워하며 바람.

사각지대_총포의 四계 안에서 탄환이 미치지 못하는 범위. 어떤 각도로부터는 아무리 해도 볼 수 없는 범위. 즉, 도움을 받지 못하는 죽어 있는 공간. 구제불능의 테두리 안.

이미지_사물이나 사람에게서 받는 인상. 상(像).

박빙_거의 차이가 나지 않음. 살얼음.

체납처분_조사공과금 등의 체납자에 대해 재산을 압류하고 공매에 붙여 체납비를 강제로 징수하는 행정처분.

체계_각각의 것이 일정한 원리에 따라 계통적으로 결합된 조직.

데이트date_약속, 회합.

복수_둘 이상의 수.

불기소_죄가 되지 않을 때, 범죄의 증명이 없을 때, 공소의 요건을 결했을 때 검사가 기소하지 않는 일.

아듀adieu_헤어질 때 쓰는 말. 안녕. 잘 가요.

강성_강하고 성함.

패권_군사적 힘이나 경제적으로 다른 나라를 지배하고 자국의 세력을 넓히는 기세. 어떤 분야에서 최고의 자리를 차지한 권력.

파시즘 fascism_제1차 세계 대전 후 무솔리니를 중심으로 일어난 주의. 정치적으로는 독제적으로 노사협조주의, 대외적으로는 민족주의. 조국지상주의를 고집함.

파쇼_이탈리아의 파시즘 운동. 지배체제.

기호 記號_무슨 뜻을 나타내거나 적어 보이는 표. 1, 2, 3 등의 명칭.

기호 嗜好_즐기고 좋아함. 담배, 술, 아편 등.

기호학 記號學_간단한 신호에서부터 복잡한 언어에 쓰이는 모든 기호를 연구 대상으로 하는 학문.

기형_일반적이지 않은 다른 형태. 이상하고 괴이한 형체.

미디어 media_신문, 잡지, 서적, 라디오, 텔레비전, 인터넷 등.

카르텔 Kartell_동일업종의 기업들이 이윤증대를 노리고 자유경쟁을 피하기 위한 협정을 맺는 것으로 형성되는 시장 독점의 연합 형태 또는 그 협정. 기업연합. 기업결합. 트러스트trust.

초월_어떠한 한계나 표준을 넘음. 범위 밖에 존재함.

초월인_세계의 밖에 있으면서 세계를 지배한다는 신(神).

유연 柔軟_부드럽고 연함. 침착하고 여유 있음.

유연 有緣_연고가 있음. 유사한.

로드맵 road map_어떤 일을 추진하기 위해 필요한 목표, 기준 등을 담아 만든 종합적인 계획. 청사진. 미래상.

기동력_재빠르게 할 수 있는 전술무기. 능력.

히트 hit_명중. 크게 인기를 끌어 성공함.

사이드 side_한쪽 측면, 옆, 가족.

노하우 knowhow_남이 알지 못하는, 자기만의 독특하고 효과적인 방법. 기술자료, 기술정보.

사이비_겉으로는 비슷하나 본질은 완전히 다른 가짜.

수의계약_경쟁입찰을 하지 않고 일방적으로 상대방을 골라 체결하는 계약.

견제_끌어당기어 자유로운 행동을 못하게 함.

납품_주문한 곳에 물품을 보내거나 가져다줌.

강박_협박하여 강제로 자기의 의사를 쫓게 함.

강박관념_의식 속에 떠오르는 어떤 관념을 없애고 싶은데 없앨 수 없는 정신상태.

강박사고_스스로 생각하는 것이 아니고 억눌러도 자꾸 하게 되는 사고.

탄력_감이 발육되는 느낌. 불려서 오르는 느낌. 뛰기는 힘. 팽팽하게 버티는 힘. 팽팽한 몸매.

절정 絶頂_최고에 달한 상태나 경지. 산의 맨 꼭대기.

접점_공유점. 곡선 곡면의 접선과의 공유점.

촉매_반응속도를 촉진, 반응속도를 증가시키는 것.

주체_주 행위의 주요 부분.

유도신문_증인이 신문자가 희망하는 답변을 하도록 꾀어 묻는 일.

꼭두각시_남의 조종에 따라 주체성 없이 맹목적으로 움직이는 사람을 비유적으로 이르는 말.

숙지_충분히 잘 앎.

숙지황_생지황을 술에 여러 번 찐 약제. 보혈, 보음.

밀도_빽빽이 들어선 정도. ⓔ인구밀도가 높다.

자의_自意_자기의 생각이나 의견.

자의_恣意_제멋대로 하는 생각.

자율_自律_남의 지배나 구속을 받지 자기가 세운 원칙에 따라서 스스로 규제하는 일.

통념_일반 사회에 널리 퍼져 있는 생각.

인프라INFRA_사회적 생산이나 경제 활동의 토대를 형성하는 기초적인 시설.

비호_飛虎_동작이 몹시 용맹스럽고 날래다.

비호_庇護_뒤덮어서 보호함.

블랙black_어두움 장치. 지하 핵실험. 검은 것. 흑색. 암거래. 비밀. 암시장.

블랙리스트blacklist_특별히 주의하고 감시할 필요가 있는 인물의 명단.

디지털digital_자료나 정보 따위를 이진수와 같은 자릿수의 수열로 나타내는 일. 온라인 뉴스.

돌출_어떤 공간으로부터 특정 부분이 쑥 내밀거나 불거져 나옴. 행동이나 사고 등이 돌발적으로 일어남. ⓔ돌출행동, 돌출발언.

절제_알맞게 조절함.

이원_二院_입법부가 두 개의 원으로 구성되는 이원제 의회에서의 두 의원.

세팅setting_배치하는 일.

체감_몸에 느껴지는 감각.

착시_착각으로 잘못 봄. 착오.

기저_기초가 되는 밑바닥.

상쇄_셈을 서로 비김.

정서_사람의 마음에 일어나는 여러 가지 감정.

융성_기운차게 높이 일어남.

급조_급히 만듦.

비자금_남이 모르게 조성한 자금.

포럼forum_여러 사람이 토론하는 형식.

유의_有意_의미가 있음. 마음이나 생각이 있음.

참모_고급 장교를 보좌하여 군의 작전, 정보, 군수 등의 계획과 지도를 맡은 장교.

공증인_법률 행위에 대한 증서나 정관에 인증을 하는 권한을 가진 사람.

정관_법인 조직과 업무집행 따위의 규정.

소급_거슬러 올라감. 거슬러 미치는 일.

뉴라이트_자유주의와 보수주의가 결합된 사상.

동화_同化_서로 다른 것이 닮아서 같게 됨.

동화_童話_동심을 실어서 지은 이야기.

강령_綱領_기본 입장, 방침, 규범 등 어떤 일의 기본이 되는 큰 줄거리.

각축전_승부를 다루는 싸움. 경쟁.

아첨_남의 환심을 사거나 잘 보이려고 알랑거리는 것.

모욕_깔보고 업신여기는 것. 무시하는 모양.

이체_서로 바뀌고 갈림. 계좌이체.

낙찰_경쟁입찰에서 입찰한 물건이 자기 수중에 떨어짐.

유린_함부로 짓밟음. 자유를 속박함. 권리를 침해함.

불찰_잘 살피지 못하여 생긴 잘못.

칩거_나가서 활동하지 않고 집에서 틀어박혀 있음.

기능_기술적인 측면에서의 성능이나 재능.

공소_검사가 형사사건에 대하여 법원에 심판을 요구하는 행위.

매력_이상하게 사람의 눈이나 마음을 호리어 끄는 힘. 반하게 끄는 힘.

실용주의_19세기 말에 미국을 중심으로 일어난 철학 사상. 행동을 중시하며, 실생활에 효과가 있는 지식을 진리라고 주장함.

공인노무사_노무관리의 5급 공무원.

봉건제도_임금 밑에서 여러 제후가 땅을 영유하면서 전권을 갖는 국가 조직. 왕, 귀족, 신하들이 계층적으로 결합한 제도. 노예제 사회. 옛날 폐쇄적 인습적 사회.

무소_없는 바가 없다.

무소불위_못할 일이 없이 다함.

추상적_단순히 머릿속에서만 생각해낸 의견. 내용이 빈곤하여 뜻이 분명치 않음.

불의_의리에 어긋남.

차감_견주어서 덜어냄.

이데올로기Ideologie_개인이나 사회집단의 정치적·사상적인 사고, 사상, 관념의 경향.

연합정부_대통령은 외치, 내치는 책임총리제로 연합정부 구성.

티켓ticket_구입권. 허가장.

순교_자기가 믿는 종교에 목숨을 바침.

퇴행성_쇠퇴하여 결단남. 뒤로 물러남. 퇴화.

기조_작품, 행동, 사상 등의 바탕에 깔려 있는 주된 흐름이나 방향.

동참_같이 참가함. 함께 참가함.

배제_물리쳐서 치워냄.

캐스팅보트casting vote_두 당의 세력이 비슷할 경우 그 승패를 결정하는 제 3당의 투표.

캐스터caster_보도원, 해설자.

패러다임paradigm_한 시대의 사람들의 견해나 사고를 근본적으로 규정하고 있는 인식의 체계.

포인트pount_중요한 사항, 핵심. 득점. 전철기.

노블레스 오블리주nollesse oblige_높은 사회적 신분에 상응하는 도덕적 의무.

유기비료_동물질, 식물질 비료.

유기적_연대. 결합관계.

세련미_수양과 인격이 원만한 맛. 우아함.

옵션option_선물거래에서 일정기간 내에 특정 가격으로 상품, 주식, 채권 등을 팔거나 살 수 있는 권리.

지침_방향과 목적 등을 가리켜 이끄는 길잡이나 방침.

시나리오scenario_순서. 각본.

에세이essay_수필. 논설. 주필. 주제.

영장靈長_영묘한 능력을 가진 우두머리. 인간.

정곡_목표나 핵심이 되는 점.

준공_공사를 마침.

왜곡_비틀어 구부러지게 함.

패턴pattern_모범, 견본, 모범적인 원형.

디자인design_입안, 설계, 미적조형, 미적제품.

일관_바꾸지 않고 끝까지 밀고 나감.

배팅 batting_타격, 가격 행위.

판박_판에 박은 듯이 똑같음.

증빙_증거서류, 증거가 될 만한 것.

부역_서로 도와주는 일. 국민에게 의무적으로 지우는 노역.

수주_수요측의 주문을 받는 일.

유보_옛날로 미루어둠. 보류.

포화상태_가득 차 있는 상태. 극도에 이른 상태. 다할 수 없는 양에 이른 상태.

사필귀정_만사는 반드시 정리로 돌아감.

업그레이드 upgrade_격이나 품질 등이 높아짐.

가시화_볼 수 있음. 사람의 마음을 찌르는 것.

선차적先次的_차례에서 앞서 있는 것.

순명_명령을 순종하여 따름.

성찰_반성하여 살핌.

첨예_날카롭고 과격함. 뾰족하고 날카로움.

단점_낮고 모자라는 것. ⟷ 강점

분야_여러 갈래로 나누어진 범위나 부문.

적폐_오랜 뿌리가 박힌 폐단.

전유물_한 개인이나 집단이 독차지하는 물건.

웰빙 well-being_몸과 마음의 편암함과 행복을 추구하는 태도나 행동.

골든타임 golden time_라디오나 텔레비전에서 청취율이나 시청률이 가장 높은 시간대. 기회.

참살이_육체적, 정신적인 건강의 조화를 통해 윤택한 삶을 추구하는 삶의 유형이나 문화.

입안立案_정책이나 계획 등을 실행할 안건을 마련함.

군림_절대적 세력으로 남을 압도하는 일.

부정不定_일정하지 못함.

부정不淨_깨끗하지 못함.

긍정_그러하다고 인정함. 승인.

기로_갈림길. 생사의 중대한 입장.

악폐_나쁜 폐단.

피조물_조물주에 의해 만들어진 모든 물건.

전황_전쟁의 상황.

인플레이션 inflation_사회통화 수요량에 대해 통화량이 상대적으로 팽창하여 물가가 올라가는 현상.

디플레이션 deflation_통화량이 적어서 물가가 떨어지고 돈의 가치가 올라 경제활동이 침체되는 현상.

수축_오그라들다. 줄어들다.

등귀_물가가 뛰어오름.

인도주의_인류의 공존과 공영을 이상으로 하는 주의.

이상理想_최고의 관념.

이상以上_그보다 위임. 절대적인.

전제_먼저 내세우는 기본.

신경_중추로부터의 자극을 몸의 각 부분으로 전달하는 실 모양의 기관. 어떤 자극에 반응하는 마음이나 감각의 작용.

중추신경계_신경계가 중심부를 형성하고 있는 부분.

말초신경계_뇌 또는 척추에서 나와 온 몸에 퍼져 중추신경계와 피부, 근육, 감각기관 등을 연락하는 신경계의 총칭.

존엄_높고 엄숙함.

편향_한쪽으로 쏠림.

홈home_본거지, 본고향.

수동적_남 또는 다른 것으로부터 움직임.

좌우명_늘 좌우에 갖추어 반성하는 격언.

과점_어떤 시장의 상품을 소수 기업이 독차지함. 독점.

적체_쌓여 잘 통하지 않음.

결자해지_자기가 저지른 죄는 자기가 해결한다는 뜻.

일관성_태도나 방법 등이 처음부터 끝까지 한결같은 성질.

대부代父_절대적으로 복종해야 하는 우두머리. 성세 성사나 견진 성사를 받을 때 신앙생활의 조력자로 세우는 남자 후견인.

대부大夫_고려와 조선시대에 품계에 붙여 부르는 명칭.

대부貸付_이자와 기한을 정하고 돈을 빌려줌.

부차적_어떤 사물이나 현상이 주된 것에 대하여 덧붙이는 관계에 있는 것. 이차적.

창출_새로 이루어서 생겨남.

볼모_약속 이행, 담보, 잡혀두는 일. 인질.

아전인수_자기에게 이롭게 함.

숙명_선천적으로 타고난 운명.

사육_짐승에게 먹이를 먹이며 기르는 것.

완충_둘 사이의 충돌을 완화시키는 것.

범례_일러두기, 예시.

포화_총포 불이 퍼붓는 상태.

슬기롭다_사리를 밝히고 일을 잘 처리해 나가는 능력.

전관_전에 벼슬을 했던 관직자의 예우 행위.

예우_예의를 다하여 정중히 대우함.

제휴_서로 붙들어 도와줌.

요소要素_근본적 조건이나 성분.

요소要所_중요한 장소나 지점.

간이_간단, 간편. **예**간이영수증.

부가_더 붙임. 첨가물.

부가가치_새로 생산된 소득의 가치.

부가가치세_상품용역에 새로 부가되는 가치나 세금. 즉, 마진에만 부과하는 세금.

경량_부피에 비해 가벼운 물품.

불가항력_인간의 힘으로는 어찌할 수 없는 힘. 외부에서 생긴 일로서 주의나 예방의 방법으로는 막지 못하는 일.

탈환_도로 빼앗음.

노조_노동조합.

위계_벼슬의 품계.

전환점_이리저리 바뀜. 변하여 바뀌는 시기, 계기.

산업_생산하는 사업. 농공업, 무역업, 금융업, 광업, 수산업, 건설업, 목축업 등.

교신_통신을 주고 받음.

획_쪼개다, 가르다, 긋다, 구분 분명히.

피드백feedback_조정하는 일, 수정하는 일, 도로 보내는 일(입력).

분비_세포작용에 의해 액즙을 만들어 배출하는 기능.

표출_겉으로 나타냄.

이첩_관할을 달리 하는 다른 관청으로 통지.

선임先任_어떤 임무나 직무를 먼저 맡음.

위임委任_어떤 일을 다른 사람에게 맡김. 위탁.

오욕_더럽히고 욕되게 함.

혐오_싫어하고 미워함.

사악肆惡_악독한 성질을 함부로 부림.

기하학적_물체의 형상, 위치, 그 밖의 공간.

기하급수_등비, 등차, 불어나는 수량, 불어나는 인구.

등비等比_두 개의 비(比)가 서로 같은 것. 또는 같은 비(比).

귀화_다른 나라의 국적을 얻어 그 나라 국민이 되는 것.

미생물_현미경으로만 볼 수 있는 작은 생물로 박테리아 원생물. 균류.

풍화_햇빛, 바람, 물, 비의 작용으로 차차 부서져 흙으로 변하는 과정.

반려伴侶_생각이나 행동을 함께 하는 짝이나 동무.

반려反庚_배반하여 등을 돌림. 도리에 어긋남.

정기精氣_천지만물을 생성하는 근원이 되는 기운. 순수한 기운.

아이템item_갑옷이나 무기 따위의 도구나 장식용 의류, 액세서리 등을 두루 이르는 말(온라인게임).

소재所在_사람이나 사물이 있는곳.

소재所載_신문, 잡지 등에 작품이나 기사 따위가 실려 있음.

소재素材_근본, 바탕이 되는 재료.

천거_추천하는 일.

증진_더하여 나감.

적반하장_잘못한 사람이 도리어 잘한 사람을 나무라는 경우에 쓰는 말.

인출_예금, 저금을 찾는 것.

액_물이나 기름처럼 유동하는 물질.

유동_흘러 움직임.

포용_감싸주는 것, 감싸주는 힘.

소프트웨어software_하드웨어와 함께 컴퓨터를 구성하는 중요한 요소.

소프트산업_비물질적, 정신적인 측면이 중심을 이루는 산업. 정보산업, 무형물산업 등.

근린_거주자의 일상 생활과 사회적 생활을 확보할 수 있는 이상적 생활 환경. 학교, 병원, 점포, 학원, 휴식공간, 녹지 등.

등용_인재를 골라 씀.

관념_견해, 생각, 인식론.

질풍_대단히 빠르게 부는 바람.

유신_묵은 제도를 고쳐 새롭게 함.

열도_길게 줄을 지은 모양으로 죽 늘어서 있는 여러 섬들. **예**일본 열도, 쿠릴 열도 등.

재무제표_기업의 회계 정보를 체계적으로 모아 놓은 보고서.

조례_지방 자치 단체가 어떤 사무에 관하여 법령의 범위 내에서 지방의회의 의결을 거쳐 제정한 법. 낱낱이 항목별로 적어 놓은 규칙, 법령.

싱크탱크think tank_여러 영역의 전문가를 조직적으로 모아서 연구, 개발하고 그 성과를 제공하는 조직. 두뇌집단.

비일비재_한두 번이나 한둘이 아니고 많음.

철칙_굳은 규칙.

피상적_진상을 추구하지 않고 표면만을 취급하는 모양.

네다바이netabai_올가미를 이용해 남을 교묘하게 속여 금품을 빼앗는 짓.

마케팅marketing_시장조사, 선전, 판매 따위.

동문서답_질문과 전혀 상관없는 엉뚱한 대답.

도전_싸움을 걸거나 맞섬. 대항.

리콜recall_회사 측이 제품에 결함이 있을 때 그 제품을 회수하여 점검한 후에 교환, 수리, 보상해 주는 소비자 보호 제도.

수요須要_필수적 필요. 꼭 요구되는 바가 있음.

수요需要_어떠한 재화를 일정한 가격으로 사려고 하는 욕구.

진작_떨치어 일으킴. 성하게 함.

현혹_어렵게 하여 홀리게 함.

비중_물질의 밀도에 대한 상대적인 비(比).

분기分岐_나뉘어서 갈라짐.

분기점_사물의 속성 따위가 바뀌어 갈라지는 지점이나 시기.

다원화_어떤 사물을 구성하는 근원적인 요소가 여러 갈래로 됨.

자아自我_자기 자신에 대한 의식이나 관념.

자아상自我像_자신의 역할이나 존재에 대해 가지는 생각.

자위自慰_스스로 위로하여 안심을 얻음.

자위自衛_자기 스스로 방어함.

자조自助_자기 발전을 위하여 스스로 애씀.

자조自嘲_스스로 자기를 비웃음.

자주自主_남의 도움이나 간섭을 받지 않고 스스로 자기 일을 처리하는 것.

자주권_남의 간섭이나 속박을 받지 않고 자기 문제를 뜻대로 결정하고 처리할 수 있는 권리.

자서전_자신의 생애와 활동을 직접 적은 기록.

망상_이치에 맞지 않는 허황된 생각을 함.

숙어_두 개 이상의 낱말이 합하여 하나의 뜻을 이루는 말.

한정_범위나 수량 따위를 제한하여 정함.

한정 능력_일정한 법률 행위를 할 수 없도록 법률에 의하여 제한된 사람의 행위 능력.

균형_어느 한쪽으로 치우치지 않고 쭉 고름.

철학_인생 세계의 근본 원리를 추구하는 학문.

궁극_어떤 과정의 마지막이나 막다른 고비.

제어_억눌러 다스림. 조절.

풍자_무엇에 빗대어 재치 있게 경계하거나 비판함. 모순, 결함, 죄악.

고사_굳이 사양함.

사자성어_어진 사람의 마음씨.

소야곡_저녁 무렵에 애인의 집 창 밑에서 연주하는 곡.

관문_요새의 성문. 적을 막기 위해 좋은 문.

경색_막힘. 돈의 유통이 잘 안 되고 막힘. 사멸하는 형국.

토플TOEFL_영어 시험 평가.

유기_정해진 기간이 있는 것. ⇔ 무기한.

미온적_어떤 일에 대한 대응에 있어 적극성이 없고 미적지근한 것.

수거_거두어감.

환급_도로 돌려줌.

환금_현금으로 바꿈.

환매_한번 사들인 물건을 도로 팖. 일단 남에게 팔았던 물건을 도로 사들임.

물리적 변화_물질의 성분은 변하지 않고 그 상태만이 변하는 작용.

물리_만물의 이치.

물류_생산에서 소비에 이르기까지 수요자에게 이동시킴.

절하_물건 수준이나 화폐가치를 낮게 함.

추론_어떤 일을 이치에 따라 미루어 생각하여 논급함.

애니메이션animation_그림이나 인형을 연속시켜 살아 있는 것처럼 보이게 촬영한 영화.

집달리_주로 재판의 집행, 법원이 발하는 문서의 송달사무를 보는 직원.

집대성_여러 가지를 모아 크게 이룸.

집단_생활을 함께 영위하는 생활체의 조직이나 단체.

대사大使_한 나라를 대표하여 다른 나라에 파견되어 외교 교섭을 하며 자국민의 보호와 감독의 임무를 수행하는 외교 사절. 외교관.

공사公使_대사 아래의 외교 공무원.

가이드guide_관광객이나 여행객을 인도하며 현지를 안내함.

정체正體_본디의 형태. 바은 모양의 글씨.

정체政體_국가 조직의 형태.

정체停滯_사물이 한 곳에 쌓임.

연쇄적_계속하여 일어나는 반응.

범주_동일한 성질을 가진 부류나 범위. 기본적이고 보편적인 개념.

초법적_국가의 강제력을 수반하는 사회 규범의 범위를 초월한 것.

독창적_예전에 없던 것을 처음으로 만들어 내거나 생각해 내는 것.

통찰_밝혀서 살핌.

변방_가장자리가 되는 쪽.

달인_학술기예에 능한 사람, 관찰 판단에 능한 사람.

월가越價_물건 따위의 값을 치름. 물건값을 받을 값보다 더 많이 부름. ⇔ 에누리.

패착_그 자리에 돌을 놓는 바람에 결국 그 판에서 지게 된 나쁜 수(바둑).

모니터링monitoring_기계 등이 항상 정상적인 상태를 유지하도록 감시, 조정하는 장치.

브랜드brand_어떤 상품을 다른 것과 구별하기 위하여 사용하는 이름이나 기호, 도안 등을 통틀어 이르는 말.

감화_영향을 주어 마음이 변하게 함.

시정_잘못된 것을 바로 잡는 것.

암시적_간접적으로 응시.

편법_한쪽으로 기울어진 방법.

지성_인식 및 이해의 능력.

탕감_세금이나 빚을 덜어주거나 모두 없애 줌.

함축성_속에 지니어 들어나지 아니함.

함락_성이나 진지 등이 공격을 받아 무너지거나 점령을 당함.

규제_규율을 세워 제한함.

경도傾倒_온 마음을 기울여 사모하거나 열중함. 물체가 기울어 넘어짐. 통이나 상자 따위를 기울여 속에 있는 것을 쏟음.

매너manner_행동하는 방식이나 자세.

빅토리victory_승리.

스펙specification_구직자 사이에서 학력, 학점, 자격증 따위를 통틀어 이르는 말.

시한부_어떤 일에 대해 시간의 한계를 둠.

경량화_부피에 비해 가벼운 무게.

팬fan_운동경기나 선수, 연극, 영화, 가요나 인기 연예인 등을 열광적으로 좋아하는 사람.

다운로드download_컴퓨터 통신망을 통하여 파일을 받는 것.

후안무치_낯가죽이 두꺼워 뻔뻔하고 부끄러움을 모름.

유관有關_어떤 것에 관계나 관련이 있음.

역동적_활발하고 힘차게 움직이는 것.

연착륙_비행 물체가 속도를 늦추어 충격을 줄이면서 착륙하는 일.

명사_사물의 이름을 나타내는 이름씨 품사.

대명사代名詞_어떤 속성을 대표적으로 나타내는 사물을 비유적으로 이르는 말.

대명사大名辭_대개념을 표현하는 말.

교차교우개념_근본적으로는 다르나 그 외연의 일부를 서로 같이하는 개념.

본말_물건의 밑과 끝.

본말전도_사물의 순서나 위치 또는 이치가 거꾸로 된 것.

선정_가려서 정함.

연패連覇_연달아 우승하거나 계속하여 패권을 잡음.

연패連敗_싸울 때마다 혹은 경기를 할 때마다 계속 패함.

수구_구습을 지키는 것.

보수_보전하여 지킴. 습관과 전통을 중요시하여 그대로 지킴. 재래의 풍속.

채식주의_고기류는 피하고 채소, 과일, 곡물, 견과류만을 먹는 식생활. 또는 그러한 식생활을 주장하거나 지키는 주의.

선진화_앞서가는 일.

선진국_경제와 문화가 앞선 나라.

판타지fantasy_형식상의 구애를 받지 않은 자유로운 감성과 생각의 흐름에 따라 작곡된 낭만적인 악곡. 가공의 세계를 배경으로 하거나 초현실적인 존재 또는 사건을 다루는 문학 장르. 환상, 공상.

패션fashion_특정한 감각이나 스타일.

리베이트rebate_상품을 판매한 사람이 상품 대금으로 지불된 액수의 일부를 구매자에게 사례금이나 보상금 형식으로 되돌려주는 일.

무고죄_없는 사실을 거짓으로 꾸며 남을 관청에 고소, 고발함.

반출_물건을 어떤 곳으로 운반하여 들어냄.

위화감_조화가 안 되고 흐트러짐.

봉기_떼를 지어 벌떼처럼 일어나는 일.

도용_남의 것을 몰래 씀.

절재絶才_아주 뛰어난 재주.

프러포즈propose_구혼하는 일, 제안하는 일.

압축공기_고압을 가하여 부피를 줄인 공기.
엘리트elite_빼어난 사람, 뛰어난 사람.
매료_사람을 홀리어 마음을 사로잡음.
수요법칙_가격이 높으면 수요(소비)가 줄고 가격이 낮으면 수요가 많아진다는 법칙.
셧아웃shutout_투수가 한 경기를 끝까지 던지면서 상대 팀에게 한 점도 주지 않는 것(야구). 노사분쟁에서 사용자가 노동자의 쟁의행위에 대항하기 위하여 공장을 일시적으로 폐쇄함(사회).
경직_굳어서 꼿꼿하게 됨.
연좌제_연대책임으로 처벌받는 것.
불고지죄_국가보안법의 죄를 범한 자를 인지하고도 이를 수사 정보기관에 고지하지 않음으로써 성립되는 죄.
추징_뒷날에 추가하여 징수함.
비과세_사회적 고려나 과세기술상 과세하지 않는 소득.
상한선_수나 값의 위쪽의 한계.
합리적_이치나 논리에 합당한 것.
공황장애_급변한 사태에 놀랍고 두려워 어찌할 바를 모름.
상환_빚을 갚거나 돌려줌.
반환_빼앗거나 빌린 것을 도로 돌려줌.
환차익_환율이 변동할 때 생기는 이익.
환차손_환율이 변동할 때 생기는 손해.
누적漏籍_마땅히 기입되어야 할 사항이 병적, 학적 등에서 빠짐.
전유물_혼자만 소유함.
감수성_자극을 받아들여 느끼는 성질, 성향.
테크닉technic_재간 있게 부리는 기술, 솜씨.
후각後覺_남보다 뒤늦게 깨달음.
회의적_확신을 갖지 못하고 의심을 품음.
미디midi_주로 양장 치마에서 장단지 정도까지 내려오는 길이를 이르는 말.
콘서트concert_음악회, 연주회, 연주하는 모임.
미봉책_어떠한 일을 임시변통으로 해결하는 방책.
선풍적_갑자기 발생하여 사회에 큰 영향을 미치거나 관심을 끌 만한 것.
맨투맨man-to-man_수비를 하는 선수들이 공격하는 선수들을 각각 한 사람씩 나누어 맡아서 방어하는 방법(구기경기). 1 대 1 방법.
일장춘몽_헛된 꿈, 헛된 생각.
옵서버observer_정식 참가자로 인정되지 않으나 특별히 참석이 허용된 사람.
대기_지구 중력에 의해 지구를 둘러싸고 있는 기체.
기생_다른 생물의 체내에 붙어 영양을 섭취하여 생활하는 일.
기생식물_딴 식물체에 그로부터 양분을 흡수하여 사는 식물(박테리아, 세균, 곰팡이 등).
섭취_양분을 몸 속에 빨아들임.
배양_인격, 사상, 능력 등이 발전하도록 가르쳐 기름.
임상臨床_환자의 질병 치료와 의학적 연구를 위하여 직접 병상에 임함. 임상 실험.
수칙_지켜야 할 사항을 정한 규칙.
유책有責_어떤 일에 대해 책임이 있음.

추인_과거를 소급해서 사실을 인정함. 일단 행해진 불안전한 법률행위를 뒤에 확정적으로 유효하게 하는 일방적인 표시. 과거 적폐행위를 덮어놓은 상태에 다시 꺼내 바로 잡는 조치.

모자이크mosaic_여러 가지 빛깔의 돌, 색유리, 타일, 나무, 종이 따위의 조각을 맞추어 만든 무늬나 그림.

리그league_여러 팀이 일정한 기간에 서로 같은 횟수만큼 시합하여 그 성적에 따라 순위를 결정하는 경기 방식.

시스템system_외부로부터의 힘에 의해 동작하는 일련의 자동 기계 장치. 예오디오 시스템. 어떤 목적을 위하여 체계적으로 짜서 이룬 조직이나 제도. 예교육 시스템.

비호庇護_뒤덮어서 보호함.

비호飛虎_몹시 날래고 용맹스러운 것을 비유.

직계비속_할아버지, 아버지, 아들, 손자 등 자기로부터 직계로 이어져 내려간 혈족.

비화飛火_불똥이 튀어 다른 곳에 불이 옮겨붙음.

부각浮刻_특징적으로 두드러지게 나타냄.

상문살_사람이 죽은 방위로부터 퍼진다는 살.

조객살_조상하는 사람.

에티켓etiquette_남에게 지켜야 할 예절, 예법.

중력_지표 부근에 있는 물체를 지구의 중심 방향으로 끌어당기는 힘.

반전反轉_일의 형세가 반대로 됨. 반대 방향으로 구르거나 돎.

심층_속의 깊은 층. 속마음. 심리.

진지한_진실하게, 흔들리지 않게.

빅big_큰 것. 대규모.

빅뱅big bang_우주의 대폭발.

데이터data_프로그램을 운용할 수 있는 형태로 기호화하거나 숫자화한 자료.

빅데이터big data_기존의 데이터베이스로는 수집, 저장, 분석 따위를 수행하기 어려울 만큼 방대한 양의 데이터.

비금융정보_통신료, 전기료, 수도료, 임차료 등.

소양_평소의 교양.

인성_사람의 성품.

원심력_물체가 원운동을 할 때 구심력에 반대하여 바깥쪽으로 작용하는 힘.

구심력_물체가 원운동을 할 때 중심으로 쏠리는 것.

르네상스Renaissance_14~16세기 이탈리아에서 시작된 인간성 해방을 위한 문화 혁신 운동.

완화_행정상의 규제나 제약을 늦추고 푸는 일.

준공_공사를 다 마침.

완공_완성하여 공사를 마침.

공역_토목이나 건축 따위의 일. 공사를 이룩함.

이타심_자기를 희생해 남에게 이익을 주는 일.

아웃사이더outsider_일정한 사회집단의 틀에서 벗어나 독자적인 사상으로 행동하는 사람. 경마에서 인기 없는 말.

창의_새로 의견을 생각해냄.

플랫폼platform_역의 승강장. 다이빙에서 수면으로부터 5미터 혹은 10미터 높이에 있는 고정 준비대.

액션action_동작. 행위. 활동. 배우의 연기.

콘텐츠contents_각종 유무선 통신망을 통해 제공되는 디지털 정보를 통칭하여 이르는 말.

페이스북Facebook_소셜 네트워크 서비스.

낭만_현실적이 아니고 공상적인 모양.

가처분_세금을 제한 개인소득. 가처분 100만 원 일 때 72만 원은 지출하고 나머지 28만 원은 통장에 입금시켜 둔다는 것.

비속_낮고 속됨. 비천한 풍속.

비속어_낮고 비천한 말투.

헤드라인headline_신문이나 잡지의 기사 제목.

화법_남의 말을 인용하여 다시 표현하는 방법.

에피소드episode_남에게 알려지지 않은 재미 있는 이야기.

경사_한쪽으로 비스듬히 기울어진 정도. 수평 면에 대하여 지층면이 이루는 각도.

최저생활비_인간이 인간답게 살아가는데 드는 필요한 생활비.

조형_형체를 이루어 만듦.

방조幫助_형법에서, 남의 범죄를 거들어 도와 주는 모든 행위.

하수인_손을 대어 직접 사람을 죽인 사람, 살인 사건의 주인공.

획기적_어떤 일이나 분야에서 새로운 기원이나 시대를 열어 놓을 만큼 이전의 것과 뚜렷이 구분되거나 두드러지는 것.

장려_권하여 북돋아줌.

성찰_반성하여 살핌.

개과천선_지나간 허물을 고치고 착하게 됨.

어휘력_어휘를 풍부하게 구사하는 능력.

척도_자로 재는 길이의 표준. 측정하거나 평가 하는 기준.

박진감_표현 등이 힘차게 느끼게 함.

재량권_자기의 의견에 의해 재단하고 처치함.

재단裁斷_옷감이나 재목 따위를 치수에 맞게 재거나 자르는 일.

재단財團_일정한 목적을 위해 결합된 재산의 집단에 법적 인격이 부여된 법인.

사이비_겉은 비슷하나 속은 다름. 겉은 신사, 속은 불량인.

조력_힘을 써 도와주는 것.

요충지_충돌할 수 있는 지역. 휴전선.

미화_아름답게 만듦.

피동적_남의 힘에 의해 움직이는 일.

와해_사물이 흩어지고 헤어지는 것.

희소성_물질에 대한 인간의 욕망에 비해 그것을 충족시킬 물적 수단의 공급이 상대적으로 부족한 상태를 이르는 말.

희소가치_드물기 때문에 인정되는 가치.

요식_일정한 방식을 쫓아 필요로 하는 일.

당위성_마땅히 하여야 할 성질.

구성원_어떤 조직을 이루고 있는 인원을 하나 로 만든 요소.

정례화_일정한 규례. 일정한 사례.

사례_일의 전례.

심화_깊어짐. 깊게 되어감.

체계적_각 부분을 계통적으로 통일한 조직.

풍자_비판, 경계대상, 모순, 죄악, 결함.

참수_목을 베다.

교화_교도하여 감화시킴.

감화_영향을 주어 마음을 변하게 함. 다른 사물의 영향을 받아 마음이 변함.

아우르다_여럿이 조화되어 한덩어리가 되다.

기간_근본이 본바탕이 되는 줄기. 중심되는 것.

기간산업_중심이 되는 중요산업.

공리_자명한 진리. 근본명제.

리스크 risk_위험. 손해를 입는 것.

초점_관심이 집중되는 곳.

자명_자신이 이미 명백함.

활법_활용하는 방법.

서비스 service_자동차수리, 교통운반, 운수, 의료병원, 금융업 교육, 공무원, 여관, 대민창구, 광고, 영화 흥행업 등.

학풍_학문성의 경향.

주체_자체의 사명, 주간.

순발력_어떠한 일에 순간적으로 빨리 대처할 수 있는 능력을 비유적으로 이르는 말.

구축_얽어 만들어 쌓아올림.

추정_추측하여 판정함.

견제수단_끌어당기어 자유로운 행동을 하지 못하게 함.

카리스마 charisma_많은 사람들을 휘어잡거나 심복하게 하는 능력이나 자질. 대중을 따르게 하는 초자연적 또는 초인간적 재능이나 힘. 신이 사랑으로 베푸는 은총, 예수 그리스도가 인간에게 베푸는 은총의 선물.

존엄성_높고 엄숙함.

증오_몹시 미워함.

신뢰_믿어 의지함.

추종_뒤를 따라서 좇음.

열약_열등하고 약함.

열악_품질 능력이 몹시 낮음.

원샷 인사_한 번에 많은 사람을 대상으로 인사를 진행하는 일.

지평_대지의 평면, 대지의 최대 거리.

사면초가_사면이 모두 적에게 포위된 것, 고립된 현상.

군림_남을 압도하는 일.

공여_이득을 상대방에게 넘겨주는 것.

쿠폰 coupon_한 장씩 떼어 내서 쓸 수 있도록 만든 우대권이나 경품 교환권. 채권이나 공채 증서 따위의 이자권.

기강_규율과 법강 확립.

공동체_공동사회, 운명과 생활을 같이 하는 몸.

수양_심신을 닦아 지덕을 개발함.

이정표_기록한 일람표.

제휴_공동으로 일을 하거나 공동의 목적을 위해 서로 도움.

비범_보통이 아니고 특출한 솜씨.

세속_세상의 풍속.

기축통화_국제간에 사용할 수 있는 특정국의 통화. 📵 달러.

리스트 list_명부, 장부.

주체_주요한 부분.

개체_단독개념. 단독물체.

객체_목적물.

귀감_사물의 거울, 본보기가 될 만한 것.

절규_힘을 다해 부르짖음.

단어_문법상의 뜻.

디스플레이display_상품이나 작품 등을 일정한 목적에 따라 기술적으로 벌여서 보임.

유가증권_어음, 수표, 채권, 주권 등.

보편론_특수나 개체보다 전체를 중히 여기는 주장. 두루 널리 통하는 기능.

보편주의_개인보다 국가와 사회를 더 중요시하는 주의.

스타일style_모양, 태도.

스타star_인기인, 인기배우.

편집_저작물을 간행하기 위하여 수집한 기사나 원고를 보충, 정리, 점검.

교정_출판물의 잘못된 글자나 글귀를 바로 잡아 고침.

편저인_편저하여 저술함.

편집인_편집의 책임자.

저술_책을 지어서 냄.

저서_직접 써서 지은 책.

수식어_꾸민 말.

펀드_자금, 기금.

애환_슬픔과 기쁨.

양식良識_도덕적으로 좋은 판단이나 식견.

양식樣式_겉으로 드러나 있는 일정한 모양이나 형식.

압력_누르는 힘, 압박하는 힘.

팽창_어떤 범위나 세력 따위가 커지거나 크게 발전함.

탑재_배, 수레, 비행기 등에 물건을 실음.

일변도_한쪽으로 쏠림. ⓔ강경 일변도.

방랑_정처 없이 떠돌아다님.

개화_개혁. 문호를 여는 지혜. ⓔ개화 바람을 타고 세계화 유행이 상륙했다.

우유부단_어물어물하여 딱 잘라 결단을 못함. 사물에 대해 끊고 맺지 못함.

아집_자기중심적인 생각이나 좁은 소견에 사로잡힌 고집. 집착, 버팀.

등록_문서에 올리다.

회화會話_서로 만나서 이야기를 나눔.

해이_마음의 긴장이 풀리는 것.

합리_이치에 맞음

기호식품_입에 쾌감을 주고 흥분을 일으키는 음식물로 술, 담배, 차, 커피, 대마초 등을 말함.

영세인_작고 가늘어 변변치 못해 수입이 적고 생활이 궁색함.

지표_방향을 가르키는 표지. ⓔ삶의 지표가 열린다.

사고력_생각하고 궁리함.

비트코인bitcoin_온라인 암호화폐의 하나로 중앙은행의 개입이 없고 발행총량이 정해져 있다. 젊은 세대에서 많이 활용한다.

역적_반역하는 사람.

역전_역습하여 나아가 싸움. 힘을 다하여 싸움.

역전승_형세가 뒤바뀌어서 이김.

불가_가능하지 못함. 옳지 않음.

굴욕_남에게 업신여김을 받음.

단서_일의 처음.

가시(적)_눈으로 볼 수 있음.

즉흥적_당장에 흥치가 일어나는 것. 흥에 따라 일어나는 것.

유가족_죽은 사람의 남아 있는 가족.

미망인_남편이 죽고 홀로 사는 여인. 과부.

대체_다른 것으로 바꿈.

소비자본_소비되는 재화.

만회_돌이켜 원래의 상태로 회복함.

불모지_아무 식물도 자라지 못하는 거칠고 메마른 땅. 어떤 사물이나 현상이 발달되어 있지 않은 지역이나 상태를 비유적으로 이르는 말.

근린_가까운 이웃 편의시설. 문화적 공간.

특화_산업구조상 특정산업 또는 상품이 상대적으로 큰 비중을 차지하고 있는 상태.

개성_한 개인이 가지는 고유한 취향이나 특성.

개성적_개인이나 개체가 독특한 특징을 가지고 있는 모양.

응전_상대의 공격이나 도전 등에 맞서서 싸움.

도발_남을 집적거려 일을 일어나게 함.

능동_스스로 내켜서 움직이거나 작용함.

총체_있는 것들을 통틀어 합치거나 묶은 전부.

생리_생활하는 습성이나 본능.

유기물_경제적 가치가 있는 물건.

전립선_남성 생식기의 뒷부분에 있어 요도를 둘러싸고 있는 장기. 여기에서 나오는 분비액이 정자(精子)의 운동을 원활히 하게 함.

여정旅情_여행할 때 느끼게 되는 외로움이나 시름 따위의 감정.

다원_두 개 이상의 미지수.

수정_바로 잡아 고침.

유격_공격 목표를 미리 정하지 않고 몰래 기회를 보아 적을 기습적으로 공격하는 일.

미시적_직접 식별할 수 없는 대상.

거시적_안목으로 앞날을 내다보다.

채권자_채무자에게 급부(돈)를 청구할 권리가 있는 사람.

버블bubble_투자, 생산 따위의 실제 조건이 따르지 않는데도 물가가 오르고 부동산 투기가 심해지고 증권시장이 가열되면서 돈의 흐름이 활발해지는 현상.

호걸_지혜와 용기가 뛰어나고 높은 기개와 사나이다운 풍모를 갖춘 사람.

지용智勇_지혜와 용기.

기개氣慨_씩씩한 기상과 꿋꿋한 절개.

바이오bio_죽지 아니하고 살아 있는 상태.

절개節介_순정, 지조.

발효發效_조약, 법률, 문서 등의 효력이 나타남.

발효醱酵_박테리아 같은 미생물에 의해서 유기물이 분해되는 작용. **예**술, 간장 등.

배양_식물 따위를 북돋아 기름.

유기물_생물체 안에서 생명력에 의하여 만들어지는 물질. **예**술, 간장, 초, 된장 등.

무기물_생명이 없는 것으로 분류된 물질. **예**물, 공기, 광물, 암모니아, 염산 등.

유기비료_동물·식물질의 비료. 퇴비, 동물의 시체 등.

소신_맡은 바 자기가 확실하다고 굳세게 생각하는 바. 믿는 바.

추심_찾아내서 가져옴.

지수_어떤 수의 변동의 비교 숫자. **예**물가지수, 인프라지수 등.

물류_물적유통, 판매조달, 이동시킴.

발상_어떤 생각이 떠오름.

빙의憑依_발작병을 일으키는 공황장애, 귀신병, 이상한 행동.

예능_예술과 기능. 연극, 가보, 음악, 무용, 영화 따위의 총칭.

교두보_진출하기 위한 발판을 비유적으로 이르는 말. **예**교육은 인재양성 노하우 교두보다.

반추_지나간 일을 되풀이하여 기억하고 음미함. 한번 삼킨 먹이를 되씹는 일.

관점_사물을 관찰할 때 그 사람의 보는 입장.

공정_작업의 진척되는 정도.

신성_신과 같이 성스러움.

빙자_다른 힘을 빌려서 의지함. 어떤 일이나 생각을 정당화하기 위한 핑계를 내세움.

의식_사물을 깨닫는 인식론.

사주_남을 부추겨 시킴.

유동성_형편에 따라 이리저리 변동될 수 있는 성질. 자유로이 움직임.

유동자본_운전자본. ⇔ 고정자본

서정적_감정을 나타내는 일.

집대성_여러 가지를 모아 크게 이룸.

약진_매우 빠르게 발전하거나 진보함. 힘차게 앞으로 뛰어 나아감.

둔화_둔하여짐. 미련하고 느리다.

동기_직접적인 원인, 계기, 근거.

알파고_바둑 프로그램. 미지수의 득점.

전도顚倒_위아래를 바꾸어서 거꾸로 함.

전도傳導_열 또는 전기가 물체의 한 부분에서 다른 부분을 통하여 옮아가는 현상.

전기_사물이 바뀌는 시기, 전환의 시기.

유용有用_쓸모가 있음.

비토Veto_거부권

정립_정하여 세움.

만감_솟아오르는 여러 생각이나 느낌.

추천_어떤 자리에 인재를 천거하는 일.

주기적_일정한 간격을 두고 같은 일을 되풀이하는 것.

피사체_사진에 찍히는 물체.

유예_시일을 늦춤.

자중지란_자기네 패 속에서 일어나는 싸움질.

방종_아무 거리낌 없이 제 맘대로 놀아먹음.

숭고_고상하고 높음.

체화_상품이 팔리지 않고 창고에 쌓여 있음.

개념概念_여러 관념 속에서 공동요소를 추상하여 종합한 하나의 관념.

개념적_실제가 아니고 순 이론적인 모양.

서막序幕_연극 등에서 처음 여는 막. **예**통일을 여는 서막이다.

화신_추상적인 특질의 형상.

균형_어느 한쪽으로 치우침이 없이 쭉 고름.

구국전선救國戰線_위대한 나라를 구하여 냄.

십자군_전투행위. 평화의 이상, 신념. **예**평화를 위해서 십자군이 되겠다.

체벌_몸에 고통을 주는 벌.

사명_죽음과 생명.

불시착_비행기가 고장, 기상 관계 또는 연료 부족으로 목적지에 이르기 전에 예정되지 않은 지점에 착륙하는 일.

극대화_더할 수 없이 지극히 크게 됨.

생체_생물의 몸. 살아 있는 몸.

자양분_몸의 영양이 됨.

선도_남보다 앞서 도착함.

발급_발행하여 줌.

반려자_짝이 되는 동무. 짝이 되는 대상.

양민_천민이 아닌 선량한 백성. 일반 백성.

유권_권리가 있음.

실사_사실로 있는 일.

응수_상대편에 응함.

설파_상대의 이론을 깨트려 뒤엎음.

응시凝視_한참을 뚫어지게 쳐다봄.

응시應試_시험에 응함.

차등_차이가 나는 등급. **예**지역별 차등 적용.

선차적_차례에서 앞서 있는 것.

제도_제정된 법규, 법률.

호전주의_싸움을 즐기는 세력들.

자존自存_스스로의 힘으로 존재함.

자존自尊_긍지를 가지고 스스로 존중하며 자기의 품위를 지킴.

단백질_동·식물 세포의 원형질의 주성분. 생명의 기본적 물질로 탄소, 산소, 질소, 수소 등 단백질이 인체에 과소량이 되면 혈관이 좁아짐.

품사_문법상 분류된 종별.

부사_구실을 하게 된 단어. **예**몸짱.

전방위_전역을 누빈다는 뜻.

종횡_세로와 가로.

종횡무진_행동이 자유자재로 거침이 없음.

외설_추잡하고 예의 없는 수치스러운 일.

인지_인정하여 앎. 지각.

서핑surfing_파도 타기.

화두_말머리.

메시지message_어떤 사실을 알리거나 주장하거나 경고하기 위해 특별히 보내는 말.

비트beat**족**_1950년대 중반 미국에서 현대의 산업사회를 부정하고 기존의 질서와 도덕을 거하며 방랑자적인 문학가 및 예술가 세대를 이르는 말. 제멋대로 행동하는 젊은 세대.

연동_같은 모양 움직임. 연결하여 통일적으로 움직이는 일. 톱니바퀴.

오디션audition_가수, 배우, 성우 등을 뽑기 위한 실기 시험.

후보_선거 등을 통해서 어떤 직위나 지위에 오르려고 자격을 갖추어 나선 사람.

보루_가장 튼튼한 발판. **예**민주주의의 보루.

화폭_그림을 그린 천이나 종이의 조각.

빅big_큰 것. 대규모.

다원주의_다수의 근본 실재. 사물의 본바탕. 근원이 많음. **예**다원주의 원리로 사회적 권리를 해결한다.

균열_거북이 등 무늬처럼 이곳저곳 터지고 갈라짐. 사물이 갈라져서 분열된 상태.

수동성_다른 것의 작용을 받아 움직이는 성질.

피동성_남의 힘에 의해 움직이는 것.

향배_쫓음과 등짐. 거역하는 것.

레임덕lame duck_절름발이 오리라는 뜻으로, 임기 종료 앞둔 대통령 등의 지도자 또는 그 시기에 있는 지도력의 공백 상태를 이르는 말. 권력 누수 현상.

지분_각자가 담당하는 부분. 공유재산 가운데 각자가 소유 또는 행사하는 비율.

숙정_엄격히 바로 잡음.

배열_쭉 뻗어서 열을 지음.

국가관_국가에 대한 견해의 체계.

선제적_먼저 제하여 냄.

선행_앞서감.

선행조건_앞서 행해야 할 조건. 권리의 이전이 생기기 전에 일어난 조건(법률).

금단_엄중하게 금지함. **예** 금단의 38선.

방대_매우 많고도 큼.

소진_사라져 다 없어짐.

수임_임명이나 임무를 받은 사람.

육박_몸으로 덤빔.

증후군_병명의 준하는 명칭, 증세.

자폐성_주위에 대한 관심을 끊고 자기 자신 속에 틀어박혀 현실을 등지는 경향. 내적 공상, 파묻히는 성질.

자폐증_사람을 기피하고 고뇌와 원망을 마음속에 간직한 채 자기만의 세계에 틀어박혀 사는 병적인 증세. 정신 분열증의 하나.

자강력_스스로 힘써 몸과 마음을 가다듬는 힘.

치유_병이 나음.

미팅meeting_집단적으로 가지는 모임.

잠언_사람이 살아가는 데 훈계가 되는 짧은 말.

애플리케이션application_컴퓨터의 운영체제에서 실행되는 모든 응용 소프트웨어(전산). 앱.

논설_사물의 이치를 설명. 글집, 신문.

음속_소리의 속도.

변제_빚을 갚음.

엔지니어링engineering_자연과학을 응용하여 공업 생산 기술을 연구하는 학문.

다운down_내림. 쓰러트림. 작동불능.

카운트count_운동경기에서 득점을 계산하는 일. 권투에서 녹다운의 경우에 심판이 10초의 시간을 재는 일.

카운트다운countdown_발사 순간을 0으로 하고 일, 시, 분, 초를 계획 개시의 순간부터 거꾸로 세는 일.

과소_너무 적음.

초유_처음으로 있음. **예** 사상 초유의 일.

숙성_식이요법에 익히는 과정. 조숙.

특성_한 대상을 특징짓는 고유한 성질.

위계질서_관등이나 직책의 상하 관계에서 생기는 복종과 예절 등의 질서.

비준_승인 또는 동의의 절차를 일상적으로 이르는 말.

오지랖_웃옷이나 윗도리에 입는 겉옷의 앞자락. 주제넘게 아무 일에나 쓸데없이 참견하다.

단위_수량을 계산할 때 기본이 되는 기준. **예** 집단 단위계, 단위조합, 단위면적.

표준_사물의 정도나 성격 따위를 알기 위한 근거나 기준.

상규_일반적인 규칙, 규정.

조세_국가나 지방 자치단체에 바치는 세금.

주관성_객관성이 없는 개인 생각.

현역_현 위치에서 종사하는 사람. 상비소속인.

콜 call_호출. 불러냄. 상담창구.

기축 基軸_사물의 중심이 되는 긴요한 곳.

철인_무쇠처럼 강한 몸의 사나이.

철의 삼각지_백마고지는 6.25 전쟁 시 포격에 의해 수목이 다 쓰러져 버리고 난 후의 형상이 누워 있는 백마처럼 보였기 때문에 백마고지가 되었다는 설.

천시_하늘의 도움이 있는 시기.

양립_둘이 함께 맞섬.

양묘_묘목을 기름.

양로_노인을 봉양함.

신화_신의 조화, 신기한 변화.

절묘_더 없이 교묘함. 묘함.

소원 疏遠_서로 사이가 두텁지 아니하고 거리가 있어서 서먹서먹함. 오랫동안 격조함.

격조 隔阻_멀리 떨어져 있어 서로 통하지 못함.

격조 格調_격식과 운치에 어울리는 가락.

역경_뜻대로 되지 않는 경우. **예** 역경 속에서도 7전 8기 인내심이다.

약진_매우 빠르게 진보함.

역발상_어떤 생각과 반대되는 방향으로 진행하는 형태. **예** 중국이 경착륙을 한다 해도 1등 기업은 살아남아 과점 이익을 누릴 수 있다.

과점_어떤 상품 시장의 대부분을 소수기업이 독차지하는 것.

오역_잘못 번역함.

가장자리_어떤 사물의 바깥쪽 경계에 가까운 부분.

변방_나라의 경계가 되는 변두리 지역. 가장자리가 되는 쪽.

신봉_믿고 받들다.

마초_말의 먹이로 쓰는 풀. 남자다움을 지나치게 과시하거나 우월하게 여기는 남자.

가학적_학대를 가함. 가혹하게 학대함. **예** 가학적인 환경을 기적처럼 이겨내다.

소장가치_자기의 것으로 간직할 만한 가치.

도화선_사건 발생의 동기.

고사_굳이 사양함.

첨단_유행이나 기술 따위의 시대적인 변화에서 가장 앞서 나감. 물체의 뾰족한 끝.

인질_약속을 지키는 것에 대한 담보가 되어 상대편에게 억류된 사람.

반제_빌려온 금품을 도로 갚음.

자문_의견을 물어봄.

망라 網羅_물고기나 새를 잡는 그물이라는 뜻으로, 일정한 범위 안에 널려 있는 것들을 모두 모아서 포함시킴.

주지_여러 사람이 두루 앎.

기성세대_현재 사회에서 활동하고 있는 세대.

질권_담보 물건의 하나. 채권자가 담보로서 채무변제가 있을 때까지 유치할 수 있고 변제가 없을 때는 담보물을 변재받는 권리.

표절_남의 문장 등의 글귀를 가져다가 자기 것으로 발표하는 것.

특성화_그것에만 있는 특질.

철학_인생 세계의 궁극의 근본 원리를 추구하는 학문.

문맥_글의 줄거리.

궁극적_극도에 달한 목적. 마지막에 달한.

명료_분명하고 똑똑함.

차원_공간 넘어 정도. 사고방식이나 행위 등의 수준.

퇴화_진보 이전의 상태로 돌아감.

구국십자군_위태한 나라를 일으키기 위한 집단적 전투행위.

구국선교단_교회의 사명을 걸고 전도하는 교회 단체.

성스럽다_거룩하고 고귀하고 엄숙하다.

강조_강력히 주장함.

모조품_어떤 물건을 그와 똑같이 모방하여 만든 물품.

원자설_세계의 모든 사상 또는 사물을 원자와 그 운동으로 설명하려는 철학관. 최순실의 부친인 최태민이 신격원자설로 신자들을 매도, 온갖 비리와 영적 세계에서 보낸 칙사를 자처하여 원자경이라는 이름으로 병을 고쳐준다며 무속인처럼 활동. 박근혜를 마비시켰다.

선입견_애초부터 머릿속에 들어가 있는 고정적인 관념 및 견해.

장착_기구나 장비 등을 붙이거나 착용하는 것. **예** 실탄을 장착한다.

계정_부기의 원장에서 자산, 부채, 손익 등의 증감을 계산하기 위한 형식.

위계_거짓 계획, 허위의 계획.

용퇴_용감하게 물러나는 행위.

용어_사용되는 말.

이질_성질이 틀림. ⇔ 동질

잠재_속에 잠겨 숨어 있음.

돌파_쳐서 깨뜨림.

대입_다른 것을 대신 넣음. **예** 거짓을 대입시켜 거짓을 걸러내는 소설집.

낙인_씻기 어려운 부끄럽고 욕된 평판을 비유적으로 이르는 말. 불에 달구어 찍는 쇠붙이로 만든 도장.

섭리變理_음양을 고루 잘 다스림.

공유_국가나 공동체의 소유물. 공동으로 가짐.

소굴_도적 등과 같이 해를 끼치는 무리가 활동의 근거지로 삼고 있는 곳.

배제_받아들이지 않고 물리쳐서 제외함.

게시_여러 사람에게 알리기 위해 내어 걸거나 붙여 보게 함.

폄하_가치나 수준을 깎아내려 평가함.

치욕_수치와 모욕.

결례_예의범절에 벗어남. 실례.

결백_행동이 깨끗하여 아무 허물이 없음.

중견_중심이 되는 중요한 사람 또는 간부.

겸허_겸손하여 교기가 없음.

유착_조직적으로 연결됨.

인위적_사람이 일부러 한 일.

정의_올바른 도리.

만능_모든 일에 능통하다. **예** 만능시대.

경쟁_라이벌을 물리치고 승부하는 대결.

거점_근거가 되는 지점.

호봉_정해진 급여 체계 안에서의 등급제.

자연경제_화폐적 교환없이 자급자족이나 물물 교환으로 수요를 충족시켰던 고대시대.

임용_직무를 맡겨 등용함.

방계_직계에서 갈라져 나온 계통.

충족_분량이 차서 모자람이 없음. 일정한 분량에 차거나 채움.

시사示唆_미리 암시하여 넌지시 알려줌.

시사時事_그 당대 사회에서 일어난 일.

난이도_어려운 일과 쉬운 일의 정도.

숙련_어떤 일이나 기술 따위를 능숙하게 익힘.

생색_다른 사람들 앞에 떳떳이 나설 수 있는 체면. **예** 생색내는 행동을 하다.

낙수落穗_추수한 후에 땅에 떨어져 있는 이삭. 일을 치르고 나서 나도는 뒷이야기를 비유적으로 이르는 말.

교화敎化_사람을 정신적으로 가르치고 이끌어 좋은 방향으로 나아가게 함.

가공加工_천연의 것이나 완성되지 않은 것에 사람의 힘을 더함. 남의 소유물에 사람의 힘을 더하여 새로운 물건을 만듦.

적응_일정한 조건이나 환경에 맞춰 잘 어울림.

기소起訴_검사가 특정한 형사사건에 대하여 법원에 심판을 요구함.

적부適否_알맞음과 알맞지 않음.

적부심사_영장집행이 적법한지의 여부를 법원이 심사하는 일.

이슈issue_논의나 논쟁 따위의 중심이 되는 문제점.

수탈_재물 따위를 강제로 빼앗음.

소극적_태도나 마음가짐이 부족하고 활동적이 아닌 것.

진취적_힘껏 앞으로 나아감.

눌변가_더듬거리는 말솜씨.

농도_용액이나 기체, 고체 혼합물에 들어 있는 구성 성분의 진한 정도.

유머humor_익살스럽게 웃음을 자아내는 표현이나 요소. 농담.

무드mood_어떤 곳에 감도는 독특한 분위기. **예** 축제 무드.

럭셔리luxury_보기에 고급스럽고 호화로움.

올인all-in_특정한 대상이나 일 따위에 자신이 할 수 있는 모든 능력이나 시간 그리고 가진 전부를 쏟아붓는 것. (포커게임)가지고 있던 돈을 한판에 전부 거는 일.

인색_재물 따위를 지나치게 아낌.

장방형_직사각형.

면제_책임이나 의무를 소멸시키는 일.

동화작용_마그마가 바깥의 암석을 녹여 흡수하는 일 또는 바깥의 암석과 화학반응하여 성분이 바뀌는 일. 생물이 외부로부터 섭취한 영양물을 자기 몸에 알맞은 성분으로 변화시키는 작용. **예** 탄소동화작용, 질소동화작용.

권태증_싫증이나 게으름. 지루함 따위를 느끼는 증세.

사귀邪鬼_요사스러운 귀신.

선구자_어떤 일이나 사상에 있어 그 시대의 다른 사람보다 앞선 사람.

수모_남에게 모욕을 당함.

경의_존경하는 뜻.

감수_신경에 의하여 받는 자극.

품계_옛 관리의 계급.

인가_인정하여 허락함.

저주_몹시 미워하는 상대에게 재앙이나 불행한 일이 일어나도록 빌며 바람.

변별력_옳고 그름, 좋고 나쁨, 같고 다름을 나누어 가릴수 있는 능력. 식별, 분별.

주파周波_물체의 진동이나 파동이 같은 모양으로 한 차례 되풀이되는 과정.

주파수_같은 모양으로 퍼져 가는 진동이 일 초 동안에 몇 번 되풀이되는가를 나타내는 수.

안주安住_어떤 곳에 자리잡고 편안히 삶.

긴축_바짝 줄임. 예 긴축재정

위축_어떤 힘에 눌려 기력이 없어짐. 쪼그라드는 것.

포만_무엇이나 그 용량이 충분히.

명제_제목을 정함. 그 제목.

술어_주어에 붙어 그 동작과 성질 등을 풀이하는 말.

유산遺産_죽은 사람이 남기고 간 재물.

유산계급_자본가, 지주 등 재산이 있는 계급.

박차_더 촉진하다. 더 하는 일.

혁명_기존의 사회체제를 변혁하기 위하여 이제까지 국가권력을 장악하였던 계층을 대신하여 그 권력을 비합법적인 방법으로 탈취하는 권력교체의 형식. 종래의 관습, 제도 등을 단번에 깨뜨리고 새로운 것을 세움.

숙고_잘 생각함. 깊이 생각함.

수직_아래로 곧게 드리움.

유유낙낙_무엇이든지 시키는 대로 함.

자괴감_스스로 부끄러움을 느끼는 마음.

모호_흐리어 똑똑하지 못하다.

주체성_인간이 어떤 일을 할 때 보여주는 자유롭고 자주적이며 고유한 성질이나 특성.

주체의식_자신의 분명한 줏대에 의한 인식이나 판단.

사상누각_모래 위에 세운 누각이란 뜻으로, 기초가 튼튼하지 못하여 오래가지 못할 일이나 사물을 비유적으로 이르는 말.

나대지_내버려진 대지, 방치되어 있는 대지.

판로_상품이 팔리는 방면이나 길.

키워드key word_어떤 문장을 이해하거나 해결할 수 있는 실마리가 되는 말.

조합_특별법상 어떤 공동 목적을 수행하기 위래 일정한 자격 있는 사람들이 조직하는 단체.

유화宥和_너그럽게 대하여 사이좋게 지냄.

홍채_안구의 각막과 수정체 사이에 있는 고리모양의 얇은 막.

여울_강이나 바닥에서 바닥이 얕거나 폭이 좁아 물살이 빠르게 흐르는 곳.

이념_한 시대나 사회 또는 계급에 독특하게 나타나는 관념, 믿음, 주의 등을 통틀어 이르는 말.

야망_야심찬 욕망.

유일무이_오식 하나 뿐으로 둘은 없음.

본 소장所章 작품은 서울 출판사 동기합법에 편집된 어휘술의 개념인 二千年 문학행진곡 생生의 반란을 공집, 엮어서 콘텐츠 창제물로 타의반 자의반을 체계적으로 총망라한 글의 풍경입니다. 이 콘텐츠 창문을 위대한 군산 시민에게 상주, 어휘 문화 풍경을 시민 사회에 가까이 동감해 주시면 날마다 해마다 의식 문화를 응원합니다.

책의 어휘력 내면은 말의 고급화와 화법 용어를 시사, 부합에 개성 있게 채워주는 글로 담아냈으니 기성세대인은 인문학 소양에 베스트 글이 될 것입니다. 부모님께서는 뜬금없는 이 책을 넘어 젊은층 자녀들에게 권장하는 것도 살이 찌는 언변 자료가 될 것입니다.

1970년대를 훌쩍 넘어 근대문화 성장 속에서 거점을 정해 살아가고 있는 우리 기성세대. 항구도시 새만금 경제 영토는 광활한 지평구를 태동, 산업 신생도시로 부상하며 야심찬 해방구인 군산시는 서해바다로 특화되어 가고 있습니다. 이제 강성도시 부럽지 않습니다. 머지않아 군산 시민의 대동맥인 지하철만 개통되면 살기 좋은 풍요의 군산시 새 역사관 서막을 기대할 수 있습니다.

새만금 보길지에 산업혁명으로 생산에서 공급과 소비문화 도시는 팽창을 거듭할 것입니다. 각처 유동인구에 관광도시로 급부상하며 개천에서 시대가 진화되면 세상도 사람도 근육도 젊어지고 신사숙녀 마음짱, 몸짱 곰식어 유행이 바우되면 사람마다 예술과 문화를 더 깊숙히 동경하게 되고 이어 파급되는 개성美! 미디어 빅뱅! 이제 24시 0시를 살아도 멋지게 아름답게 즐겁게 더 맛있게 더 좋은 행복 욕구 분출! 인류를 아름답게 사회를 아름답게 초인간 초고속시대... 가상세계와 오고 가며 미래세계를 미리 앞당겨 살아보는 느낌!

문명文明은 신화를 낳고 예술은 아름다운 화신을 그려내고 곰식 그 안에 머물면 인간의 분노와 공격성을 밀어내고 사랑과 친숙으로 회복되며 인문 문화 의식이 안민安民으로 발효됩니다.

나는, 음지 문화권에서 비켜가지 못한 슬픈 사연들을 옮기며 여기 작은 목소리로 말합니다. 예술인들의 배고픈 명암을 거꾸로 이름내서라도 개성을 살려주는 것이 예술 문화에 착한 기부 행위라고 적시합니다.

전북 군산시 미룡동 출생
고은 시인 동문 후배 **金永泰** 올림

...이 문집을 실려주시면 감사합니다

기부 文化 알림
······································

여기 군산 향촌 시민에게 마중물로 찾아가는 착한 기부, 인동초 천사를 배웅하는 마음으로 소개합니다.

지금 세상은 돈을 실력으로 하는 만능주의로 山谷에 금을 캐는 돈을 향하여 한평생 긴 마라톤으로 질주하는 인간 드라마이다.

돈의 탐욕이 넘어지면 無知와 돈의 복수를 낳고 돈의 학대를 당한다. 돈은 하늘이 내려준 축복이다. 한 개인이 부를 쌓아 풍작으로 잉여물은 배고픈 사람에게 나누어 주라고 했다. 하늘의 명령이다.

이 사람의 신상계보는 부계 대대로 여유 출신이다. 부계 유산인 지평구를 이룬 금자탑 토지를 소유, 그 토지를 십수년간 다수인에게 기부경작으로 밭작물 재배농사에 무상으로 대여하며 기부행사를 해왔다.

거꾸로 돌려 숨은 음지에서 자선사업의 아이콘으로 요즈음 세상에 드문 일이다. 지역자치단체에서 이 주인공 모범자를 격려해 주고 장려해 주며 특혜와 대우를 살려주어야 한다.

이렇게 가치성을 살려주면 그간 음지 기부행위에서 이 주인공은 개화가 되어 만화 방창 양재 가동으로 출발, 세상과 같이 맥놀이가 된다.

金永泰 올림

二千年 文學 행진곡

생生의 반란

1판 1쇄 인쇄 | 2020년 12월 22일
1판 1쇄 발행 | 2020년 12월 29일

지은이 | 김영태
펴낸이 | 문해성
펴낸곳 | 상원문화사
주소 | 서울시 은평구 증산로 15길 36(신사동) 우편번호 (03448)
전화 | 02)354-8646 · 팩시밀리 | 02)384-8644
이메일 | mjs1044@naver.com
출판등록 | 1996년 7월 2일 제8-190호

ISBN 979-11-85179-35-3 (03810)

●책값은 표지에 있습니다.
●잘못 만들어진 책은 구입처 및 본사에서 교환해 드립니다.

이 도서의 국립중앙도서관 출판예정도서목록(CIP)은 서지정보유통지원시스템 홈페이지
(http://seoji.nl.go.kr)와 국가자료종합목록 구축시스템(http://kolis-net.nl.go.kr)에서 이
용하실 수 있습니다. (CIP제어번호 : CIP2020053317)